세계 동서양 대표 고전의 에스페란토 번역작
일본 소설의 거장 모리 오가이의 소설

오가이 단편선집
RAKONTOJ DE OOGAI

모리 오가이 지음

오가이 단편선집

인　쇄 : 2023년 3월 20일 초판 1쇄
발　행 : 2023년 3월 27일 초판 1쇄
지은이 : 모리 오가이
에스페란토역 : 데루오 미카미, 미야모토 마사오
　　　　　　　기쿠노부 마쓰바, 노지마 야스타로
옮긴이 : 이낙기
펴낸이 : 오태영
출판사 : 진달래
신고 번호 : 제25100-2020-000085호
신고 일자 : 2020.10.29
주　소 : 서울시 구로구 부일로 985, 101호
전　화 : 02-2688-1561
팩　스 : 0504-200-1561
이메일 : 5morning@naver.com
인쇄소 : TECH D & P(마포구)

값 : 18,000원
ISBN : 979-11-91643-66-4(03830)

세계 동서양 대표 고전의 에스페란토 번역작
일본 소설의 거장 모리 오가이의 소설

오가이 단편선집
RAKONTOJ DE OOGAI

모리 오가이 지음
데루오 미카미, 미야모토 마사오
기쿠노부 마쓰바, 노지마 야스타로 에스페란토역
이낙기 옮김

진달래 출판사

RAKONTOJ DE OOGAI

Tradukis el la japana lingvo
Teruo MIKAMI
MIYAMOTO Masao
Kikunobu MATUBA
NOZIMA Yasutaro

Serio Oriento-Okcidento, N-ro 2
Sub auspicioj de UEA
en Konsultaj Rilatoj kun U.N.E.S.C.O.
JAPANA ESPERANTO-INSTITUTO
TOKIO

목   차

에·한 대역 본의 목적 ······················· 6

LA TAKASE-BARKO ················· 7
다카세-바크선

SANSYÔ-DAYÛ ····················· 47
산쇼 대인(大人)

LA MESAĜO KOMISIITA ············· 146
위임받은 메시지

LA FAMILIANOJ DE ABE ············ 209
아베 일족

편집자의 말 ······························· 348

에·한 대역 본의 목적

이낙기 (전 한국에스페란토협회 부회장)

본 대역 본은 자가학습이 그 목적이다. 최근에는 비대면으로나마 학습의 기회가 많아져 다행스러운 일이지만, 우리에게는 초급을 마치고 나면 더는 고등학습 기회가 쉽지 않다. 그러니 대개 자가학습으로 전환하다 보니 효과가 그리 크지 않았던 것이 사실이다. 이를 해소하고자 한 방편으로 본 대역 본을 내보았다.

그런데 이 대역 본 안에는 무수한 오류나 수정해야 할 문안들이 많다. 그런 오류를 발견하거나 수정의견을 제시할 때 읽는 이의 자가학습 효과가 나타난다고 본다.

더구나 우리는 가까운 나라 일본에 대해 실제 그들의 삶, 풍속을 잘 모른다. 세계어 에스페란토를 통해 몇 백년 전 일본인의 이야기를 더듬어보는 것 또한 이 글들이 주는 선물이기도 하다.

작가 모리 오가이는 필명이고 본명은 모리 린타로(1862~1922)인데 봉건주의의 자궁에서 태어나 근대 서구 문학의 양분을 받아 성장한 (메이지 시대 1868~1912) 일본 문학의 거장 중 한 명이다.

의사면서 독일에 유학까지 하는 등 다방면에 능력을 소유했다. 이 책이 동서 시리즈작품으로 선정된 것은 그만한 값어치가 있음을 의미한다.

에스페란티스토는 에스페란토 말글을 잘 숙지해야 한다. 생각보다 쉽지만은 않다. 도움이 되기를 희망한다.

LA TAKASE-BARKO
다카세-바크선(船)

La Takase-barko[1] estas boato, kiu supren-malsupren iras laŭ la rivero Takase en Kioto. En la Tokugaŭa-epoko[2], se oni kondamnis krimulon en Kioto je ekzilo al fora insulo, oni alvokis liajn parencojn al la malliberejo kaj permesis al ili diri adiaŭ.

다카세-바크선은 교토의 다카세 강을 오가는 배를 가리킨다. 도쿠가와 시대에 죄수가 교토에서 먼 섬에 유배형을 받으면 친척을 감옥에 불러 작별 인사를 하도록 허락했다.

Poste, per la Takase-barko oni bezonis transporti la krimulon al Osaka.

그 뒤, 죄수를 다카세-바크선에 태워 오사카로 이송했다.

Kiu tiam lin eskortis, estis unu el la suboficistoj sub

---

1) ★bark /o
1 Ĝenerala nomo de akvoveturilo pli malgranda ol ŝipo k pli granda ol boato, ordinare pelata per veloj, kun aŭ sen motoro.
2 ⚓ Velŝipo kun tri aŭ pli da mastoj, kun jardoveloj sur ĉiu, krom la plej posta, kiu estas rigita per gafovelo: 소형 돛단배 일종
2) TOKUGAŬA-epoko: la 265-jara periodo (1603-1867) de la japana izoliteco sub la feŭdisma reĝimo de la TOKUGAŬA-registaro. "TOKUGAŬA" estas la familia nomo de la ŝoguno - hereda titolo de la ĉefkomandanto de la militista kasto - kiu generacio p o s t generacio, regadis nian landon ĝis la Meiji-restarigo en 1867, kiam la regpotenco reiris en la manon de la tennoo aŭ imperiestro.

la magistrato de Kioto.
호송 담당자는 교토부(京都府)의 하급관리 중 한 명이었다.

La suboficisto laŭ la konvencio permesis al ĉefulo el
la parencoj de la krimulo akompani ĉi tiun en la
sama boato ĝis Osaka.
호송관은 관습에 따라 죄수의 친인척 중 대표자를 불러 죄수
와 그 배에 타고 오사카까지 가도록 허용했다.

Tio ne estis afero oficiale permesita de la Alta, sed
estis indulgata en maniero de "preterlaso" aŭ silenta
permeso.
이는 상부에서 공식적으로 허락한 것은 아니며, "그냥 둬버
리거나" 또는 묵시적 허가로 관용을 베풀었던 것이다.

Tiutempe, la kondamnitoj al fora insulo estis
kompreneble la personoj, kies identeco kun la
farintoj de grava krimo estis pruvita.
그 당시, 먼 섬에 유배된 사람들은 당연히 중범죄를 저지른
죄수로 확정된 이들이었다.

La plejparto el la krimuloj de la Takase-barko estis
tiuj, kiuj kompromitis sin en krimo, kiel oni diras,
pro miskonduto.
다카세-바크선에 끌려가는 죄수들 대부분은 항간에 말하는
품행 불량으로 인한 풍속사범 죄목에 연루된 자들이었다.

Tamen, tio ne signifas, ke ilia plimulto konsistis el

tiaj malicaj friponoj, kiuj aŭ murdis homon aŭ bruligis domon por rabakiro.
그렇다고 죄수의 대다수가 사람을 죽이거나 약탈을 목적으로 집을 불태우는 못된 불한당으로 구성된 것을 의미하지는 않는다.

Por citi ekzemplon de banala speco : la viro, kiu intencis plenumi, kiel oni esprimis siatempe, la "reciprokan sinmortigon", en kiu la geviroj sin mortigas pro amafero, - kaj mortigis la virinon sed postvivis ŝin.
진부한 예를 하나 인용하자면 그때 당시 표현대로 남녀가 사랑 때문에 스스로 목숨을 끊는 "동반자살"을 시도했다가, 여자를 죽였지만, 여자 죽은 뒤에 살아남았다고 한다.

La Takase-barko portadis la krimulon de tia aŭ alia speco.
다카세-바크선은 그런 류의 죄수나 여타 죄목의 죄수들을 실어 날랐다.

Oni ekremis la boaton ĉirkaŭ la horo de vesperkrepusko, kiun anoncas la sonorilegoj de la temploj, veturas en la orienta direkto, rigardante ĉe ambaŭ bordoj la vicojn da malhelaspektaj domoj de la urbo Kioto, kruciras la riveron Kamo kaj plu malsupreniras.
저녁노을이 질 무렵 사원의 대형 종소리에 출항하여 뱃머리를 동쪽으로 향하는데, 교토시의 희끄무리한 집들이 늘어서 있는 강둑 양편을 쳐다보며 가모 강 교차점을 지나 조금 더 내려간다.

En la boato la krimulo kaj parenco kutimas maldormi la tutan nokton, flustrante al si reciproke la personajn travivaĵojn.
배 안에서 죄수와 동반친척은 밤새 잠을 자지않고 지난날 자기들의 경험담을 속닥거리기 일쑤였다.

Temas ĉiam kaj ĉiam pri la bedaŭroj pro tio, kio revenas neniam. La eskortanta suboficisto, kiu aŭdas tion apude, havas okazon ekscii en ĉiuj detaloj la mizeran cirkonstancon de la familianoj kaj parencoj, kiu produktis la krimulon.
주제는 항상 다시는 되풀이되지 말아야하는 한탄스런 일에 관한 이야기였다. 이를 옆에서 듣게 되는 호송관은 죄수로 만든 가족과 친지들의 비참한 생활상을 세세히 알 수 있게 된다.

Ĝi estas la cirkonstanco, kies bildon eĉ en songo ne povas imagi la oficisto, kiu aŭskultas formalan konfeson en la akuzitejo de la magistrata domo, aŭ foliumas la paĝojn de konfeslibro ĉe la oficeja tablo.
시청 재판정에서 심문 중 공식적으로 발설한 자백을 듣거나, 또는 재판정 사무실에서 자백기록서류를 넘겨보는 관리는 꿈에도 상상할 수 없는 내용들을 접하게 된다.

Kiom da suboficistoj, tiom da karakteroj.

호송관들은 수만큼이나 특징도 다양했다.

Unuj estas tiel malvarmkoraj, ke ili, eskortante la krimulon en la boato, preskaŭ volas kovri al si la orelojn kontraŭ tio, kio nur tedus ilin; aliaj kunsentas en si fremdan doloron tiom kortuŝite, ke, kvankam ili ne mienigas tion pro la digno de sia ofico, ili mute kaj kaŝe vundas sin en la koro.

첫째 부류는 마음씨가 차가운 자들로, 배에서 죄수를 호송하는 도중 자신들에게 싫증나게 하는 이야기에는 귀를 막고 싶어했는가하면, 다른 부류들은 비록 직분의 위엄상 드러내 보이지는 않지만 생소한 아픔에 가슴저리게 여기기도 해, 그들은 말없이 그리고 내심 마음 아파했다.

Foje, kiam la krimulo kaj parenco el la ekstreme kompatinda cirkonstanco veturas sub direktado de la aparte mildkora kaj sentema suboficisto, okazas, ke ĉi tiu vane retenas al si glitemajn larmojn.

때로는, 극도로 불쌍한 상황에 처한 죄수와 친척들이 마음씨 곱고 감성이 여린 호송관의 감호하에 가다 보면, 흐르는 눈물을 자제할 줄 모르는 경우가 발생하기도 했다.

Jen kial la eskortado en la Takase-barko estis malŝatata, kiel malagrabla tasko, de ĉiuj suboficistoj de la magistratejo.

그래서 전체 시청하급관리들이 다카세-바크선의 죄수호송을 꺼려해서, 이를 싫어하는 이유가 되었다.

Kiam okazis ĉi tio? Ĝi povas esti okazintaĵo en iu jaro de Kansei, kiam la administracia potenco ankoraŭ kuŝis en la mano de Ŝirakaŭa-Rakuo[3] en Edo.

언젠가 이런 일이 있었다. 에도의 시라카와 라쿠가 정권을 잡고 있던 시절, 간세이(寬政)시대(1789~1801) 어느 해에 있었던 일이다.

Unu printempan tagon - ĉirkaŭ la horo de vespera krepusko, kiam la resonanta sonorilego de la Cion'in-Templo vibrigas la aeron kun la flirte falantaj petaloj de la sakuraj floroj ‐ oni kondukis en la Takase-barkon krimulon de malofta tipo, kian oni eble neniam renkontis antaŭe.

어느 봄날 - 저녁 황혼 무렵, 지온인 사원에서 울리는 종소리가 흩날리는 벚꽃 꽃잎과 함께 공기를 진동시키는 그 날 - 지금까지 한 번도 본 적 없는 드문 유형의 죄수가 다카세-바크선에 탔다.

Li estas laŭnome Kisuke, laŭaĝe tridekjara, viro sen konstanta loĝejo. Li ne havis eĉ unu solan parencon por esti alvokita al la malliberejo; li do estis sola, kiam li ĵus eniris la boaton.

죄수 이름은 기스케이고, 서른 살 정도의 정착지없는 남자였다. 감옥까지 부를만한 친척이 한 명도 없어서 조금전 배에 탔을 때 혼자였다.

---

3) Ŝirakaŭa-Rakuo: alnomo de la ŝoguna konsilisto Sadanobu MACUDAIRA (1758-1829).

Ŝobe HANEDA, la suboficisto ordonita por eskorti lin, eniris kun li en la boaton: li estis informita nur, ke Kisuke estas krimulo je fratmurdo.
호송명령을 받은 하급관리 하네다 쇼베가 함께 배에 올랐다. 그는 기스케가 형제살해범이라는 것만 들었을 뿐이다.

Nu, tamen, laŭ tio, kion Ŝobe observadis dumvoje de la malliberejo ĝis la enŝipiĝejo, kiel sin tenas la senkarneca pala Kisuke, li rimarkis, ke li estas mirinde serena, mirinde ĝentila, kaj respektante lin kiel oficiston de la magistrato, li ĉiam ĝenas sin por esti nur obeema al li.
그런데 감옥에서 승선장까지 가는 동안 관찰해 보니, 마르고 창백한 기스케의 모습, 놀랍도록 침착하며, 놀랍도록 예의가 바르고, 호송관에게 깎듯이 대하며 늘 순종하려 애쓰고 있음을 쇼베는 알아차렸다.

Kaj tamen, lia ne estas la teniĝo celanta flati la aŭtoritaton sub la masko de obeemo, kiel ofte okazas ĉe aliaj krimuloj.
그러나 그의 태도는 다른 죄수들이 흔히 하는 것처럼 복종이라는 가면을 쓰고 권력에 아첨하려는 그런 태도를 취하지도 않았다.

Ŝobe pensis, ke tio estas stranga. Tial eĉ post la enŝipiĝo li gardis Kisuke ne nur ofice; li algluis sian plej grandan atenton al ĉiu lia teniĝo kaj moviĝo.

쇼베는 그 점이 이상하다고 생각했다. 그래서 승선 후 기스케를 단순히 공무상으로만 지켜보지 않았다. 그의 모든 자세와 행동에 대해 최대한 관심을 기울였다.

En tiu tago la vento ĉesis post la sunsubiro kaj jam estis vespero; la maldensaj nuboj vualas la tutan firmamenton kaj karesas la konturon de la luno; la varmeta atmosfero de la apenaŭ proksimiĝanta somero ŝajnas elvapori el la tero de ambaŭ bordoj kaj ankaŭ el la grundo de la riverlito.
그날 해가 지고 바람이 잠잠해지자 이미 저녁이 되었다.
드문드문 구름이 모든 창공을 가리우는가 했더니 달머리를 어루만지는가하면 가까와진 여름철의 따스한 공기가 강 양둑과, 강언저리 바닥에서 솟아오르는 것 같았다.

De kiam la boato postlasis for la Malsupran Kvartalon de Kioto kaj kruciris la riveron Kamo, la ĉirkaŭo fariĝas subite kvieta, kaj oni aŭdas nenion krom la plaŭdeto ĉe la ŝipantaŭo pluganta la akvon.
배가 교토의 하부지역을 뒤로하고는 가모 강 교차점을 지날 때쯤부터 주위는 갑자기 고요해졌고, 뱃머리에서 강물을 가르는 소리 외에는 아무 것도 들리지 않았다.

Dormi en la nokta boato estis permesite ankaŭ al la krimulo.
밤배 안에서 잠자는 것은 죄수에게도 허용되었다.

Malgraŭ tio, Kisuke ne volas eĉ kuŝiĝi; li mute sidas,

rigardante supren al la luno, kies helklareco kreskas aŭ malkreskas laŭ la denseco de la preterpasantaj nuboj. Sur lia frunto estas heleco, en liaj okuloj briletas lumo.

그럼에도 기스케는 눕고 싶지 않았다. 말없이 앉아서 지나가는 구름에 따라 밝아지거나 잦아드는 달빛을 올려다 보았다. 그의 이마에는 달빛이 드리우고, 그의 눈에는 희미한 광채가 빛났다.

Ŝobe rigardas Kisuke ne rekte en la vizaĝon, sed liaj okuloj estas tenataj al ĝi por fiksa observo.

쇼베는 기스케의 얼굴을 똑바로 쳐다보지는 않으면서도, 그를 주시하기 위해 얼굴에서 눈을 떼지 않았다.

En sia koro li ripetas, "Stranga! Stranga!", ĉar la vizaĝo de Kisuke en ĉiuj siaj trajtoj mienas al Ŝobe tiel agrabla, kvazaŭ li volus ekfajfi aŭ komenci nazkanton, se li nur estus libera de la singĝeno, kiun li sentas antaŭ la oficisto.

마음속으로 그는 "이상해! 이상해!" 라고 반복한다. 그가 호송관 면전에서 느낄 당혹감에서 벗어나기만 하면, 기스케의 특징있는 얼굴에는 쇼베가 보기에 마치 휘파람을 불거나 콧노래를 부르고 싶어하는 것처럼 기분 좋은 모습이었다.

Ŝobe enpensiĝas. Li ne memoras kiom ofte li direktis ĝis nun la Takase-barkon.

쇼베는 생각에 잠긴다. 그는 지금까지 다카세-바크선으로 얼마나 많은 죄수들을 호송했는지 모른다.

Sed ĉiuj krimuloj, kiujn li forkondukis, estis kategorie la samaj: ili havis tiajn mizerajn trajtojn, de kiuj ĉies okuloj volus deturniĝi pro kompato.

그러나 그가 호송해 간 모든 죄수들은, 정형적으로 똑 같았다. 그들은 모든 사람들의 시선이 동정심으로 돌아설 정도로 비참한 모습을 가지고 있었다.

Tamen, kio okazis al ĉi tiu viro?
그런데, 이 남자에게는 무슨 일이 일어난 것일까?

Li mienas kvazaŭ veturanta en plezurboato.
그는 마치 유람하러 가는 배에 탄 표정이다.

Lia krimo estas fratmurdo, oni diris.
세간에, 그의 범죄는 형제살인이었다고 했다.

Imagu, ke lia frato estis friponego kaj li mortigis lin pro ĉiel pravigebla kaŭzo, kaj tamen la homeco ne povus lasi lin tiel serena.

그의 동생은 몹쓸 악당이었다고, 무엇으로보나 그를 죽인 이유는 타당성이 있다고 상상해 봐도, 그의 사람됨을 보노라면 그를 그렇게 평온하게 둘 수는 없을 것이다.

Ĉu ĉi tiu palhaŭta, malgrasa viro estus la maloftega tipo de kanajlo, al kiu tute mankas la homeco?

이 창백하고 말라빠진 남자가 인간됨을 완전히 저버린 희귀

- 16 -

한 유형의 무뢰한 일까?

Tia li ne ŝajnas. Ĉu do li estus lunatiko?
그는 그렇게 보이지 않았다. 그렇다면 몽유병환자일까?

Ne, li ne povas esti, ĉar li montras nenion, kio estas
malkonsekvenca en lia parolo kaj konduto.
아니, 그렇지 않을거야. 언행에서 조금도 일관성이 모자라지
않았기 때문이다.

Kio finfine estas ĉi tiu viro?
Ju pli Ŝobe meditas, des pli enigma fariĝas al li la
sinteno de Kisuke.
그러면 이 남자는 어떤 사람일까?
쇼베가 생각하면 할수록, 기스케의 태도는 더욱 수수께끼로
변해갔다.

"Kisuke!" Ŝobe alparolis lin, jam ne povante sin
deteni, "kion vi nun pensas?"
"기스케!" 쇼베는 더 이상 참을 수가 없어서 그에게 "넌 지
금 무슨 생각을 하고 있냐?"라고 말을 걸었다.

"Sinjoro!" respondis Kisuke kun konfuzitaj vagokuloj,
sin ĝenante kiel se li atendus ian riproĉon de la
oficisto; li nun reĝustigis sian sidpozon kaj ŝtelvide
prisondis ties humoron.
"네, 선생님!" 기스케는 놀란 나머지 눈길 둘 데를 몰라 허둥
대다가 대답했다, 마치 호송관에게서 어떤 질책이라도 들을

까봐 놀란 나머지 앉음새를 바로 하고는 힐끗 쳐다보고는 자
신의 마음을 가다듬었다.

Ŝobe tiam eksentis la bezonon unue motivi sian
abruptan demandon kaj senkulpigi sin por peti lian
respondon al sia jam neofica sed privata demando.
그러자 쇼베는 먼저 갑작스러운 질문을 하게 된 이유를 알려
주고 공무가 아닌 사적 질문에 대한 답변을 받아내고자 자기
변명의 필요성을 느낀다.

Tial li diris, "Mi faras al vi demandon ne pro iu
aparte grava kaŭzo.
그래서 그는 "특별히 다른 중요한 이유로 질문을 하는 것은
아니라"고 말했다.

Sed por diri la veron, mi scivolis, kiel vi nun pensas
en vi, veturante al la insulo.
그런데 사실은, 지금 섬으로 배타고 가는데 어떻게 생각하고
있는지 알고 싶어.

Ĝis hodiaŭ mi per tiu ĉi boato sendis multajn
homojn al la insulo. Ili havis la plej diversajn
travivaĵojn en la pasinteco; sed ĉiu el ili bedaŭregis
la ekziliĝon al la insulo, kaj nepre okazis, ke li
tralamentis la tutan nokton kun la parenco, kiu
venis forvidi lin kaj enŝipiĝis kun li.
오늘날까지 이 배로 많은 사람들을 섬으로 실어보내왔어. 그
들을 보노라니 지난날 온갖 별난 삶을 살아왔더군. 그러나

그들은 하나같이 섬으로 유배된 것을 후회했고, 자기를 송별하러 온 친척과 이 배에 타고서는 밤새도록 목놓아 울며불며 한탄을 해.

Mi tamen vidas laŭ via teniĝo, ke la ekziliĝo al la insulo neniom afliktas vin. Jen mi volis demandi, kiel vi nun pensas pri vi mem.
하지만 섬으로의 유배가 너를 조금도 괴롭히지 않는다는 것을 네 태도에서 알 수 있어. 지금 그에 대해 어떻게 생각하고 있는지 묻고 싶어.

"Sinjoro," Kisuke ekridetis radie, "mi elkore dankas pro via afabla alparolo! La ekziliĝo al la insulo certe estas ĉagreno por ĉiuj aliaj. Mi tion povas facile kunsenti sur ilia loko.
"선생님," 기스케는 환하게 미소를 지으면서, "친절한 말씀에 진심으로 감사드립니다! 섬으로 유배가는 것은 다른 모든 이들에게 슬픔일 것일테지요. 그들의 입장에서 본다면 그것을 쉽게 느낄 수 있습니다.

Sed tio estas, ĉar ili vivis pli-malpli komforte en la socio. Mi scias, ke Kioto estas tre bona urbo, sed en tiu tre bona urbo mi jam vivis la vivon de suferegoj, kiajn oni eble ne spertus aliloke.
그러나 그것은, 그들이 이 세상 사회에서 다소 편안하게 살았기 때문입니다. 저는 교토가 아주 좋은 도시라는 것을 알고 있지만, 그 좋은 도회지에서 다른 곳에서는 겪어보지 못할 크나큰 고통의 삶을 살았습니다.

Pro la indulgemo de la Alta, oni lasis min viva kaj nun bonvolas transporti min al la insulo.
상부의 관용 덕분으로, 저를 아직도 살아있게 해주셨고, 그리고 저를 섬으로 데려다 줄 만큼 호의를 베풀어 준 것이라고 여깁니다.

Kiel ajn severa estus la vivo en tiu insulo - la insulo ne estus loko enloĝata de monstraj malhomoj.
이 섬에서의 생활이 아무리 엄격하다할지라도, 이 섬은 괴상한 비인간이 사는 곳이 아닐 것이라고 봅니다.

Mi ĝis hodiaŭ estis en neniu loko, kiu estis eĉ boneta al mi.
저는 오늘날까지 저에게 심지어 조금이나마 도움을 주는 그런 곳에서 있어 본 적이 없습니다.

Kaj nun mi ricevis la forpermeson, ke mi estu en la insulo.
그리고 지금 저는 섬에서 휴가를 얻었다고 생각합니다.

Mi do povas fikse loĝadi en loko permesita al mi, kaj tio jam estas la plej granda favoro por mia vivo.
그래서 저는 제게 허락된 곳에서 정착해 살 수 있게 되어, 이 사실은 이미 저의 인생에 가장 큰 은혜라 여깁니다.

Pri mia farto mi povas diri, ke mi ne estas fortika, kiel vi vidas, tamen mi neniam estis malsanema.

저의 건강에 관해서는 선생님께서 보시다시피 튼튼하지 않다고 말할 수 있겠지만, 저는 한 번도 아파본 적이 없습니다.

Tial mi kredas, ke ankaŭ post mia alveno ĉe la insulo mi neniam difektos mian sanon, kiel ajn peniga estus mia laboro.
그래서 섬에 도착한 후에 아무리 힘든 일이 있어도 건강을 해치지 않을 것이라고 믿습니다.

Kaj fine, por sendi min al la insulo oni afable donis al mi monerojn je valoro de ducent groŝoj, kaj ilin mi kunportas ĉi tie."
그리고 마지막으로, 저를 섬으로 보내면서 고맙게도 제게 200그로셴 동전까지 하사하셔서, 그 돈을 여태까지 고이 간직하고 왔습니다."

Tiel dirante Kisuke metis manon ĉe sia brusto.
그렇게 말하고, 기스케는 자기 가슴에 손을 얹었다.

Ke la sumo de ducent groŝoj estu donita al ĉiu kondamnito al fora insulo, tion preskribas[4] la tiutempa leĝo.
200그로셴의 돈은 먼 섬에 유배선고된 어느 죄수들에게든 지급되었으며, 이는 당시의 법에 규정되어 있었다.

"Mi hontas, sinjoro, ke mi devas konfesi al vi mian

---

4) preskrib-i   [G9]   [타] ①명령하다, 지시하다. ②〈의학〉처방(處方)하다. ☞ recepto.

mizeron," daŭrigis Kisuke, "sed la ducent groŝoj estas la unua mono, kiun mi iam povis daŭre porti en mia sino.

기스케는 "선생님, 저의 비참한 역정을 선생님께 고백해야 하는 것이 부끄럽습니다. 하지만 200그로셴은 제가 처음으로 가슴에 품고 다닐 수 있는 돈입니다.

Serĉante laboron mi vagadis de loko al loko. Kie ajn mi trovis ĝin, tie mi ĉiam laboregis sen penevito. Kaj mi ricevis la pagon, sed kion la dekstra mano ricevis, tion la maldekstra jam tuj devis transigi en alies manon.

일자리를 찾아 이곳저곳을 돌아다녔습니다. 어디를 가든지 그곳에서 저는 어떠한 노고도 피하지 않고 열심히 일했습니다. 그리고 저는 그 대가를 받았지만 오른손으로 받고는, 왼손으로는 바로 남의 손에 넘겨줘야 했습니다.

Kaj se tiam foje restis al mi iom da kontanta mono, per kiu mi povis aĉeti ion por manĝi, tio signifas, ke mi jam estis en la plej luksa vivrimedo: ordinare, mi per tiu mono senŝuldigis min nur por tuj reŝuldiĝi.

그리고 때때로 먹을 것을 살 수 있는 약간의 현금이 남아 있을 때면, 이는 제가 이미 최고의 호사스런 삶을 누리고 있다는 것을 뜻하기도 했고요. 보통, 저는 그 돈으로 빚을 청산했는데, 바로 다시 빚을 지게 되곤했습니다.

Tamen post mia malliberiĝo tio tute ŝanĝiĝis: oni

afable donadis al mi manĝi, malgraŭ ke mi ne laboris.
하지만 투옥된 후 완전히 바뀌었습니다. 일을 하지 않았는데도 고맙게도 밥을 주더군요.

Eĉ tio sola faras min skrupula[5] rilate al la Alta,[6] kvazaŭ mi vivus malhonestan vivon ĉiutage.
비록 그것 하나만으로도 저는 마치 매일 부정직한 삶을 사는 것처럼 여겨져 대인각하님께 양심의 가책을 느낀답니다.

Kaj se mi ĉiam ankoraŭ tiel manĝas kion la Alta liveras al mi, mi povas konservi la ducent groŝojn sen foruzo.
그리고 제가 항상 대인각하님께서 하사하시는 대로 먹고 산다면, 써버리지않고 200그로셴을 지닐 수 있습니다.

Nun la unuan fojon en mia vivo mi posedas la monon kiel mian propran.
이제 저의 인생에서 처음으로 제 개인자산으로 돈을 가지게 되었습니다.

Antaŭ ol alveni ĉe la insulo, mi ne povas supozi, en kia laboro mi okupiĝos, sed mi jam kun plezuro atendas la tagon, kiam mi uzos ĉi tiujn monerojn

---

5) skrupula
1 Maltrankviliga dubo en aferoj de konscienco:
2 Granda precizeco en la faroj: ˜a. Karakterizata de ˜o:
6) La Alta: (arkaismo, siatempe uzata de la popolo por respekte indiki la reganton, registaron k.s.

kiel la kapitalon de mia laboro sur la insulo."
섬에 도착하기 전이라 어떤 일을 하게 될지 짐작이 가지 않습니다. 그러나 저는 이 동전들을 섬에서 직업의 자금으로 사용할 날을 기꺼운 마음으로 기대하고 있답니다."

Tiel dirinte Kisuke fermis sian buŝon.
그렇게 말하고 기스케는 입을 다물었다.

"Hm, mi vidas!" ĝemis Ŝobe. Sed ĉar ĉio, kion li ĵus aŭskultis, superis ĉiujn liajn imagojn, li ne povis tuj daŭrigi sian parolon kaj mute enpensiĝis.
"흠, 알겠어!" 쇼베는 끙끙거렸다. 그러나 방금 들은 모든 것들이 상상을 초월했기 때문에 바로 말을 계속할 수 없었고 이어서 묵묵히 생각에 잠기게 되었다.

Ŝobe estas preskaŭ ĉe la sojlo de la maljuneco. Li jam naskigis al sia edzino kvar infanojn. Krom ili, lia maljuna patrino ankoraŭ vivas. Do, la familio konsistas el sep personoj por vivteni. Pro tio, li mem devis ordinare vivi ŝpareme en tia grado, ke oni nomus lin avarulo: li pretigas por si neniun kimonon krom la robo, kiun li porti pro sia ofico, kaj eble tia simpla afero kia litvesto.
쇼베는 거의 노년의 문턱에 다달았다. 아내에게서 이미 네 명의 자녀를 낳았다. 그 아이들 외에도 늙은 어머니는 아직 살아계신다. 따라서 부양해야 할 가족이 7명이나 된다. 이 때문에 그 자신은 보통 구두쇠라고 불릴 정도로 절약해야했다. 사무실에서 입는 긴 옷과 간단한 잠자리 옷가지 외에는 아무런 기모노도 마련해두지 못했다.

Sed je sia malfeliĉo, li edzinigis al si la filinon de komercisto kun bonhavo.
그러나 불행의 단초는, 부유한 상인의 딸과 결혼해서부터다.

Kvankam siavice la edzino ne malhavas la bonintencon mastrumi en la kadro de la rizsalajro, kiun ŝia edzo ricevas, tamen pro alkutimiĝo al la dorlotado en riĉa familio, ŝi ne povoscias streĉi laĉon[7] de sia monujo tiagrade, ke ŝia edzo estos kontenta je ŝia mastrumado.
아내는 남편이 받는 쌀새경의 범위 안에서 가사관리에 대한 좋은 생각이 없지는 않았지만, 부유한 가정에서 자라 애지중지 호사에 익숙해 있었던 탓에, 남편이 가사에 흡족해야할 정도로 지갑의 끈을 조이지는 못했다

Tiel la monato venas al la fino, ofte sen mono.
그러다보니 월말이 다가오면, 종종 돈이 바닥났다.

En tia okazo ŝi alportas monon de sia gepatra hejmo kaj flikas la deficiton sekrete al sia edzo, ĉar ŝi scias, ke li abomenas ŝuldon same kiel vilan raŭpon.

---

7) laĉ/o
1 Ŝnureto el kotono, silko, ledo ks, kiun oni trapasigas tra specialaj truetoj por streĉi k
kunligi du partojn de vestoj, korseto, ŝuoj kc.
2 Io simila (koliero, plektaĵo ks):

그러면 아내는 누에에 감긴 털같은 빚을 남편이 싫어한다는 것을 알고 있기에 친정부모에게서 돈을 가져와서는 남편 몰래 적자를 메꿔오곤했다.

Tia afero tamen ne iras sen ke la edzo iam rimarkus ĝin.
그렇다고 그런 사정을 남편이 눈치채지 않을 리가 없었다.

La koro de Ŝobe jam sen ĝi estis peza eĉ pro tio, ke lia familio ricevas de ŝia gepatra hejmo la donacaĵon en ĉiu okazo de "la kvin sezonaj festoj", kaj liaj infanoj ricevas de ŝia gepatra hejmo novajn vestojn en ĉiu okazo de "la 7-5-3-jaraĝula festo.[8]
쇼베는 가족들이 "오계절축제"가 될 때마다 처가에서 선물을 받는 것에, 아이들이 "7-5-3 생일 파티"가 있을 때마다 처가 부모님에게서 새 옷을 받아오곤해서 이미 마음이 무거웠다.

Do, senbezone diri, ke lia frunto kuntiriĝas se li rimarkas, ke la "truo" en la mastrumado estas ŝtopita per la mono de ŝia gepatra hejmo.
그러니, 가사의 "구멍"을 처가에서 받은 돈으로 막다보니, 그 사실을 알고 두 말할 필요도 없이 이마가 찌푸려졌다.

Jen la sola kialo, kiu fojfoje kaŭzas ventondiĝon al

---

8) 7-5-3-jaraĝula festo :
la tradicia festo de la 15-a de Novembro, en kiu la knaboj atingintaj la aĝon de 3 aŭ 5 jaroj, kaj la knabinoj la aĝon de 3 aŭ 7 jaroj, vizitas la lokan ŝinto-sanktejon en akompano de la gepatroj kaj preĝas por bon-sano kaj -kreskado.

la ordinare paca familio de Ŝobe.
그러니 이것이 평소에 평화로웠던 쇼베 가정이 가끔 소란을
일으키는 유일한 이유였다.

Ŝobe, kiu aŭskultis la rakonton de Kisuke, nun
komparis sian vivon kun tiu de Kisuke.
기스케의 이야기를 듣던 쇼베는, 그제사 자신의 삶을 기스케
의 삶에 비유하기에 이르렀다.

Kisuke diris, ke eĉ se li laboris kaj gajnis monon, li
tuj perdis ĝin, pasigante ĝin de unu mano al la alia
en alies manon.
기스케는 일하고 돈을 벌더라도 바로 써 버리게 되는데, 한
손에서 다른 손으로, 결국에는 다른 사람의 손에 가버리게
된다고 말했다.

Tio certe estas vivmaniero ekstrema kaj kompatinda.
그것은 확실히 극단적이고 애련한 삶의 방식이 아닌가.

Sed observante sian propran vivon, Ŝobe demandas
al si, kia diferenco povas ekzisti inter li kaj Kisuke.
그러나 쇼베는 자신의 삶을 지켜보고는, 기스케와 자신 사이
에 어떤 차이가 있는지 궁금했다.

Ĉu ne la fakto estas, ke ankaŭ li vivas laŭ la sama
maniero, pasigante la rizsalajron, kiun li ricevas de
la Alta, de unu mano al la alia en alies manon?
그도 한 손에서 다른 손으로 대인각하에게서 받은 쌀새경을

다른 손에 넘기는 삶을 살고 있다는 사실이 똑 같지 않은가?

La diferenco inter ambaŭ kuŝas nur en la sumo malsama je la decimala kolono.
굳이 둘의 차이라면 금액의 자리수만 다를뿐이 아닌가.

Kaj tamen, Ŝobe ne disponas eĉ sumeton da ŝparmono egalan al la groŝoj, kiujn Kisuke nun trezoras.
그러나 쇼베는 기스케가 지금 보물로 삼고 있는 그로셴의 동전 한 푼도 가지고 있지 않다.

Nu, se oni transkalkulas per ŝanĝo de la decimala kolono, oni facile vidas, ke ne senprava estas la ĝojo de Kisuke, kiu rigardas eĉ la ducent groŝojn kvazaŭ ŝparmonon.
자, 자릿수를 바꿔서 계산해보면, 마치 저축이라도 하듯 200 그로셴을 바라보는 기스케의 기쁨이 이유가 없는 것이 아님을 쉽게 알 수 있다.

Tion ankaŭ Ŝobe povas kompreni sur lia loko.
쇼베도 그의 입장에서보면 이해가 될 수 있다.

Sed kio restas nekomprenebla, kiel ajn li rekalkulas per ŝanĝo de la decimala kolono, tio estas la fakto, ke Kisuke estas sendezira kaj restas jam kontenta en sia stato.
하지만, 아무리 자릿수를 바꿔서 다시 계산한다해도 이해할 수 없는 것은 기스케가 욕심이 없고 이미 그 상태에서 만족하고 있다는 사실이다.

Kisuke suferis serĉante vivrimedon en la socio.
기스케는 사회에서 생계수단을 찾으면서 역경을 겪어왔다.

Kaj se li nur ĝin trovis, li laboregis sen penevito kaj kontentiĝis jam per tio, ke li apenaŭ povis "ameli al si la buŝon".
그리고 일을 찾으면, 고생을 마다않고 있는 힘을 다해 죽어라 일했고, "그나마 입에 풀칠이라도 할 수 있다"는 사실에 만족해 왔다.

Tial, de kiam li malliberiĝis, li miris, ke la manĝo, kiu estis tiom malfacila por akiri, venis al li senlabore aŭ kvazaŭ liverite de la ĉielo, kaj li sentis la plej grandan kontenton de sia vivo.
그래서, 옥에 갇힌 후에 그토록 구하기 힘든 밥이 아무런 고초없이도, 하늘에서 내려온 것 같이 자기에게 주어진 것에 놀랐다. 그러다보니 그는 인생을 통하여 가장 큰 만족을 느끼게 되었다.

Jen en kio kuŝas la abisma diferenco, kiun Ŝobe rimarkis restanta inter li kaj Kisuke, malgraŭ la transkalkulado per ŝanĝo de la decimala kolono.
여기에 쇼베가 내다본 바는 자신과 기스케 사이에 남아있는 것은, 돈 단위를 바꿔서 환산해 보았음에도 불구하고 엄청난 차이가 있다는 것에 주목하게 된다.

Ŝobe vivtenas la familion per sia rizsalajro: la enspezoj kovras proksimume la elspezojn, kvankam ne sen deficito en kelkaj okazoj.

쇼베는 쌀새경으로 가족의 생계를 유지한다. 경우에 따라 적자가 없는 것은 아니지만 수입이 지출을 그나마 충당은 하고 있다.

Sed ĝi estas kaso reguligebla, aŭ plimalpli sufiĉa por vivtenado.

그러나 그런 현상은 조정할 수 있는 금액이기도 하고, 또는 생계유지를 위해 다소나마 충분하다.

Kaj tamen, li estis preskaŭ neniam kontenta je tio. Li ordinare pasigas la tagojn sen aparta pripenso pri tio, ĉu lia vivo estas feliĉa aŭ ne.

그러하다지만, 그런 현상에 대해 만족해본 적이 없었다. 보통 자신의 삶이 행복한지 아닌지에 대해 별다른 생각 없이 나날을 지내왔다.

Sed en la fundo de la koro latentas la antaŭtimo pri vivado: kion fari se li estus maldungita en subita maniero, kion fari se iutage lin atakus grava malsano, ktp?

그러나 마음속 저변에는 갑자기 해고되면 어떻게 해야하나? 어느 날 심각한 질병에 걸리면 어찌 해야하나 같은 삶에 대해 우려가 잠재되어 있다.

Kaj tiu ĉi timo eklevas sian kapon sur la sojlon de lia konscio, precipe en tia okazo, se li ekrimarkis, ke la "truo" de la mastrumado devis esti ŝtopita per la mono de lia bogepatra hejmo.

그리고 이 두려움은 의식의 문턱위로 그의 머리를 들어올리기 시작한다. 특히 가사유지에 발생하는 "구멍"을 처가에서 나온 돈으로 메꿔야 한다는 것을 깨달았다면 말이다.

Do finfine, Ŝobe demandas al si, en kio konsistas tiu abisma diferenco inter li kaj Kisuke?

그래서 결국 쇼베는 자신과 기스케 사이에 이 측정하기 힘든 차이가 무엇으로 이루어져 있는지 자문해 본다.

Se laŭ supraĵa observo oni respondas, ke tio estas ĉar al Kisuke mankas la dependuloj, kiajn li havas, la demando estus jam nuligita.

피상적인 관찰에 기초한 대답은, 기스케에게는 부양가족이 없기 때문이라고 하면 질문은 이미 성립이 되지 않는다.

Sed tio estas falsa respondo, ĉar eĉ se li estus solulo kia Kisuke, li tute ne estis certa, ĉu li povos sin teni same kiel li.

하지만 그건 허위 대답이었다. 기스케처럼 외톨이였다고 해도, 그처럼 자신을 지킬 수 있을지 전혀 확신이 서지 않기 때문이다.

Li pensis, ke la kerno de la demando kuŝas en pli profunda loko.

그는 질문의 핵심이 더 깊숙한 곳에 있다고 생각했다.

Ŝobe plue imagis al si la bildon de homa vivo, kia ĝi estas.
쇼베는 인간의 삶의 모습은 어떠한 것인지 더 상상해보았다.

Se oni havas malsanon, oni pensas, "Se mi nur estus sana!"
병이 있다면, "내가 건강하다면!" 하고 생각해보는 것이다.

Se forestas la ĉiutaga manĝo, oni pensas, "Se mi nur povus gajni mian vivorizon!"
매일 밥이 없다면 "생명을 이어갈 쌀만 있다면!" 하는 생각을 하게 된다.

Se mankas la ŝparmono por okazoj de bezono, oni pensas, "Se nur iom da ŝparmono mi havus!"
필요할 때 사용해야 할 저축이 모자란다면 "내게 조금이라도 저축이 있었다면!" 하는 생각이 드는 것이다.

Kaj havante la ŝparmonon, oni jam pensas, "Se mi havus iom pli da ŝparmono!"
그리고 저금이 있으면서도 "저금이 조금만 더 있다면!" 하는 생각도 들게 된다.

Tiel daŭrigante la pluan iradon de homaj deziroj, oni ne scias la limon, kie oni sin haltigu.
이처럼 인간 욕망의 앞길을 계속하다 보면 어디에서 멈춰야 할지 알 수 없다.

Rezonante tiel, Ŝobe ekrimarkis, ke Kisuke estas la ĝusta persono, kiu per si mem montras ekzemplon antaŭ liaj okuloj, ke sin haltigi oni ja povas!
이렇게 추리하는 쇼베는 기스케가 자신의 눈 앞에서 스스로 욕망을 막을 수 있는 모범을 보이는 자라는 것을 깨달았다!

Denove Ŝobe rigardis Kisuke jam per admirantaj okuloj.
Tiam li sentis kvazaŭ li vidus glorkronon ĉirkaŭlumi la kapon de Kisuke, kiu rigardas supren al la ĉielo.
다시 한번 쇼베는 이미 놀란 눈으로 기스케를 바라보았다. 그러자 하늘을 올려다보는 기스케의 머리를 감싸고 있는 영광의 면류관을 보는 것 같았다.

"Kisuke-san!" - Ŝobe ree alparolis lin, rigardante al li en la vizaĝon. Ĉi-foje li nomis lin per "-san" sed ne per sia plena konscio. Apenaŭ la vorteto glitis de buŝo kaj eniris en orelon, li rimarkis, ke tiu nommaniero ne estis konvena. Sed represi la vorton jam diritan li ne povis.
"기스케 씨!" 쇼베는 다시 그에게 말을 걸고 그의 얼굴을 바라보았다. 이번에는 "씨"로 그를 불렀지만 속내가 꼭히 그런 것만은 아니었다. 입에서 말이 흘러나와 귀에 들어오자마자 이런 식으로 부르는 것이 적절하지 않다는 것을 깨달았다. 그러나 이미 뱉은 말을 거둘 수는 없었다.

"Jes, sinjoro," respondis Kisuke, kiu siaflanke mienis suspekti, ke li estis nomata per "-san", kaj timeme rigardis la vizaĝon de Ŝobe.

"네, 선생님." 기스케는 자신이 "-씨"라고 불리는 것 같아 쇼베의 얼굴을 소심하게 바라보았다.

Ŝobe eltenis la iom embarasan situacion kaj demandis: "Lasu, ke mi faru al vi ankoraŭ kelkajn demandojn. Vi estas sendata al la insulo pro tio, ke vi senigis homon je la vivo, kiel mi aŭdis. Nu, ĉu vi ne volas nun rakonti al mi la detalojn?"

쇼베는 다소 난감한 태도를 유지하고는 물었다. "몇 가지만 더 물어봐도 될까. 내가 들은 대로라면 넌 사람의 목숨을 앗아갔다는 이유로 섬으로 유배되었다고 알고 있어. 자, 이제 자세한 내용을 말해줄 수 있나?"

"Jes, volonte, sinjoro!" Kisuke kun tre humila dankemo komencis rakonti mallaŭte: "Mi hontas, ke mi faris tiel teruran aferon pro mia miskonduto. Ĝin revokante al mi, mi ankoraŭ eĉ nun ne bone komprenas, kiel tio povis okazi.

"네, 기꺼이 말씀드리죠!" 기스케는 매우 겸손한 감사를 표하며 낮은 소리로 이야기하기 시작했다. "제 잘못 때문에 그런 끔찍한 일을 저지른 것이 부끄럽습니다. 돌이켜보면 어떻게 이런 일이 일어날 수 있었는지 아직도 잘 모르겠습니다.

Mi estis en tuta songô kiam mi plenumis ĝin.

그 일을 저질렀을 때 저는 완전히 꿈속을 헤매고 있었습니다.

Miaj gepatroj mortis de epidemio kiam mi ankoraŭ estis infano. Mi kaj mia plijuna frato postrestis solaj. En la komenco la najbaroj almozdonadis al ni kompate kiel al la hundidoj naskitaj apud la domo.
제가 어렸을 때 부모님이 전염병으로 돌아가셨습니다. 동생과 저만 남았습니다. 처음에는 이웃들이 집 앞에서 태어난 강아지들처럼 불쌍히 여겨 동냥을 주곤 했습니다.

Ni helpis ilin per komisikuroj kaj tiel kreskadis sen morti de malsato kaj frosto.
우리는 심부름을 해서라도 그분들을 도우는 바람에 굶주림과 추위에도 죽지 않고 살아남았습니다.

Kiam ni fariĝis sufiĉe grandetaj kaj serĉis laboron, ni ĉiam zorgis, ke ni ne disiĝu, kaj ni laboris ĉie helpante unu la alian.
우리 둘은 충분히 자라서 일할 데를 찾아 나섰을 즈음, 항상 헤어지지 말자고 서로 걱정하고 늘 서로 도우며 일했습니다.

Unu aŭtunan tagon de la pasinta jaro, ni eniris teksejon de Niŝiĵino[9] kaj estis asignitaj al la teksilo nomata sorabiki.
지난해 가을 어느날, 우리는 니시진 방직공장에 들어가 소라

---

9) - Niŝiĵino: la fama teksindustria centro en la urbo Kioto. - sorabiki: teksilo, kiun oni uzadis por kunfigura teksado antaŭ la enkonduko de la Jacquard-teksilo investita de franca mehanikisto J.M. Jacquard (1752-1834).

비키라는 베틀에 배정되었습니다.

Tamen, post nelonge, mia frato fariĝis malsana kaj nekapabla plu labori. Tiutempe ni loĝis en kabaneto ĉe Kitajama, ĉiutage iris al la teksejo trans ponton de la rivero Kamija.
그러나, 얼마 지나지 않아 동생이 아파 몸져누워서 더 이상 일을 할 수 없게 되었습니다. 그 당시 우리는 기타야마의 작은 오두막에서 살면서 매일 가미야 강 다리를 건너 방직 공장에 출근했습니다.

Post vesperiĝo kiam mi revenis hejmen kun io por manĝi kun mia frato, li ĉiam kun senpacienco atendis min kaj esprimadis la bedaŭron, ke li devigas min labori sola.
저녁이 되어 동생과 함께 먹을 무언가를 들고 집에 돌아왔을 때, 동생은 언제나처럼 저를 초조하게 기다리며 혼자 일을 하게해서 미안한 마음을 내뱉곤 했습니다.

Unu tagon, kiam mi hejmen venis nur kiel kutime, mi trovis mian fraton ĵetinta sin surventre en la lito, kun sangaj ŝprucmakuloj ĉirkaŭe.
어느 날, 여느 때처럼 집에 돌아왔을 때, 동생이 배를 깔고 침대에 엎드려 누워있는데, 주위에 피가 헝건하게 나와있는 것을 발견하게 되었습니다.

Mi konsterniĝis. Forĵetinte el mia mano la bambuŝelan pakon da manĝaĵo, mi alkuris al li kaj kriis, 'Kio okazis? Kio okazis?'

Ĉe tio, mia frato levis sian mortpalan vizaĝon, sangomakulitan de sur la vangoj ĝis sub la mentono, rigardis min, sed ne povis eligi la voĉon.

놀라 기절할 지경이었습니다. 저는 손에 들고 있던 대나무 도시락을 내던지고는 그에게 달려가 '무슨 일이야? 무슨 일이 일어난거야?' 하고 소리쳤습니다.

동생은 뺨에서부터 턱밑까지 피범벅이 돼 죽은 사람처럼 창백한 얼굴을 들어 나를 쳐다보고는 아무 소리도 내지를 수가 없었습니다.

Ĉiu lia spiro susuradas ĉe gorĝa tranĉvundo, kiun mi rimarkis.

Tio estis por mi tuta enigmo, kaj mi kriis, 'Kio do, ĉu vi sputis sangon?' Mi volis pliproksimiĝi al li, kiam li iom levis sin apoge de sia dekstra mano.

그의 모든 숨소리는 칼에 베인 상처가 나있는 목에서 세어나온다는 것을 알았습니다. 그 일은 제게는 완전히 수수께끼였고, '무슨 일이야, 그럼 피를 뱉었는겨?' 라고 소리쳤습니다. 동생이 오른손을 받치고는 약간 몸을 일으키려할 때 그에게 더 가까이 가고자 했습니다.

Lia maldekstra mano forte premas la subon de sia mentono. El inter la fingroj de tiu mano elpendas maso da nigra sango.

그는 왼손으로 턱 아래를 세게 누르고 있었습니다. 그 손의 손가락 사이에 검은 피 덩어리가 범벅이 돼 있었습니다.

Okulsignante, ke mi ne tuŝu lin, li penis ion diri al mi. Li apenaŭ povis paroli, sed li diris: 'Pardonu. Ne riproĉu min. Mia malsano jam estas senespera. Per mia frua morto mi deziris lasi al vi pli senzorgan vivon.

만지지 말라고 눈짓하며 그는 제게 무언가를 말하려 했습니다. 그는 거의 말을 할 수 없었는데도 말을 했습니다. '미안해. 날 뭐라하지마, 내 병은 이미 희망이 없었어. 내가 일찍 죽어 형이 좀 더 편안하게 살게하고 싶었어.

Mi tranĉis al mi la gloton, pensante, ke la morto per tio estos facila. Sed la tranĉo tie tralasas mian spiradon kaj formorti mi ne povis.

죽음이 쉬울 거라 생각하며 목성대를 베었어. 하지만 그곳의 상처는 숨을 쉴 수 있게 했고 나는 죽을 수 없었어.

Plu internen - per mia tuta forto mi enpuŝis la razilon, kiu tamen glitis flanken.

더 안쪽으로 - 온 힘을 다해 면도칼을 밀어 넣었지만 면도칼은 옆으로 미끄러져 버렸어.

Ŝajnas, ke en la gorĝo la klingo staras ankoraŭ senbreĉa. Se ĝin vi lerte eltiros al mi tranĉe, mi povos formorti.

칼날이 목구멍에 아직 틈 사이를 비집고 들어가지 않았나봐. 형이 칼로 노련하게 잡아빼면 죽을 수도 있는데.'

Vortumi jam estas fie. 'Donu vian manon por eltiri

ĝin, mi petas!' Mia frato tiam levis la maldekstran manon de ĉe sia gorĝo kaj jen tie lia spirado trafluetas.

말소리는 이미 어눌했습니다. '형이 손을 당겨 빼내봐!' 그때 동생은 목에서 왼손을 들었고 거기에서 숨결은 더욱 가빠졌습니다.

Mi fariĝis nur gapanta mutulo. Mi senvorte rigardis en la tranĉvundon de lia gorĝo. Ŝajnas, ke li unue kaptis la razilon per sia dekstra mano kaj tranĉis la gloton transverse, sed ĉar tio ne sufiĉis por ke li mortiĝu, li enpuŝis la razilon trabore.

저는 그저 멍하니 벙어리가 돼버렸습니다. 말없이 그의 칼에 베인 목구멍을 뚫어지게 쳐다보았습니다. 먼저 오른손으로 면도칼을 잡고 성대를 가로로 자른 것 같지만, 죽을 정도는 아니어서 면도칼을 찔러 넣었나봅니다.

Mi tiam vidis la razilan[10] tenilon je du coloj[11] elstaranta stumpe el la vundo.

그때 저는 상처에서 두 치 정도 잘려 튀어나온 면도칼 손잡이를 보았습니다.

---

10) - razilo: la japanpropra estas en la formo de tranĉileto unutrunka, t.e. nefleksebla ĉe la tenilo.

11) - col-o 〈길이의 단위〉 인치(2.54 cm).

- col/o . Malnova mezurunuo de longo: franca ˜o (0,027 m), prusa ˜o (0,0261m), angla aŭ rusa ˜o (0,0254 m): (f) li ne lasis defali eĉ unu ˜on de siaj pretendoj

Z . Rim. Nur la angla estas ankoraŭ uzata. ☞ futo , lineo .

Post tiu konstato mi senhelpe vidis lian vizaĝon. Ankaŭ li rigardas min fikse. 'Atendu momenton," mi fine diris, dum mi iros venigi la kuraciston'.

그런 상황을 본 후 무력하게 그의 얼굴을 보았습니다. 동생도 저를 뚫어져라 쳐다보았습니다. '잠시만 기다려.' 저는 마침내 의사를 부르러 가며 말했습니다.

Tiam li ĵetis al mi koleran rigardon kaj diris, 'Por kio helpas la kuracisto! Aj, ĉi doloro! Tuj eltiru al mi la razilon, mi petas!'

Kun menso konfuzita en labirinto, mi nur fikse rigardis lian vizaĝon.

그러자 그는 화난 표정을 지으며 '의사가 뭘 할건데! 아, 이 고통! 빨리 면도칼을 뽑아줘!'

저는 정신이 몽롱한 가운데 혼란스러운 마음으로 그의 얼굴을 바라보기만 했습니다.

Sed estas mirakle, ĉar en tia ekstrema momento niaj okuloj jam parolas per si mem. 'Rapidu, rapidu!' diras al mi liaj okuloj kun furioza rigardo.

그러나 그런 극적인 순간에 우리의 눈은 이미 서로 이야기하고 있었다는 게 바로 그것은 기적적인 순간이었습니다. '어서 빨리!' 그의 눈은 화난 표정으로 제게 말했습니다.

Mi sentis vertiĝon kvazaŭ kelkaj radringoj turniĝus en mia kapo; mi povis fari nenion krom fikse rigardi lian vizaĝon.

마치 바퀴 고리가 제 머리에서 돌아가는 것처럼 어지러워 그의 얼굴을 바라보는 것 외에는 아무 것도 할 수 없었습니다.

La kolera esprimo en liaj okuloj ĉiam pli intensiĝis, ĝis ĝi fine ŝanĝiĝis je la esprimo de malamego kvazaŭ por venĝo.
분노에 찬 눈 표정은 점점 격렬해졌고, 마침내 복수를 하려는 것처럼 증오의 표정으로 바뀌었습니다.

Dum mi rigardis ĝin, mi finfine cedis, ke mi jam devas plenumi lian deziron. 'Jam senhelpe! Mi tuj eltiros al vi la razilon!' mi diris al li.
그 모습을 지켜보던 저는, 마침내 그의 소원을 들어줘야 한다고 여겼습니다. '이미 아무 것도 도와줄 수 없어! 곧 면도칼을 뽑아줄게!' 그에게 말했습니다.

Ĉe tio, la nuanco de liaj okuloj subite ŝanĝiĝis: ĝi fariĝis hela kaj tre feliĉa. Mi avertis min, ke mi devas eltiri la razilon rekte per unu tiro, kaj surgenue antaŭenpuŝis mian korpon al li. Li deapogis sin de sia dekstra mano kaj ekkuŝiĝis kubute de sia maldekstra brako, per kies mano li ĝis nun estis alpremanta la gorĝon.
그러자 그의 눈빛이 갑자기 바뀌었습니다. 눈이 밝아졌고 그리고는 매우 행복해하는 표정이었습니다. 저는 면도칼을 한 번에 뽑아야 한다고 스스로 다그치고 무릎을 꿇고 제 몸을 그를 향해 밀었습니다. 동생은 오른손으로 몸을 지탱하지 못하고 지금까지 목을 누르고 있던 왼손을 팔꿈치로 짚고 누웠습니다.

Mia mano kaptis la tenilon kaj eltiris la razilon rekte al mi.

저는 손으로 면도칼 손잡이를 잡고 내 몸쪽으로 바로 뽑아냈습니다.

Ĝuste tiam, ĉe la enirejo malfermiĝis la pordo kaj envenis la najbara maljunulino. Al tiu mi estis petinta donadi medikamenton kaj ion alian al mia frato dum mia forestado.

바로 그때 입구에서 문이 열리고 옆집 아주머니가 들어왔습니다. 제가 없는 동안 동생에게 약과 다른 무언가를 주라고 그 아주머니에게 부탁했습니다.

Jam la obtuza malhelo de krepusko ŝvebis interne de la loĝejo, kaj al mi ne estis klare, kiom ŝi vidis de la afero.

이미 집 안에는 어스름한 황혼의 어둠이 드리워져 있었고 그녀가 그 일을 얼마나 보았는지 제게는 분명하지 않았습니다.

'Oho!' aŭdiĝis ŝia ekkrio: ŝi tuj elkuris lasinte la pordon nefermita post si. Nu, kiam mi eltiris la razilon, mi multe zorgis, ke mia eltiro estu momenta kaj rekta, sed laŭ la eltiriĝa reago ĉe mia mano mi rimarkis, ke mi tranĉis freŝan karnon.

'아이고!' 그녀의 외치는 소리가 들렸습니다. 그녀는 등 뒤에 문을 열어 둔 채 곧바로 뛰쳐나갔습니다. 뭐, 면도날을 뽑았을 때 면도날을 뽑는 게 순간적이고 즉각적이라 조심스러웠는데, 손에 쥐어지는 반응을 보니 생생한 생살을 잘랐다는 걸 깨달았습니다.

La klingo de la eltirita razilo staris flanke de la gorĝo; mi do eble tranĉis la flankan karnon.
뽑힌 면도날은 목 옆에 있었습니다. 그래서 옆의 살을 자를 수 있었습니다.

Kun la razilo en mia mano mi staradis delire-dume, la maljunulino envenis kaj forkuris. Nur post kiam ŝi estis foririnta, revenis al mi la plena konscio, kaj kiam mi ree rigardis mian fraton, li estis mortinta.
면도칼을 손에 들고 정신없이 서 있는 사이 그 노파가 들어 왔다가 냅다 달아나버렸습니다. 그녀가 떠난 후에야 저는 완전히 의식을 되찾았고, 내 동생을 다시 보니 그는 죽어있었습니다.

El la tranĉvundo fluis abunda sango. Mi metis la razilon apud mi kaj rigardadis la vizaĝon de mia frato jam senviva kun la okuloj duonfermitaj. Fine, la najbargrupaj ĉefuloj venis kaj forkondukis min al la oficejo.”
상처에서 피가 많이 흘렀습니다. 면도칼을 옆에 두고 반쯤 눈이 감긴 채 이미 생명이 없는 동생의 얼굴을 바라보았습니다. 드디어 동네 어르신들께서 와서는 나를 관청으로 데리고 갔습니다.”

Tiel Kisuke rakontis, sidante iom sinkline antaŭen kaj rigardante Ŝobe de sube, kaj nun kiam li finis la rakonton, li lasis la okulojn fali sur sian genuon.

기스케는 그렇게 말하며 약간 앞으로 구부린 채 쇼베를 아래에서 쳐다보고는, 이야기를 마치고 시선을 떨구었다.

La rakonto de Kisuke estis tre orda. Oni povas diri, ke lia rakonto estis eĉ tro orda. Sed tio devenas parte de tio, ke dum la pasinta duonjaro li revokadis al si la okazintaĵon, kaj parte, ke li devis parkere ripetadi la samajn vortojn kun granda atento, ĉiufoje, kiam oni pridemandis lin ĉe la oficejo kaj kiam oni enketis lin ĉe la magistrata domo.

기스케의 이야기는 매우 조리정연했다. 지나치게 논리적이라고 말할 수 있다. 그러나 이것은 부분적으로는 그가 지난 6개월 동안 자신에게 일어난 일을 회상했다는 사실과 부분적으로 관청에서 질문을 받을 때, 시청에서 심문을 받을 때마다 주의를 기울여 같은 말을 반복해야 했다는 사실에서 기인한다.

Ŝobe aŭskultis ĝin kvazaŭ li spektus vivdramon antaŭ siaj okuloj. Sed jam en la mezo de la rakonto lin kaptis dubo, kaj la dubo restis neforigebla eĉ post kiam la rakonto estis finita: ĉu tio povus esti fratmurdo, ĉu tio povus esti hommortigo?

쇼베는 눈앞에서 인생 드라마를 보는 것처럼 귀를 기울였다. 그러나 이미 이야기의 중간에 그는 의문에 사로잡혀 있었고,

그 의심은 이야기가 끝난 후에도 지울 수 없었다. 형제살인이 될 수 있을까, 살인이라고 할 수 있을까?

La frato de Kisuke petis lin eltiri la razilon por helpi al li finigi la vivon.
기스케의 아우는 그에게 삶을 마감하는 데 도움이 되도록 면도칼을 꺼내달라고 요청했던 것이다.

Kisuke eltiris la razilon kaj lia frato mortis. Jes, li mortigis la fraton. Sed lasu tiun fraton viva, kaj li egale tuj mortos.
기스케는 면도칼을 뽑았고 그의 동생은 죽었다. 그래, 그는 동생을 죽였다. 그러나 그 동생을 산 채로 가만 놔두어도 똑같이 죽을 것이다.

La frato deziris fruigi al si la lastan horon nur tial, ke li ne povis elteni la agonion. Kisuke ne povis plu toleri la vidon de la agonianta frato. Por savi la fraton de la agonio, Kisuke finigis al li la vivon.
아우는 고통을 견딜 수 없었기 때문에 마지막 시간을 서두르고 싶었다. 기스케는 고통스러워하는 동생의 모습을 보기에 차마 더 이상 참을 수 없었다. 고통에서 동생을 살리기 위해 기스케는 그의 생명을 끝냈다.

Ĉu tio estus nura krimo? Senbezone diri, ke la hommortigo estas krimo. Sed se ĝi estis savo de homo je la agonio... Jen estas la dubo de Ŝobe neforigebla.

그것이 단순한 범죄가 될까? 말할 것도 없이 살인은 범죄다. 그러나 그것이 고뇌에 빠진 사람의 구원이라면… 이것은 지울 수 없는 쇼베의 의심이다.

Ŝobe remaĉis la aferon laŭ diversaj manieroj kaj fine naskiĝis en lia kapo la ideo, ke li finfine devus konfidi al la prijuĝo de tiuj, kiuj estas superaj al li; ke li nur devus obei al la Autoritat.
쇼베는 이 문제에 대해 여러 방면으로 곰곰이 생각하고 마침내 자신보다 높은 사람의 판단을 믿어야 한다는 생각이 머리에 떠올랐다. 그는 재판장의 결정에 승복해야했다.

Li decidis, ke la prijuĝo de la magistrato estu ankaŭ lia. Kaj tamen, restas io ankoraŭ nesolvebla, kaj li ne povis rezisti la tenton, ke li iam demandu la magistraton pri tio.
그는 치안판사의 판단도 자신의 것이 되어야 한다고 결정했다. 그런데도 여전히 풀리지 않는 일이 있어서, 재판장에게 묻고 싶은 마음은 참을 수가 없었다.

Sub la printempa luno de la malfrua nokto, la Takase-barko kun la jam silentaj du homoj foriras glitante sur la surfaco de la nigra akvo.
늦은 밤 봄 달빛 아래 이미 말없는 두 사람과 다카세-바크선은 시커먼 물위를 미끄러지듯 떠내려가고 있었다.

Tradukis Teruo MIKAMI
데루오 미카미 일본어-에스페란토 번역

SANSYÔ-DAYÛ[12)]
산쇼 대인(大人)

Sur la vojo, kiu kondukas tra Kasuga en Etigo al Imazu, paŝas grupo da vojaĝantoj. La patrino, ŝajne superinta ĵus la limon de tridekjara aĝo, iras kun du infanoj: la filino estas dekkvarjara, kaj la filo - dekdujara. Kaj unu servistino ĉirkaŭ kvardekjara, kiu akompanas ilin, la jam lacajn gefratojn, kuraĝigas kaj stimulas ilin plu paŝi: "Baldaŭ ni atingos gastejon."

에치고의 가스가를 거쳐 이마쓰로 이어지는 길에 한 무리의 여행자들이 지나가고 있다. 30세 고개를 막 넘어보이는 어머니는 두 자녀와 함께 가고 있다. 딸은 열네 살이고 아들은 열두 살이다. 그리고 이미 지친 오누이와 함께 동행하는 40대쯤 된 하녀는 계속 걸어가야 한다고 용기를 불어넣고 "곧 우리는 여관에 도착할 겁니다." 하고 걸음을 재촉한다.

El la gefratoj, la pli aĝa filino paŝas kvazaŭ trenante post si la piedojn, sed pro malcedemo de tempo al tempo afektas elastajn paŝojn kvazaŭ vekita por ke ŝian laciĝon rimarku nek la patrino nek la frato.

남매 중 누나는 발을 질질 끌듯이 걷다가도, 외고집이라 엄마도 동생도 자신의 피곤함을 눈치채지 못하게 마치 자다가 깨어난 것처럼 때때로 거침없이 발걸음을 내딛는다.

---

12) tayû aŭ dayû: sinjoro, kaj ofte parto de propra nomo, kiam ĝi sekvas post tiu ĉi.

Ili aspektas konvena grupo por viziti ian templon en proksima loko, sed tamen ilia tre grava ekipado, jen per kan-ĉapelo jen per bastono, ŝajnas por ĉies okuloj malkonvena kaj samtempe kompatinda.

그들은 인근 어느 절을 찾아가는 행색으로 보인다. 그러나 그들의 튀어나게 드러나는 차림새라면, 밀짚모자를 썼고 지팡이를 가지기도 해서, 보는 이들의 눈에는 거슬리기도하고 한편으로 딱해 보이기도 한다.

La vojo kuŝas inter domoj intermite starantaj; ĝi estas sabloza kaj ŝtonoza, sed tute seka pro aŭtuna serena vetero, kaj krom tio pro miksita argilo estas bone firmigita, kaj ne afliktas paŝantojn kaptante iliajn piedojn ĝis maleolo kiel sablo apud maro.

길은 띄엄띄엄 서있는 집들 사이로 나있다. 길에는 모래가 많고 돌들도 많지만, 맑은 가을 날씨로 전부가 말라있는데다가, 진흙이 섞여있는 탓에 굳어져 있어, 길가는 사람들 발이 바닷가 모래처럼 발목까지 빠져 걷기 힘들게 하지는 않는다.

Ili alvenis ĝis kvartalo, kie vicas kelkaj pajltegitaj domoj, ĉirkaŭata de kverka arbareto, kaj radiata ruĝarde de la vespera suno.

몇 채의 초가집이 늘어서 있고, 참나무 숲속에 둘러싸였고, 저녁 햇살에 붉게 물든 동네에 그들은 도착했다.

"Ha, jen belaj ruĝaj folioj!" la patrino antaŭiranta diris al la infanoj montrante per sia fingro.

"아, 여기 붉게 물들어 고운 나무잎사귀들!" 앞서가는 어머니가 손가락으로 가리키며 아이들에게 말했다.

Anstataǔ la infanoj, kiuj rigardis la direkton montritan de ŝi sed nenion respondis, la servistino diris: "Estas tute nature ke matene kaj vespere fariĝis tiel malvarme, ĉar jam la folioj tiel koloriĝis."
그녀가 가리키는 쪽을 바라보는 아이들이 아무 대꾸도 하지 않는 대신 하녀가 대답한다. "나뭇잎들이 그렇게 색깔이 변한 것을 보니, 아침저녁으로 그만큼 추워졌다는 것은 당연하지요."

"Kiel eble plej frue, - abrupte diris la fratino sin turnante al la frato, - mi volas atingi la lokon, kie loĝas paĉjo, ĉu vi ne?"
"되도록이면 최고로 빨리, 누나가 동생에게 몸을 돌리며 갑자기 말을 했다. 아빠가 사시는 곳에 가고 싶어, 너는 안 그래?"

"Franjo, ankoraǔ ni ne povas," diris la frato sagace.
"누나, 우린 아직 할 수 없나봐." 동생이 재치있게 말했다.

"Jes, kiel vi diris, - la patrino diris admone, por atingi tien, ni devas iri trans multe da tiaj montoj, kiajn ni jam transpasis, kaj plurfoje transiri kaj riveron kaj maron per boato. Ĉiun tagon ni devas iri pene, obstine kaj obeeme."
"그래, 네 말대로, 어머니가 타이른다. 그곳에 도달하려면,

우리가 여태 넘어왔던 그런 산들을 수없이 넘어가야 하고. 그러고는 배를 타고 여러 번 강과 바다를 건너야 해. 우리는 매일 힘들어도, 꿋꿋이, 순종하며 가야 해."

"Sed, ĉar mi volas plej frue atingi tien," la fratino diris.
"그렇더라도… 난 거기 더 빨리 가고 싶어." 누나가 말했다.

La grupo daŭrigis siajn paŝojn silente dum kelka tempo.
일행은 한 동안 말없이 발걸음을 이어갔다.

Venis renkonte virino kun malplenaj tinoj portataj per vekto sur sia ŝultro; ŝi estas ĉerpistino de salakvo, kiu revenas de salkampo.
한 여자가 어깨위에 걸친 작대기에 빈 통을 걸어 들고는 다가왔다. 그 여자는 염전에서 돌아오는 소금물긷는 여자였다.

"Hej, sinjorino, la servistino parolis al ŝi, ĉu la sinjorino ne volus informi al ni, kie estas gastejo por vojaĝantoj?"
"여보세요, 아주머니, 여행객이 묵을 여관이 어디 있는지 알려주시겠습니까?" 하녀가 그녀에게 말을 걸었다.

La ĉerpistino haltis kaj ĵetis sian rigardon super la kvaropon - la mastrinon, gefratojn kaj servistinon, kaj respondis al ili: "Ha, estas granda domaĝo al vi, por kiuj la suno sinkas sur tia tro maloportuna loko.

En tiu vilaĝo estas neniu, kiu gastigas vojaĝantojn."
물긷는 여자는 멈춰서더니 안주인, 아이남매, 하녀 네 명을
바라보고는 "아이쿠, 이렇게 불편한 곳에서 해가 지다니 정
말 안타깝군요. 이 마을에는 여행자를 재워주는 데가 없습니
다요."

"Ĉu estas vera, kion vi ĵus diris? - diris la servistino,
- Pro kio povas esti tia malbona moro?"
"방금 하신 말씀이 사실입니까? 왜 그런 나쁜 풍습이 있는가
요?"하고 하녀가 말했다.

La du infanoj, kiujn maltrankviligis la tono de la
dialogo disvolvita antaŭ ili, aliris apud la
ĉerpistinon, do ili kune kun la servistino formis
kvazaŭ sieĝi la ĉerpistinon.
눈앞에서 펼쳐지는 대화의 어조에 놀란 두 아이는 소금물운
반녀의 옆으로 다가와서 하녀와 함께 그녀를 에워싸다시피
했다.

"Ne, ĉi tiu loko estas bonmora kun sufiĉe da piuloj,
- diris la ĉerpistino, sed ĉar la leĝo de la
provincestro malpermesas tion, nenio helpas nin.
"아니요, 이곳은 점잖은 분들이 많이 사는 예절바른 곳입니
다. 그러나 현縣지사가 법으로 그것을 금하고 있기 때문에,
당신들에게 도움 될 것이 없네요. " 염수운반녀가 말했다.

Jen, - ŝi montris la vojon, laŭ kiu ŝi ĵus venis, - jen,
tie vi vidos, se vi iros tien, staras avertotabulo.

"보세요. 잘 봐요, 저어기, 저기에 가면 경고판이 있어요."
그녀는 방금 지나온 길을 가리켰다.

Oni diras, sur ĝi estas detale skribite ke ĉirkaŭ la regiono lastatempe vagas malbonaj sklavokomercistoj; pro tio oni punas tiun, kiu gastigas vojaĝanton kaj lasas resti.
"최근에 나쁜 노예상들이 이 지역을 떠돈다고 자세하게 써놓고 있습니다. 그로 인해 여행자를 맞아 머물도록 하는 사람은 처벌받는답니다.

Mi aŭdis, sep ĉirkaŭaj familioj estos implicitaj tiuokaze."
제가 듣기로는, 그 사건으로 주변 일곱 가정이 처벌받았다고 합디다."

"Ho ve, estas embarase. Ĉar la sinjorino havas infanojn, ni ne povas iri tiom malproksimen. Ĉu vi, sinjorino, ne povus rekomendi ian rimedon al ni?"
"어머, 큰일이네요. 마님은 아이들이 있어서, 우리들은 그렇게 멀리 갈 수는 없어요. 아주머니, 우리에게 다른 방법을 알려 주시면 안될까요?"

"Kion fari? Se vi irus ĝis la salkampo, kiun mi frekventas, jam estus nokto. Ne restas alia rimedo krom tranokti sub libera ĉielo ĉe taŭga loko. Mi opinias, estus preferinde, ke vi dormu sub tiu ponto.

"어떡하지요? 제가 드나드는 염전까지 간다면, 벌써 밤이 될 텐데. 트인 하늘 밑 적당한 곳에서 밤을 보내는 것 외에는 다른 방법이 없겠네요. 제 소견으로는 저 다리 밑에서 자는 게 좋겠네요.

Oni starigis sur riverkampo multe da lignoj dense apogitaj al ŝtona muro de la bordo. Ili estas lignoj alflositaj de la supro de Rivero Arakawa. Sub ili tage infanoj ludas, sed en ties fundo estas malluma loko, kien la sunradioj ne atingas.
강둑의 돌담에 바짝 붙은 강변에 많은 나무가 세워져 있어요. 아라카와 강 상류에서 띄운 나무입니다. 낮에는 아이들이 그 아래에서 놀기도 하지만 그 밑에는 햇볕이 들지 않는 컴컴한 데가 있어요.

Al mi ŝajnas, tien la vento ne penetras. Mi loĝas ĉe la posedanto de la salkampo, kiun mi ĉiutage frekventas; jen meze de kverka arbareto tie.
Kiam venos la vespero, mi alportos por vi pajlgarbon kaj muŝirojn[13]."
바람이 통하지 않을 거 같아요. 저는 매일 다니는 염전 주인과 함께 살고 있어요. 저기 참나무 숲 가운데입니다. 저녁에 짚단과 거적을 가져다 줄게요."

La patrino, kiu staris sola iom malproksime kaj aŭskultis ilian interparolon, tiam alproksimiĝis apud la ĉerpistinon kaj diris: "Renkonti vin tre bonkoran

---

13) - muŝiro : mato el rizpajloj

estas por ni granda feliĉo.
조금 떨어진 곳에 혼자 서서 그들의 대화를 듣던 어머니가
염수운반녀에게 다가가 말했다. "매우 친절하신 부인을 만나
게 된 것은 우리들에게 큰 행운입니다.

Nu, ni iru kaj dormu tie. Mi petas vian ŝatatan
komplezon, ke vi afable pruntedonu al ni
pajlgarbojn kaj muŝirojn. Mi volas kovri per ili
almenaŭ la infanojn."
그래, 거기 가서 자기로 할게요. 짚단과 거적을 친절하게 빌
려주시는 기쁜 아량을 부탁드립니다. 최소한 아이들은 덮어
줘야지요."

La ĉerpistino donis sian konsenton kaj foriris al la
kverka arbareto. La kvar : la mastrino, geinfanoj kaj
servistino, rapidis en la direkto de la ponto.
염수운반녀는 그러마고 약속하고는 참나무 숲으로 떠났다.
네사람 즉 마님, 아이 둘, 하녀는 서둘러 다리 쪽으로 갔다.

Ili venis ĝis la buŝo de Ponto Ooge, kiu pendas sur
Arakawa.
아라카와 강 위를 가로지르는 오게교 입구까지 왔다.

Kiel la ĉerpistino diris, staras tie nova avertotabulo:
la skribita leĝo de la provincestro sur ĝi ne
dementis[14] la vortojn de la virino.

---

14) dement-i [타] …을 거부하다, 거절하다, …을 부인하다,
   =malkonfirmi.

염수운반녀가 말했듯이 새로운 경고 표시판이 있었다. 그 위에 기록된 현 지사의 경고문은 여자의 말과 다르지 않았다.

Se sklavokomercistoj ĉirkaŭvagas, estus pli bone ke oni elserĉu ilin. Kial la provincestro reguligis tian leĝon por ne restigi vojaĝantojn, kaj fakte nur ĝenas tiujn sur la vojo, por kiuj falis vespero?
노예 상인들이 돌아다니고 있다면 찾아내야 될 일이 아닌가. 현 지사가 여행자들이 해질녘이 돼서 묵을 데가 없어 길거리 노숙으로 애를 먹는다는데 그러한 법으로 규제하는 이유는 무엇인가?

Tute maltaŭga estas lia prizorgo! Tamen por la okuloj de tiamuloj la leĝo restas finfine leĝo. La patrino de la infanoj nur priĝemis sian sorton, ke ili trafis tian lokon kie ekzistas tia leĝo, sed neniom prijuĝis la meriton de la leĝo.
그런 지사의 조치는 절대 부적절하다! 그러나 그 당시 사람들의 눈에 법은 결국 그래도 법이었다. 아이들의 어머니는 그런 법이 있는 곳을 우연히 만난 자기 운명을 한탄할 뿐, 법의 존재가치에 대해서는 아무런 비판도 하지 않았다.

Ĉe la buŝo de la ponto kuŝis vojeto kondukanta malsupren por vestolavado al la riverkampo. De tie ili malsupreniris ĝis la riverkampo.
다리 입구에는 강둑 빨래터로 내려가는 길이 있었다. 거기에서 그들은 강둑으로 내려갔다.

Ĝuste kiel dirite, multege da lignoj estis apogitaj al la ŝtonmuro. Ili eniris, sin klinante sub la lignoj laŭ la ŝtonmuro. La knabo kuraĝis eniri la unua kun gaja mieno.

말그대로 돌담에 나무들이 숱하게 세워져 있었다. 그들은 돌담을 따라 나무 아래로 웅크리고 들어갔다. 유쾌한 표정을 짓던 남자아이가 용감하게 먼저 들어갔다.

Ili eniris profunden; jen estis loko kvazaŭ kaverno. Sube kuŝis granda ligno kvazaŭ planko.

그들은 깊숙히 안쪽으로 들어갔다. 보아하니 동굴 같은 곳이었다. 그 밑에는 마치 평상처럼 커다란 나무가 놓여 있었다.

La knabo ĉe la fronto iris sur la lignon kuŝantan, kaj atingis la plej profundan angulon kaj kriis: "Franjo, venu rapide!" La fratino kun hezitemo proksimiĝis al la frato.

맨 앞에 들어 간 소년은 뉘어져 있는 나무 위로 올라가 제일 깊은 구석에 가서는 "누나, 빨리 와!" 라고 외쳤다. 누나는 머뭇거리다 동생에게 다가갔다.

"Momenton!" diris la servistino kaj metis pakaĵon de sur sia dorso surteren kaj elmetis rezervitajn vestojn, lasis la infanojn flankeniri kaj la vestojn sternis sur la angulon kaj sur ilin sidigis kaj la patrinon kaj la infanojn.

"잠깐 기다려요!" 하녀가 말했다. 자기 등에 진 꾸러미를 땅에 내려놓았다. 그리고 준비해둔 옷가지를 내놓더니 아이들을 옆으로 비껴있게 하고는 모퉁이에 옷을 펼쳐 어머니와 아이들을 그 위에 앉게 하였다.

Kiam la patrino sidiĝis, la du infanoj alkroĉis sin al ŝi de ambaŭ flankoj.
어머니가 앉자 두 아이가 양쪽에서 엄마를 꼭 껴안았다.

De kiam ili forlasis la domon en Kantono Sinobu de Iwasiro kaj venis ĝis tie ĉi, ili jam spertis kuŝi sub pli ekstereca loko ol sub tiuj lignoj, eĉ se tiu estis en domo. Ili jam kutimis al tia nelibero kaj estis ne tiom ĝenataj.
그들이 이와시로의 시노부 군(郡)에 있는 집을 떠나서부터 여기까지 온 이후, 그들은 이미 집 안에 있더라도 그 나무 아래보다 더 외져보이는 데에 누운 적이 있었다. 이미 그러한 부자유스러움에 익숙해져 그다지 불편하지는 않았다.

La servistino elmetis ne nur la vestojn, sed ankaŭ manĝaĵojn rezervitajn por tia okazo. Ŝi metis ilin antaŭ la mastrinon kaj infanojn kaj diris: "Ni ne povas hejti tie, ĉar povas esti rimarkita de iu kanajlo.
하녀는 의복뿐만 아니라 이럴 때를 대비하여 준비한 음식도 내놓았다. 그녀는 그것들을 마님과 아이들 앞에 놓고 말했다. "나쁜 놈들이 알아차릴 수 있기 때문에 여기서는 데울 수가 없습니다.

Mi iros al la domo de la ĵus aŭdita posedanto de

salkampo, kaj petos varman akvon. Krome mi petos ankaŭ pri pajlgarboj kaj muŝiroj."

들었던 대로 염전 주인의 집에 가서 뜨거운 물을 달라고 해보겠습니다. 게다가 짚가리개와 거적도 부탁하겠습니다."

Ŝi eliris kun brava sinteno. La infanoj komencis gaje manĝi ĉu boligitan rizon kun mielo, ĉu sekigitan frukton.

그녀는 용감한 태도로 나갔다. 아이들은 쌀로 만든 과자나 말린 과일을 맛있게 먹기 시작했다.

Baldaŭ ili aŭdis paŝbruojn enirantajn sub la lignojn. "Ĉu Ubatake?" la patrino alkriis, sed ŝi en sia koro havis dubon ĉu ne estas tro frue por reveni de la arbareto. La vokita Ubatake estas la nomo de la servistino.

곧 이어 그들은 나무 아래에서 발소리를 들었다. "우바다케?" 어머니는 외쳤다. 그러나 마음속으로는 숲에서 돌아오기에 너무 이른 것이 아닌가 하는 의구심도 들었다. 우바다케라고 불렀던 것은 하녀의 이름이다.

Jen envenis viro kun aĝo ĉirkaŭ kvardekjara. Li estis tia: kvankam kun fortika ostaro, tamen tiel malgrasa ke oni povus kalkuli la muskolojn eĉ de sur la haŭto, kaj kun ridetoj sur la vizaĝo kvazaŭ gliptikita; kaj li tenis en sia mano rozarion.

사십 세쯤 된 남자가 들어왔다. 뼈대는 억세보였지만 피부에서도 근육을 셀 수 있을 정도로 살이 없이 날씬하고, 보석같이 새긴 듯한 얼굴에는 미소를 머금고 있고 손에는 염주를 들고 있었다.

Li proksimiĝis per alkutimiĝintaj facilaj paŝoj kvazaŭ en sia propra domo ĝis la angulo, kie azilis la patrino kaj infanoj. Kaj li sidigis sin sur la ekstremon de la ligno, sur kiu ili sidis.
어머니와 아이들이 대피하고 있는 모퉁이를 자기 집에 들어가듯 익숙한 발걸음으로 다가왔다. 그리고 그들이 앉아 있는 나무 가장자리에 앉았다.

Ili rigardis lin nur mirigitaj. Ili sentis neniom da timo antaŭ li, ĉar li montris nenian malamikecon al ili.
그들은 그저 놀란 눈으로 그를 바라볼 뿐이었다. 그가 그들에게 적의를 나타내지 않았기에 그 앞에서 두려움을 느끼지는 않았다.

"Mi estas ŝipisto nomata Yamaoka-tayû, - la viro diris, - la provincestro malpermesis gastigon de vojaĝantoj, ĉar lastatempe en la regiono ĉirkaŭvagas sklavokomercistoj.
"나는 야마오카 대인이라는 선원입니다." 남자가 말하기를, "최근에 노예 상인들이 이 지역을 떠돌아다니고 있기 때문에 현지사가 여행자의 숙박을 금지했어요.

Ŝajnas al mi ke aresti ilin estas tro malfacila afero por li. Kaj kompatindaj estas nur vojaĝantoj.

그들을 체포하는 것은 그에게 아주 어려운 문제인 것 같아요. 그러다보니 여행자만 불쌍하지요.

Jen kial mi decidis ke mi helpu ilin. Ĉar feliĉe mia domo staras malproksime de la ĉefvojo, mi povas sekrete loĝigi tute senĝene. Ĝis nun mi serĉadis kaj en arbaro kaj sub ponto, kie eventuale oni tranoktas, kaj multajn jam prenis al mia domo.

그래서 이것이 그들 여행자들을 돕기로 한 이유입니다. 다행히 집이 큰길에서 멀리 떨어져 있어서 아무 문제 없이 몰래 묵을 수 있어요. 지금까지 사람들이 어쩔 수 없이 밤을 새는 숲과 다리 아래를 모두 찾아다녔고 많은 사람들을 이미 우리집으로 데려갔어요.

Mi vidas, viaj ĉarmaj infanoj manĝas sukeraĵojn kiuj ŝajne ne nutras ilin, sed kontraŭe al ili difektus la dentojn.

부인의 사랑스러운 아이들이 영양가 없어보이는 단 사탕을 먹어, 이는 오히려 치아를 손상시킬 수 있다고 봐요.

Mi ne povas vin regali sufiĉe bone, sed almenaŭ kaĉon kun ignamo[15] mi povas doni. Nu, mi petas, ne ĝenu vin, sed venu al mia domo." Li diris tion ne trude invitante, sed kvazaŭ al si mem.

당신을 잘 대해줄 순 없지만 최소한 참마로 죽을 쒀서 드릴 수는 있어요. 자, 염려하지 마시고, 우리 집으로 가세요." 억지로 초대한 것이 아니라 마치 자신에게 하듯 말했다.

---

15) ignam-o 〈식물〉 참마속(屬)의 식물, 그 뿌리.

La patrino, kiu aŭskultis kun la klinitaj oreloj atente, ne povis ne senti lian dankindan komplezon, kiu volas helpi al homoj eĉ kun risko spiti la leĝon de la provinco.

귀를 기울이고 듣던 어머니는 현청의 법을 어기면서까지 위험을 무릅쓰고 사람들을 도우려는 친절에 감사하지 않을 수 없었다.

Do ŝi diris: "Sinjoro, mi estas forte tuŝita de via brava komplezo montrita en viaj vortoj.

그래서 그녀는 말했다. "선생님, 말씀을 듣고보니 용기있는 친절에 크게 감동받았습니다.

Kvankam mi timas ke ni povus vin ĝeni, kiam vi nin lasus tranokti en via domo spite la leĝon, kiu malpermesas tian agon, mi tamen ŝuldos dankon ĝis la transa mondo, se vi kompleze lasos manĝi varman kaĉon kaj donos ŝirmon sub via tegmento. Ne diru jam pri mi mem, sed mi petas almenaŭ pri la infanoj."

그런 행위를 금지하는 법을 어기고 우리들을 선생님 집에서 하룻밤 보내게 되면 귀찮게 할까봐 염려되지만, 그럼에도 따뜻한 죽을 먹게 해주시고 지붕 밑에 피할 데를 내주신다니 저는 다음 세상까지라도 감사해야 할 것입니다. 저에 대해서는 염려하지 마시고, 적어도 아이들에 대해서는 호의를 받아 드리고 싶습니다."

Yamaoka-tayû balancis la kapon: "Ha, mi vidas ke vi estas prudenta sinjorino. Do mi tuj gvidu vin!" li diris kaj volis sin levi.

야마오카 대인은 고개를 끄덕였다. "아, 아주머니는 점잖은 여성분이군요. 그럼 즉시 안내해 드릴게요!" 그는 그리 말하고는 일어나려 했다.

"Bonvolu, sinjoro, iom atendi! - ŝi diris kun domaĝsento, mi sentas bedaŭron ke ni tri estos zorgataj de vi, sed pardonu min, mi havas ankoraŭ unu kunvojaĝanton."

"선생님, 조금만 기다려주세요! 우리 셋을 돌봐 주신다니 감지덕지한데도 저희 일행에 한 사람이 더 있습니다." 그녀는 부담되는 느낌이 들어 말했다.

Li rektigis la orelojn: "Kunvojaĝanto, ĉu? Ĉu tiu estas viro aŭ virino?"

그는 귀를 곤두세웠다. "동행자요? 남자인가요, 여자인가요?"

"Estas servistino akompananta por zorgi la infanojn. Ŝi diris ke ŝi petos varman akvon kaj tri-kvar ĉooj n[16] iris returnen. Tuj baldaŭ ŝi revenos, mi pensas."

"아이들을 돌보기 위해 하녀가 동행했습니다. 더운 물을 구하러 근처 민가에 갔습니다. 곧 돌아올 거라고 생각합니다."

"Ĉu servistino? Do ni atendu ŝin iom!" Ial sur lia vizaĝo trankvila kaj nesondebla aperis indico[17] de

---

16) ★ rio: japana mezurunuo de distanco, ĉ. 4 km. aŭ 36 ĉooj.

jubilo.

"하녀요? 그러면 조금 기다려요!" 어떻든 그의 침착하고 헤아려볼 수 없는 얼굴에는 좋은 표시가 역력했다.

Jen kuŝas Golfo Naoe. La suno ankoraŭ sin kaŝas malantaŭ Monto Yone, kaj maldensa nebulo kovras la surfacon de la ultramara maro.

여기에 나오에 만彎이 보인다. 태양은 여전히 요네 산 뒤에 숨어 있고 엷은 안개가 군청색 바다 해면을 덮고 있다.

Estas ŝipisto, kiu malligas gerlenon de boato kun aro da gastoj.

Li estas Yamaoka-tayû kaj la gastoj - la kvar vojaĝantoj: la mastrino, infanoj kaj servistino, kiuj hieraŭ loĝis en lia domo.

한 무리의 손님이 탔던 배에서 뱃사공이 연결밧줄을 풀고 있다. 그는 야마오카 대인이고 손님들은 어젯밤 그의 집에 묵었던 부인, 어린애들 그리고 하녀 네 여행자들이다.

La patrino kaj infanoj, kiuj renkontis lin sub Ponto Ooge, atendis la revenon de Ubatake, la servistino, kiu revenis kun ricevita varma akvo en difektita botelo, kaj kune iris por peti tranoktadon akompanataj de li.

오게교 밑에서 그 뱃사공을 만난 어머니와 아이들은 망가진

---

17) indic-o ①(어떤 존재를 지시하는)표, 지표, 표지(標識), 指數
Konstatebla signo, kiu probabligas ion
Cifero aŭ nombro, montranta diversajn rilatojn aŭ proporciojn:

병에 더운 물을 구해 올 하녀 우바다케가 돌아오기를 기다린 뒤 그 남자의 안내를 받아 밤을 지새러 함께 갔다.

Ubatake sekvis ilin kun maltrankvila mieno. Li lasis ilin loĝi en herbotegita domo inter pinoj, kiu situas sude de la ĉefvojo, kaj proponis al ili kaĉon kun ignamo.
우바다케는 걱정스러운 얼굴로 그들을 뒤따랐다. 그 남자는 큰길 남쪽에 있는 소나무 사이 초가집에 그들을 들게 하고는, 참마죽을 권했다.

Li demandis kien kaj de kie ili vojaĝas. La patrino lasis la infanojn lacigitajn kuŝi antaŭ ol ŝi mem kuŝiĝis, kaj rakontis sub delikata lampolumo sian historion skize al la mastro :
그는 그들이 어디로 가는 길인지 그리고 어디에서부터 여행하는지를 물었다. 어머니는 자신이 눕기 전에 피곤해하는 아이들을 눕히고는 하늘거리는 등불 아래에서 집주인에게 간략하게 자기 이야기를 했다.

Mi venis el Iwasiro. Ĉar la edzo iris al Tukusi kaj ne revenis, mi iras serĉi lin kune kun la infanoj. Ubatake, kiu guvernis la pli aĝan filinon de ŝia naskiĝo, havas nenian parencon, kaj tiel ŝi akompanas nin dum vojaĝo malcerta.
Jen kiel ŝi rakontis al li.
저는 이와시로에서 왔습니다. 남편이 쓰쿠시에 갔다가 돌아오지 않아서 아이들과 함께 찾으러 가는 길입니다. 큰 딸이 태어날 때부터 돌봐준 우바다케는 아무 친척도 없어, 우리와 함께 불확실한 여행을 따라나선 것입니다. 어머니는 그에게 그렇게 이야기 해주었다.

Nu, ĝis tie ĉi ni alvenis, sed por iri al Tukusi nia ĝisnuna vojaĝo ankoraŭ signifas nenion ol nur eliri el la domo. Ĉu de nun ni iru sur la tero? aŭ ni veturu sur maro?
글쎄요, 여기까지 왔지만 쓰쿠시에 가는 것은 지금까지의 여정이 단지 집에서 나오는 것 이상의 아무것도 의미하지 않습니다. 이제부터 육지로 나가야합니까? 아니면 바다로 가야합니까?

Mi estas tute certa ke vi bone nin gvidos, ĉar vi estas ŝipisto kiu espereble konas aferojn en malproksima loko. Do, mi petas vian komplezon. Petis tiel la patrino.
저는 선생님이 우리들을 잘 인도해주실 것이라고 전적으로 확신하고 있습니다. 먼 곳에서 일어나는 일들을 아마도 잘 아시는 선원이니까요. 그러니, 호의를 요청드리는 바입니다. 어머니는 그렇게 부탁하였다.

La mastro senhezite proponis al ŝi, kvazaŭ demandita pri afero tute natura por ĉiu, ke ili prenu marvojaĝon.
그 주인은 누구에게나 당연하다는 듯이 뱃길로 가라고 주저하지 않고 그녀에게 제안했다.

Se vi irus sur la tero, eĉ ĉe la limo de tiu provinco, trans kiu oni eniras en najbaran Ettyû, staras malfacilaj klifoj de Oyasirazu kaj Kosirazu.[18]
육지로 간다면, 이웃한 앳츄로 들어가는 그 지방의 경계에도 오야시라즈와 코시라즈 라는 험난한 절벽이 있어요.

Tie la piedojn de akutaj rokoj kvazaŭ elhakitaj en perpendiklo banas sovaĝaj ondoj; kaj oni devas atendi ĉe niĉaj[19] rokoj defluon kaj trakuri mallargan vojeton sub la rokoj.
거기에는 마치 수직으로 깎은 것처럼 날카로운 바위 밑 언저리에는 거친 파도에 닿아 일렁거려요. 그리고 틈새 바위에서 파도가 나가기를 기다려야 하고 바위 아래의 좁은 길을 통과해야 해요.

Tiam patro ne povas zorgi sian filon nek filo la patron. Tia estas malfacila loko apud la maro.
그때는 아버지가 아들을 돌볼 수 없고 아들이 아버지를 돌볼 수 없어요. 바닷가는 그렇게 어려운 곳이죠.

Kaj se vi irus sur monto, staras danĝeraj vojetoj sur korbelaj[20] rokoj, kie eĉ se unu ŝtoneto surtretita skuetiĝus, oni facile falus en abismon de mil klaftoj.[21]

---

18) ★ Oyasirazu kaj Kosirazu: propraj nomoj kun signifo, patron ne zorgi, filon ne zorgi.
19) niĉ-o 〈건축〉 벽감(壁龕), 터널 안 따위의 벽에 사람이 대피하기 위해 움푹 파놓은 곳. 틈새시장 niĉa merkato
20) ★ 돌출부 (突出部) ①elstara parto. ②elstaraĵo. ③〈건축〉korbelo. ④superstaraĵo

그리고 아주머니가 산으로 간다면, 튀어나온 바위위에 작은 돌맹이 하나를 잘못 밟아 흔들리면 천 길 수렁에 쉽게 떨어져 버릴 수 있는 위험한 좁은 길이 있기도 해요.

Ĝis Saikoku ekzistas nekalkuleblaj malfacilaĵoj. Kontraŭe al tio, la marvojaĝo estas tute sekura; se vi komisios vin al ŝipisto kredinda, vi povos iri nur sidante kiom ajn da vojoj, ĉu cent riojn ĉu mil riojn.
사이코쿠까지는 셀 수 없는 어려움이 있어요. 그에 반해 해상 항해는 전적으로 안전해요. 믿을 만한 선원에게 맡기신다면 백 리든 천 리든 어떤 길이든 앉아 갈 수 있어요.

Mi ne povas akompani vin ĝis Saikoku, sed, ĉar mi bone konas ŝipistojn diversprovincajn, mi povos vin meti en mian boaton kaj transmeti en boaton kiu kondukos vin facile al Saikoku.
아주머니를 사이코쿠에 데려갈 수는 없지만 여러 지방에서 온 뱃사공을 잘 알기 때문에, 내 배에 태워 사이코쿠에 쉽게 안내해 줄 배로 환승해 줄 수 있어요.

Morgaŭ matene mi senprokraste vin prenos en mian boaton. Jen kiel diris Tayû tute senzorge.
내일 아침 지체없이 내 배에 태울게요. 이렇게 대인은 아무런 염려없이 말했다.

---

21) ★ klaft-o ①길(길이・깊이의 단위로서, 한 길 두 길 할 때의 길), 발(두 팔을 벌린 길이로서, 한 발 두 발 할 때의 발. 약 1.83 미터 =6 피트). ☞ futo.

Kiam ekmateniĝis, li urĝis la kvar personojn kaj iris el la domo.

Tiam la patrino elprenis monon el sia malgranda sako kaj volis pagi al li la loĝkoston. Li haltigis ŝin, kaj diris ke li ne volas akcepti la koston, sed ŝi deponu ĉe li sian zorge konservatan monujon. Li asertis, ke oni devas deponi trezorojn ĉe la mastro ĉu en gastejo ĉu sur ŝipo.

아침이 되자 그는 네 사람을 재촉하여 집에서 나왔다. 그때 어머니는 작은 가방에서 돈을 꺼내 숙박비를 지불하고 싶어 했다. 그는 그녀를 말리고는 숙박비를 받지 않겠다고 하면서 조심스레 보관하는 지갑을 자신게 맡기라고 말했다. 그는 값 나가는 보물은 여관에서든 배에서든 주인에게 맡겨야 한다고 했다.

La patrino estis devontigita obei la vortojn de la mastro, de kiam ŝi permesis al si loĝi ĉe li. Kvankam ŝi multe ĝojis, ke li lasis ilin loĝi eĉ spite de la leĝo, ŝi ankoraŭ ne tiom lin kredis, ke ŝi kondutu en ĉio laŭ liaj vortoj.

어머니는 주인집에서 머물게 허락해준 때부터 그 말에 순종해야 했다. 비록 법을 어기고도 머물게 한 것은 매우 기뻤지만, 모든 일에 그의 말대로 행할 만큼 아직 그의 말을 믿지는 않았다.

Sed la devontigon naskis liaj vortoj kun fortika trudo kaj premo, kaj ŝi sentis nerezisteblan timon kontraŭ tio. La nerezistebleco venis de io terura.

하지만 강력한 억지와 압박을 가한 그의 말에서 의무감이 생겨났고, 그녀는 그것에 대해 저항할 수 없는 두려움을 느꼈다. 저항할 수 없는 것은 끔찍한 일에서 왔다.

Sed ŝi ne pensis ke ŝi sentas timon antaŭ li; ŝi ne komprenis klare sian korinklinon.
그러나 그녀는 자신이 그 앞에서 두려움을 느꼈다고 생각하지는 않았다. 자신의 의중意中을 확실히 깨닫지는 못했다.

Ŝi prenis la boaton kun sento de devigiteco. La infanoj prenis la boaton kun ekzaltanta sento ĉe la freŝa pejzaĝo, rigardante la surfacon de la kvieta maro kavzaŭ sternita tapiŝo.
그녀는 마지못한 느낌으로 배를 탔다. 아이들은 깔린 양탄자처럼 잔잔한 바다의 수면을 바라보며 상쾌한 풍경에 들뜬 기분으로 배에 올랐다.

Nur sur la vizaĝo de Ubatake ne malaperis maltrankvilo, de kiam ili eliris el sub la ponto ĝis ili prenis la boaton.
다리 밑에서 나올 때부터 배를 탈 때까지 우바다케의 얼굴에서만은 불안이 사라지지 않았다.

Yamaoka-tayû malligis la gerlenon.[22] Per unu puŝo de la stango al la bordo la boato eknaĝis kun skuiĝoj.

---

22) ★ gerleno: ŝnuro, per kiu oni ligas poŭpon kun bordo aŭ alia simila.

야마오카 대인이 밧줄을 풀었다. 장대를 해안으로 한 번 밀자 배는 유유히 나아가기 시작했다.

Kelkan tempon Yamaoka-tayû remis suden laŭ la bordo en la direkto de la limo de Ettyû. La nebulo tuj malaperis antaŭ la okuloj kaj ekbrilis ondoj sub la suno.
한동안 야마오카 대인은 앳츄 방향으로 해안을 따라 남쪽으로 노를 저었다. 눈 앞에서 금세 안개가 사라지고 태양 아래에서 파도가 번쩍였다.

Sub la ombro de senhoma roko estis loko kun sablo banata de la ondoj kaj kun codioj23) kaj eklonioj24) alfluigitaj.25)
사람이라고는 없는 바위 그늘 아래에는 파도에 씻긴 모래와 코디아와 에클로니아가 흘러드는 곳이 있었다.

Tie du boatoj restis ligitaj. Ŝipisto tuj rimarkis Tayû kaj parolis al li: "Kiel? ĉu vi havas?"
두 척의 배가 그곳에 묶여 있었다. 선원은 즉시 대인을 알아차리고 그에게 말했다. "어떻게 됐어? 가지고 있어요?"

Tayû levis la dekstran manon kaj montris ĝin kun fleksita dikfingro, kaj ankaŭ li tien ligis la boaton.
대인은 오른손을 들어 엄지손가락을 꺾어 보여주고 자기 자신도 거기에 배를 묶었다.

---

23) ★ codio: algo, Codium. 청각속
24) ★ eklenio: algo, Eclonia Bicyclis.
25) ★ alfluo 밀물, 만조(滿潮). al kaj refluo 간만(干滿).

Fleksi nur la dikfingron estas signo ke li havas kvar personojn.
엄지손가락만 꺾는 것은 그에게 4명이 있다는 표시다.

Unu el la ŝipistoj tie haltintaj de antaŭe estis nomata Saburô de Miyazaki, viro el Miyazaki en Ettyû.
전에 거기에 멈춘 선원 중 한 명이 미야자키 사부로라는 사람으로 앳츄의 미야자키 출신이다.

Li malfermis sian pugnitan maldekstran manon. Kiel la dekstra mano montras la varon, la maldekstra signas la monsumon : li taksis ilin je kvin kanmono j.26)
그는 주먹을 쥔 왼손을 폈다. 오른손이 물건을 나타내듯, 왼손은 금액을 나타낸다. 그는 그것들을 5칸으로 어림했다.

"Mi donos plue," diris la alia ŝipisto, etendis haste sian maldekstran kubuton, unu fojon malpugnis kaj poste montris la montrofingron starigitan.
"더 줄게." 다른 선원이 말했다. 급하게 왼쪽 팔꿈치를 펴고 주먹을 한 번 편 다음, 들어 올린 검지를 보여주었다.

Li estas Zirô de Sado kaj ilin taksis je sep kanmonoj.
그는 사도 지로이고 7칸으로 그들을 평가했다.

---

26) ★ kanmono: japana antikva monunuo.

"Hej, ruzulo!" kriis Miyazaki kaj volis sin levi. "Vi mem volis elruzi!" sin pretigis Sado. La du boatoj estis klinitaj kaj vipis la akvon per la flankoj.

"이봐, 교활한 놈!" 미야자키가 소리 지르며 일어나려고 했다. "네 스스로 속이려고 싶었나봐!" 사도는 준비했다. 두 척의 배는 기울어져 옆에 물을 휘젓고 있었다.

Tayû komparis per siaj flegmaj[27] rigardoj ambaŭ ŝipistojn: "Ne tro rapidu! Vi ambaŭ ne foriros kun malplenaj manoj. Por ke la gastoj ne sin ĝenu pro la malvasteco, mi disdonos po du. La kosto devas esti kiom la lasta montris," li diris tiel kaj sin turnis al la gastoj : "Nu, volu preni la boatojn duope.

대인은 두 선원을 담담한 눈빛으로 비교했다. "너무 서두르지 마! 당신 두 사람 빈손으로 떠나보내지 않을 게. 손님들이 좁다고 힘들어하지 않게 둘씩 나누어 줄게. 그 대가는 마지막에 신호보냈던 것이어야 해." 그는 이렇게 말하고 손님들을 돌아보았다. "배를 둘씩 나누어 타요.

Ambaŭ veturos al Saikoku. La boato ne kuras rapide, kiam la ŝarĝo estas tro peza."

자, 둘 다 사이코쿠로 갈 거예요. 짐이 너무 무거우면 배가 빨리 못 가요."

La du infanoj al la boato de Miyazaki, kaj la patrino

---

27) flegm-o ①〈생리〉 점액(粘液)의 옛 이름. ☞ galo. ②감동을 받아도 흥분하지 않는 성격, 냉담, 무기력. ˜ulo 냉담한 사람.

kaj Ubatake al tiu de Sado transiris helpate de Tayû
ĉe la manoj.
두 아이는 미야자키의 배로, 어머니와 우바다케는 대인이 손
을 잡아 주어 사도의 배로 건너갔다.

Al la mano de Tayû, kiu sin retiris post la
transmetoj, Miyazaki kaj Sado ambaŭ enmanigis
kelkajn ringojn da moneroj.
분승시킨 후 물러난 대인의 손에, 미야자키와 사도는 둘 다
동전 몇 링을 건넸다.

"Ha, permesu al mi, kiel ni faru kun la sako
deponita ĉe li?" Kiam Ubatake tiris la manikon de la
mastrino, Yamaoka-tayû ekpuŝis tuj la malplenan
boaton.
“아, 허락해주세요. 그에게 맡겨진 가방을 어떻게 할까요?”
우바다케가 마님의 소매를 잡아당기자 야마오카 대인은 곧
바로 빈 배를 밀었다.

"Nun mi adiaŭos vin. Mia tasko estas jam finita per
la transdono de la kredinda mano al la kredinda
mano. Bonan vojaĝon mi deziras al vi."
“이제 작별인사를 할게요. 믿을 만한 손에서 믿을 만한 손으
로 옮겨가는 일은 이미 끝났습니다. 좋은 여행 되시길 바랍
니다.”

Eksonis haste la remiloj kaj tuj antaŭ iliaj okuloj
malproksimiĝis la boato de Yamaoka-tayû.

황급히 노젓는 소리가 났고, 바로 눈앞에서 야마오카 대인의 배가 멀어져갔다.

La patrino demandis al Sado: "Vi remas saman vojon kaj atingos saman havenon, ĉu jes?"
어머니는 사도에게 물었다. "같은 코스로 노를 저으면 같은 항구에 다다르겠죠?"

Sado kaj Miyazaki rigardis reciproke la vizaĝon kaj ridis laŭte. Poste diris Sado: "Ni veturas sur ŝipo de la sankta ĵuro ĝis la sama bordo de nirvano, tiel diras la ĉefbonzo de Templo Rengebuzi."
사도와 미야자키는 서로의 얼굴을 보고 크게 웃었다. 그런 다음 사도가 말하기를 "우리는 신성한 맹세의 배를 타고 같은 열반의 해안으로 항해합니다. 그렇게 렌게부지 사원의 주지가 말했습니다."

De tiam la ŝipistoj ekmutis kaj nur remadis. Zirô de Sado remas norden, kaj Saburô de Miyazaki remas suden. "Kio, kio?" la du partioj kun vanaj intervokoj nur distancas pli kaj pli.
그때부터 선원들은 침묵하기 시작하고는 노만 저을 뿐이었다. 사도 지로가 북쪽으로, 미야자키 사부로가 남쪽으로 노를 젓고 있다. "뭐야, 뭐야?" 두 쪽은 헛된 외침만 해댈뿐 점점 더 멀어져만 간다.

La patrino freneza sin rektigis kun la manoj tenantaj la ŝipflankon: "Jam estas finite. Adiaŭ, jam adiaŭ!

Anzyu konservu bone vian talismanon, la statuon de Ksitigarbo.[28)]
어머니는 미친 듯이 뱃전을 손으로 잡고 일어섰다. "끝났어. 안녕, 이제 안녕! 안쥬는 네 부적, 보살상이나 잘 지켜라.

Ankaŭ Zusiô konservu bone vian talismanan glaveton donacitan de paĉjo. Neniam vi disiĝu!" Anzyu estas la nomo de la pli aĝa fratino, kaj Zusio - de la juna frato.
또한 즈시오야! 아빠가 네게 주신 부적 검劒을 잘 보관해. 절대 헤어지지 마!"
안쥬는 누나 이름이고, 즈시오는 나이 적은 남동생이다.

La du infanoj nur kriadis senhelpe: "Panjo, panjo!"
두 아이는 냅다 소리쳤다. "엄마, 엄마!"

La du boatoj ĉiam pli kaj pli distancis. Kaj la patrino apenaŭ rimarkis post sia boato la malfermitajn buŝojn de ambaŭ infanoj, kvazaŭ de birdetoj atendantaj nutraĵon, sed ŝi jam ne aŭdis ilian voĉon.
두 배는 점점 멀어지고 있었다. 그리고 어머니는 배 뒤에서 마치 새끼 새가 먹이를 기다리는 것 같은 두 아이의 벌린 입을 거의 보지 못했고, 더 이상 그들 목소리를 듣지 못했다.

Dume Ubatake ĝis tiam alplendadis al Zirô de Sado: "Hej, sinjoro ŝipisto, hej, hej..." Sed, ĉar Sado

---

28) Ksitigarbo: unu el la bodisatvoj aŭ bodiuloj.

neniom atentis pri ŝi, finfine ŝi alkroĉis sin al liaj sovaĝaj kruroj kvazaŭ trunkoj de pinoj.

한편, 우바다케는 그때까지 사도 지로에게 "이봐, 선원 아저씨, 헤이, 헤이..." 그러나 사도가 그녀에게 관심을 기울이지 않자 마침내 그녀는 소나무 통나무처럼 거친 그의 다리에 달라붙었다.

"Kio estas tio, sinjoro ŝipisto? Kien mi povus iri viva disde la karaj infanoj? Por la sinjorino ankaŭ estas same. Al kio povus sin apogi de nun por vivi? Kompleze remu en la direkto de tiu boato. Sinjoro, mi elkore petas vian simpation."

"이게 뭡니까, 선원 선생님? 사랑하는 아이들에게서 헤어져 내가 어디로 가서 삽니까? 부인도 마찬가지입니다. 앞으로 무엇을 의지하며 살 수 있습니까? 저 배의 방향으로 노를 저어주세요. 선생님, 진심으로 동정해 주시기 청원드립니다."

"Ne ĝenu min!" Sado kalcitris[29] ŝin. Ŝi falis sur la fundon de sur la ŝipflanko.

"귀찮게 하지마!" 사도는 그녀를 걷어찼다. 그녀는 뱃전에서 바닥으로 떨어졌다.

Ŝi sin levis. Nun jam finite! Sinjorino, mi petas vian indulgon," ŝi diris kaj ĵetis sin en la maron kun la kapo malsupren. "Ba!" diris la ŝipisto kaj etendis la

---

29) kalcitr-i [자] ①(말 따위가)뒷발로 차다. ☞ hufobati, baŭmi. ② 〈비유〉항의・반항하다. ˜o 뒷발로 차기, 뒷발질. ˜ema (말이)발길질하며 반항하는, (사람이)완강하게 반항하는, 고집부리는.

brakon, sed estis jam tro malfrue.

그녀는 일어났다. "이제 끝났습니다! 마님! 죄송합니다." 라고 그녀는 말하며 머리를 숙인 채 바다에 몸을 던졌다. "제기랄!" 선원이 팔을 내밀었지만 이미 때는 너무 늦었다.

La patrino demetis de si la superkimonon kaj metis ĝin antaŭ lin.

"Volu preni ĝin por vi, mian malgrandan donacon pro via zorgado. Mi jam adiaŭas vin." Ŝi metis sian manon sur la ŝipflankon post tiuj vortoj.

어머니는 기모노상의를 벗어 그 남자 앞에 놓았다. "돌봐준 데 대한 내 작은 선물이니, 가져가세요. 난 이미 작별인사를 하고 있어요." 그녀는 그 말을 하고 뱃전에 손을 얹었다.

"Fi, idioto!" Sado kaptis ŝiajn harojn kaj renversis ŝin. "Kiel mi povus lasi ankaŭ cin morti! Por mi ĉi ja estas kara varo."

"젠장 이 바보멍청이!" 사도는 그녀의 머리칼을 잡고 뒤집어 내챙겨버렸다. "내가 어떻게 당신도 죽게 내버려둘 수 있어! 내게는 참으로 소중한 물건인데."

Li elprenis ŝnuron, ŝin ligis de ĉiuj flankoj kaj kuŝigis ŝin sur la fundon. Kaj poste li daŭris remadi norden, daŭris remadi nur norden.

그는 밧줄을 꺼내서 그녀 전신을 묶고는 바다에 눕혔다. 그리고 계속 북쪽으로 노를 저었고, 계속해서 북쪽으로만 노를 저어갔다.

La boato de Saburô de Miyazaki kuradis suden laŭ la bordo, kun la gefratoj, kiuj kriadis senĉese: "Panjo, panjo!"
미야자키 사부로의 배는 계속해서 "엄마, 엄마!" 라고 외치는 남매들을 싣고 해안을 따라 남쪽으로 질주했다.

"Ne plu kriaĉu ! - riproĉis ilin Miyazaki, - eĉ se via voĉo povus atingi ĝis skvamuloj sur la marfundo, tamen ĝi ne povas atingi ŝiajn orelojn.
"더 이상 소리 지르지 마! 미야자키가 그들을 꾸짖었다. 너희 목소리가 바다밑 고기비늘에 닿을지라도 엄마의 귀에는 닿지 않아.

Eble la virinoj estos portitaj al Insulo Sado, por ke ili tie gardu miliojn kontraŭ svarmantaj birdetoj."
아마 그 여자들은 사도 섬으로 붙잡혀가서, 거기에서 우글거리는 새떼로부터 기장을 지키도록 할 게다."

Anzyu, la fratino, kaj Zusiô, la frato, nur ploradis ĉirkaŭbrakante sin reciproke.
누나 안쥬와 남동생 즈시오는 서로 부둥켜안고 그저 울기만 했다.

Dum ili pensis ke ili kune kun la patrino faras ĉion: adiaŭi la hejmlokon kaj vojaĝi longan vojon, ili estas disigitaj de ŝi tute ekstersupoze, kaj ili jam ne sciis kion fari.
어머니와 함께 집에 작별인사를 하고 먼 길을 여행하는 모든 일을 하고 있다고 생각하는 동안 그들은 생각지도 않게 엄마와 완전히 헤어져버렸고 더 이상 무엇을 해야 할지 몰랐다.

Nur la malĝojo plenigis iliajn brustojn kaj ili povis neniom konscii, kiel tiu disiĝo ŝanĝos ilian sorton.
슬픔만이 가슴을 가득 채웠고 그 이별이 그들의 운명을 어떻게 바꿀 것인지 아무것도 깨달을 수 없었다.

Venis la tagmezo kaj Miyazaki elprenis moĉiojn kaj manĝis. Po unu li donis ankaŭ al ili. La du nur ploradis rigardante inter si la okulojn, sed ne volis manĝi ĝin, kiun ili tenis en sia mano. Nokte ili endormiĝis plorante sub kan-muŝiro per kiu Miyazaki ilin kovris.
정오가 되자 미야자키는 모찌를 꺼내 먹었다. 그것을 각각 하나씩 주었다. 둘이는 서로 눈을 바라보며 울기만 할 뿐, 손에 들고 있는 것은 먹고 싶지 않았다. 밤에는 미야자키가 덮어준 갈대거적 밑에서 울다 잠이 들었다.

Jen kiel ili travivis sur la boato kelkajn tagojn, dum kiuj Miyazaki ĉirkaŭiradis vendi ilin de haveno al haveno de Ettyû, Noto, Etizen kaj Wakasa.
여기 미야자키가 그 애들을 팔려고 앳츄, 노도, 에치젠, 와카사의 이 항구에서 저 항구로 돌아다니는 며칠 동안에 그 애들은 배에서 어떻게 살아왔는지 알아보자.

Tamen, ĉar ili estis tro junaj kaj aspektis debilaj, neniu volis ilin aĉeti. Eĉ se foje aperis aĉetanto, la

prezo proponita de li ne atingis la konsenton.
Miyazaki pli kaj pli fariĝis malbonhumora kaj tiel
sovaĝa, ke li fine komencis ilin bati: "Ĝis kiam ci
ploraĉos!"

하지만, 그애들은 너무 어리고 허약해 보여 아무도 사려고
하지 않았다. 가끔 구매자가 등장해도 그가 제시한 가격에는
이르지 못했다. 미야자키는 점점 심술궂어졌다. 그리고 너무
거칠어져 마침내 그들을 두들겨 패기 시작했다. "너그 울 때
까지!"

Lia boato post la longa migrado venis al la haveno
de Yura en Tango. Tie estis granda riĉulo nomata
Sansyô-dayû; li loĝis en granda palaco en loko
nomata Isiura, kaj kutimis aĉeti kiom ajn da sklavoj,
per kiuj li plantis gramenacojn sur kampoj, ĉasis sur
montoj, fiŝis sur maro, kulturis silkoraŭpojn, teksis
ŝtofojn, kaj faris ĉiuspecajn vazojn ĉu metalajn ĉu
porcelanajn laŭ respektiva metio.

그의 배는 오랜 방황끝에 단고의 유라 항구에 왔다. 그곳에
는 산쇼 대인이라는 큰 부자가 있었다. 그는 이시우라라는
곳의 큰 궁전에 살면서 노예를 얼마든지 사서 밭에 와시래구
사를 심고, 산에서는 사냥하고, 바다에서는 고기를 잡고, 누
에를 길러, 비단을 짜고, 쇠그릇이든 도자기 그릇이든 알맞는
기술에 따라 모든 종류의 그릇을 만들었다.

Miyazaki ĝis nun kutimis alporti al li varon, por kiu
li ne povis trovi aĉetanton en alia loko.

미야자키는 지금까지 다른 곳에서 구매자를 찾을 수 없는 상

품을 가져오는 데 익숙했다.

La sklavestro de Tayû, delegita al la haveno, tuj aĉetis Anzyu kaj Zusio por sep kanmonoj.
항구에 위임된 대인의 노예장은 즉시 안쥬와 즈시오를 일곱 칸에 샀다.

"Ho, pro dioj, mi sentas min libera pro la dispono de la infanaĉoj," diris Saburô de Miyazaki kaj metis en sian sinon la ricevitan monon, kaj eniris sakeejon apud la varfo.
"아, 신이시여." 미야자키 사부로는 "애들을 처분하고나니 홀 가분합니다." 라고 말하고는 받은 돈을 가슴에 넣고, 항구 옆 술집으로 들어갔다.

En la profunda salono de la granda palaco konstruita per vico da kolonoj pli dikaj ol unu ĉirkaŭbrako, estis aranĝita irorio[30] unu kvadratkena kaj en ĝi karbo ardis ruĝa.
팔 한아름보다 더 두꺼운 기둥이 늘어선 대궁전의 은밀한 홀 에는 사방 1칸 너비의 화덕이 놓여 있고, 그 화덕에는 숯불 이 붉게 타고 있었다.

Fronte al ĝi Sansyô-dayû sidas sur stako da sternitaj kusenoj kaj sin tenas sur kubutapogilo.
화덕 앞에는 쫙 펼쳐친 방석 더미위에 산쇼 대인이 앉아 팔

---

30) - irorio : japana kampara forno, en tajlita en planko, uzata por hejti kaj kuiri. - keno: japana mezurunuo de longeco, c. 1.82 m.

받침대에 몸을 기대고 있다.

Ĉe liaj ambaŭ flankoj sidas liaj du filoj, Zirô kaj
Saburô, kvazaŭ gardantaj ŝtonaj hundoj ĉe la fronto
de jaŝiro.[31]
그의 양쪽에는 신사 앞에서 커다란 돌개가 지키고있는 것처
럼 두 아들 지로와 사부로가 앉아 있다.

Tayû havis tri filojn. Sed kiam li per siaj propraj
manoj brulstampis al sklavo, kiu intencis eskapi kaj
estis kaptita, Tarô, la plej aĝa filo kaj tiam
deksesjara, fikse rigardadis tion kun neniom da
vortoj, neatendite forlasis la domon, kaj sin kaŝis,
kie oni scias ne plu.
대인은 세 아들을 두었다. 그러나 도망치려던 노예를 붙잡아
대인이 손으로 불낙인을 찍자 당시 16살인 맏아들 다로가
아무말없이 그 모습을 지켜보고는 갑자기 집을 나가 어디있
는지 더 이상 아무도 알지 못하는 곳에 숨어버렸다.

Tio okazis antaŭ deknaŭ jaroj de tiu tempo.
지금부터 19년 전 일이다.

La sklavestro kun Anzyu kaj Zusiô, aperis antaŭ lin
kaj ordonis al la fratoj riverenci al Tayû.
노예장은 안쥬와 즈시오 남매를 대인 앞에 세우고 절하라고
명령했다.

---

31) - jaŝiro: ŝintoisma templo.

Ĉu ili ne aŭdis liajn vortojn, ili nur rigardadis Tayû, kun larĝe mallfermitaj okuloj.

그애들은 그의 말을 못 들었는지, 눈만 크게 뜨고 대인을 쳐다볼 뿐이었다.

La vizaĝo kvazaŭ cinabroŝmirita[32] de Tayû, ĉi-jare sesdekjara, havas larĝan frunton, elstarantan mentonon, kaj arĝente brilantajn hararon kaj barbon. La infanoj estis mirigitaj ol teruritaj, kaj restis fikse rigardantaj lian vizaĝon.

올해 나이 60인 대인의 얼굴은 진사辰砂를 바른 듯하고 이마는 넓었으며, 턱은 툭 튀어나왔고, 머리카락과 수염은 은빛으로 빛났다. 아이들은 겁보다 놀라움을 감추지 못하고, 계속 그의 얼굴을 쳐다보았다.

"Ĉu estas tiuj infanoj kiujn vi aĉetis? - diris Tayu - Ĉar vi diris ke ili apartenas al speco malofte trovata, al kia laboro ilin destini vi ne scias, tute diference de sklavoj aĉetataj kutime, mi venigis ilin antaŭ min spite mian ĝenon, sed ili estas palaj kaj debilaj infanoj. Por kio ili taŭgos, eĉ mi mem ne povas juĝi."

---

32) - cinaboŝmirita cinabro 진사 (辰沙/辰砂) [명사] [광업] 수은으로 이루어진 황화 광물. 육방 정계에 속하며 진한 붉은색을 띠고 다이아몬드 광택이 난다. 흔히 덩어리 모양으로 점판암, 혈암, 석회암 속에서 나며 수은의 원료, 붉은색 안료(顔料), 약재로 쓴다. ŝmir-i [G8] [타] ①(기름·버터·몰타르 따위를)바르다, 칠하다, 묻히다. ˜i panon per butero, muron per mortero 빵에 버터를, 벽에 몰타르를 바르다. ②(기계의 작동을 부드럽게하기 위해)윤활유를 바르다. ☞ lubriki. ③* 뇌물을 주다, 매수하다.

"그 아이들을 자네가 사온 건가? 대인이 말했다. 보기 드문 종에 속한다고 해서, 평소에 사오던 노예들과는 완전히 달라 어떤 일을 맡겨야 할지 잘 모르겠다고 해서. 귀찮게 내 앞에 데려왔는데. 그러나 그애들은 창백하고 연약해. 어디에다 쓰면 맞을지 나도 판단이 안된다네."

De apud li Saburô intervenis; li estas la plej juna filo, sed jam havas aĝon de tridek jaroj. "Sed, patro, mi observadis ilin jam de antaŭe; ili ne riverencas antaŭ vi spite de la ordono, nek volas anonci sian nomon kiel kutimaj sklavoj.
옆에서 사부로가 끼어들었다. 그는 막내지만 이미 서른 살이다. "그러나 아버지, 저는 그애들을 처음부터 지켜보았고, 그들은 명령에도 불구하고 아버지 앞에 절도 하지 않았으며, 여느 노예처럼 자기 이름도 알리고 싶어하지도 않았습니다.

Kvankam ili aspektas debilaj,[33] ili estas ja tro obstinaj en sia koro. Ĉe ni ekzistas la regulo: ĉe la komenco viro laboru por kolekto de hejtaĵoj, kaj virino ĉerpu akvon. Mi proponas observi la regulon."
겉보기에는 어리석어 허약해보여도 마음속으로는 매우 고집이 센 애들입니다. 우리에게는 규칙이 있습니다. 처음에는 남자는 난방 땔감 수집을 위해 일하고, 여자는 물긷기를 해야 합니다. 규칙을 준수할 것을 제안드립니다."

"Jes, kiel la estimata sinjoro afablis diri, ili ne sciigis al mi eĉ sian nomon," aldonis la sklavestro.

---

33) - debila : malforta korpe, malsanema.

"네, 존경하는 주인님 분부대로 하겠습니다. 그애들은 아직 저에게도 이름을 알려주지 않았습니다." 노예장이 덧붙였다.

"Sajnas, ili estas idiotoj, - mokis Tayû, - do mi mem nomos ilin: la pli aĝan ni nomu Sinobugusa,34) kiu eltenos penon, kaj la pli junan Wasuregusa,35) kiu forgesis sian nomon. Nu, Sinobugusa iru borden kaj ĉerpu tri tinparojn da marakvo ĉiutage, kaj Wasuregusa iru monten kaj kolektu tri faskojn da hejtaĵoj ĉiutage. Pro debila aspekto mi lasas al vi la ŝarĝojn pli malpezaj."

대인은 "바보같으니라구, 내가 직접 이름을 지어주겠다. 고생을 참을 수 있을 만큼 나이 더 먹은 애는 시노부구사, 이름을 잊은 동생은 와스레구사라고 부르지. 자, 시노부구사, 물가에 가서 매일 세 번 해수를 길러 오고, 와스레구사는 산에 가서 매일 땔감 세 짐을 모아 와. 허약해보여서 네게 가벼운 일을 맡기는 것이다."

"Danku Lian Moŝton pro lia troa komplezo! - diris Saburô, - Nu, sklavestro, forkonduku ilin kaj donu al ili la ilojn."

"과한 친절에 각하께 감사드려! 사부로가 말했다. 자, 노예장, 그애들을 데리고가서 장비를 주게."

La sklavestro kondukis ilin al kabano destinita por

---

34) - sinobugusa: japana nomo por davalio 넉줄고사리 (vd. davalio), laŭlitere, pacienc-herbo.
35) - wasuregusa: japana nomo por hemokalido, laŭlitere, forges-herbo.

novicoj,[36] kaj donis al Anzyu tinojn kaj grandan kuleron, kaj al Zusiô korbon kaj serpeton, kun aldonitaj kestetoj por lunĉo.

노예장은 그들을 초년생의 오두막으로 데리고가서 안쥬에게는 물통과 큰 물주걱을, 즈시오에게 바구니와 낫을 주고는 점심 도시락도 주었다.

La kabano estis konstruita aparte de la loĝejo de la gesklavoj.

오두막은 노예의 집과 별도로 지어졌다.

Kiam foriris la sklavestro, ĉirkaŭe jam regis mallumo. Eĉ lampeto ne estis en la kabano.

노예장이 떠나고나자 어둠이 깔렸다. 오두막에는 작은 램프조차도 없었다.

En la sekvinta mateno severa malvarmo ilin atakis. Ili dormis kovritaj per muŝiroj, kiujn Zusiô apenaŭ trovis, kiel sub la kanmuŝiro sur la boato, ĉar la kuŝkovriloj provizitaj en la kabano estis tro malpuraj.

다음날 아침 심한 추위가 그애들을 덮쳤다. 그들은 오두막 담요가 너무 더러워서, 배위에서 갈대거적을 덮고 잔 것처럼 즈시오가 겨우 찾아낸 거적를 덮고 잠을 잤다.

---

36) ★novic /o
1 Viro, kiu, surmetinte religian kostumon, restas en monaĥejo por pasigi provotempon,
antaŭ ol definitive monaĥiĝi.
2 (f) Homo ankoraŭ nesperta en la profesio, okupo, afero:

Zusiô kun la kestetoj iris por ricevi manĝaĵojn al la kuirejo laŭ la hieraŭa instruo de la sklavestro.
즈시오는 어제 노예장의 지시대로 작은 상자를 들고 부엌에 음식을 받으러 갔다.

Jen sur la tegmentoj jen sur pajloj disĵetitaj sur la tero li vidis jam prujnon.
여기 지붕 위에도, 땅에 흩어져 널브러져 있는 짚 위에도 이슬이 벌써 내린 것을 보았다.

La kuirejo havis larĝan terplankon, kaj tie jam multe da alvenintaj gesklavoj atendis.
부엌은 넓은 흙바닥으로 되어 있었고, 이미 도착한 많은 남녀노예들이 기다리고 있었다.

La loko por la ricevo estis destinita aparte laŭ viroj kaj virinoj, sed Zusiô volis ricevi du porciojn por si kaj sia fratino, kaj estis riproĉita unue, sed li fine sukcesis ricevi du porciojn da manĝaĵoj en la kestetoj kaj ankaŭ densan kaĉon en lignovazoj kaj varman akvon en ligna bovlo nur post promeso ke ili de morgaŭ observu la regulon.
배식 장소는 남녀가 따로 정해져 있었지만, 즈시오는 자기와 누나를 위해 2인분을 받으려고 했는데, 처음에는 꾸지람을 들었지만 결국에는 가까스로 도시락 2인분 음식을 받아들고는, 내일부터 규칙을 잘 지키겠다고 다짐하고는 나무그릇에 뻑뻑한 죽과 나무종지에 더운 물을 받았다.

La densa kaĉo estis kuirita kun sala spicado.
뻑뻑한 죽은 소금양념을 넣어 조리한 것이었다.

La fratino kaj frato ĉe la matenmanĝo interkonsiliĝis
kaj brave atingis la konkludon, ke jam en tia stato
nenio helpus ilin kaj ke ili devas jam klini sian
nukon sub la sorto.
남매는 아침을 먹으면서 이런 상태에서는 아무 소용이 없으
며 운명에 과감히 목을 숙여야 한다는 결론에 도달했다.

Kaj ekiris ŝi al bordo kaj li al monto. La unuan,
duan kaj trian barierojn de la palaco de Tayû, ili
kune trairis, disiĝis dekstren kaj maldekstren, kaj iris
sur falinta prujno ĉiam retrorigardante reciproke al
si.
그리고 누나는 해안으로, 동생은 산으로 나섰다. 대인 궁전의
첫 번째, 두 번째, 세 번째 방호벽을 함께 지나 좌우로 갈라
져 계속해서 서로 쳐다보고 또 보면서 서리를 밟으며 갔다.

La monto, kiun devis supreniri Zusiô, estis etendita
piedo de Monto Yura, kaj oni supreniris tien, unue
irante iom suden for de Isiura. La loko, kie li devis
kolekti hejtaĵojn, estis ne tiom malproksima de la
montpiedo.
즈시오가 올라가야 할 산은 유라 산의 기슭이었고, 처음에는
이시우라에서 조금 남쪽으로 가다가 산으로 올라갔다. 땔감
을 모아야 했던 곳은 산기슭에서 그리 멀지 않은 곳이었다.

Li iris al vasteta ebenejo tra loko, kie sin montras violkoloraj rokoj tie kaj ĉi tie. Kaj jam tie li trovis densejon de arbetoj.

그는 자색 바위가 여기 저기 보이는 곳을 지나 넓은 평지로 갔다. 그리고 그곳에서 나무덤불을 발견했다.

Li rigardis ĉirkaŭen starante en la arbetejo. Tamen kiel falĉi hejtaĵojn, li sciis neniom kaj ne povis eklabori, kaj pasigis tempon nur gapa sidante sur defalintaj folioj sternitaj simile al kuseno, sur kiuj degelas prujno pro la matena suno.

그는 서서 주위를 둘러보았다. 그러나 땔감 모으는 일에 대해 아는 것이 없었고, 어떻게 일해야하는지 아는게 없어, 멍하니 앉아 아침 햇살에 이슬이 녹아 방석처럼 펼쳐깔린 낙엽 위에 앉아 그저 바라보며 시간을 보냈다.

Apenaŭ li reakiris la forton kaj komencis falĉi unu-du branĉojn, sed li tuj difektis al si fingron, kaj denove sin sidigis sur la defalintajn foliojn kaj larmadis sola, kiel al la franjo malvarmas la mara vento, dum eĉ en monto tiel la vento malvarmas al li.

겨우 기력을 찾아 나뭇가지 한두 개를 자르기 시작했더니 곧 손가락을 다쳐 다시 낙엽 위에 앉아 산에 있어도 바람이 차가운데 누나는 바닷바람에 얼마나 추울까 생각하면서 혼자 눈물을 떨구었다.

Kiam la suno jam sufiĉe leviĝis, venis preter li iu hakisto, kiu kun hejtaĵoj sur la dorso volas malsupreniri la monton, kaj demandis al li: "Ĉu ankaŭ vi estas sklavo de Tayû? Kiom da faskoj oni difinis por vi?"

해가 이미 충분히 떠올랐을 즈음 땔감을 등에 메고 산을 내려가던 어떤 나무꾼이 옆을 지나치면서 물었다. "너도 대인의 노예야? 너한테 배당량은 얼마나 돼?"

"Dum mi devas fari tri faskojn por tago, ankoraŭ mi kolektis neniom da hejtaĵoj." Zusio konfesis honeste.

"하루에 세 짐씩 만들어야 하는데, 아직 조금도 모으지 못했습니다." 즈시오는 솔직하게 털어놓았다.

"Se tri faskoj por tago, ĝis tagmezo vi faru du. Jen, tiel oni falĉas." La hakisto metis sur la teron sian ŝarĝon kaj tuj falĉis por li unu faskon.

"하루에 세 짐이면 정오까지 두 짐을 만들어. 이렇게 자르는 거야." 나무꾼은 등짐을 땅에 내려놓고는 그를 위해 한 짐을 바로 잘라모았다.

Zusiô reakiris la forton kaj apenaŭ povis falĉi unu faskon ĝis la tagmezo, kaj posttagmeze li faris unu faskon plu.

즈시오는 힘을 내서 한낮까지 간신히 한 짐을 만들 수 있었고, 오후에는 한 짐을 더 만들었다.

Anzyu, la fratino, kiu devis iri al maro, paŝis norden

laŭ bordo de rivero, kaj ŝi malsupreniris kaj ekstaris sur loko, kie oni ĉerpas akvon, tamen ankaŭ ŝi ne sciis kiel ĉerpi.

바다로 나가야 하는 누나 안쥬는 강둑을 따라 북쪽으로 내려가서 물긷는 곳에 섰지만 어디서 길러야하는지 어떻게 길러야하는지 전혀 몰랐다.

Kun la koro stimulata de si mem ŝi apenaŭ metis la kuleron sur la akvon, sed tuj ondo forprenis ĝin de ŝia mano kaj volis deflui for kun ĝi.

심장이 벌렁거리는 그녀는 물 위에 물주걱을 겨우 올려 놓자말자 그때 바로 파도가 일더니, 그녀의 손에서 물주걱을 낚아채서는 물위로 떠내려 가려 했다.

Virino ĉerpanta najbare kun rapida movo prenis ĝin, redonis al ŝi kaj diris: "Per tia maniero vi ne povas ĉerpi akvon.

근처에 물을 긷던 한 여자가 재빨리 그것을 잡아다가 그녀에게 돌려 주며 말했다. "그렇게 하면 물을 길을 수 없어.

Nu, mi instruos al vi kiel ĉerpi. Jen, tiel oni ĉerpas per la kulero tenata en la dekstra mano, kaj ricevas la akvon per la tino tenata en la maldekstra." Kaj ŝi tiel ĉerpis unu tinparon da akvo por ŝi.

내가 물긷는 방법을 가르쳐 줄게. 오른손에 주걱을 들고 물을 길어. 그리고 왼손으로 나무함지박에 물을 받는 거야." 그러고 그 여자는 안쥬에게 물통 두개에 물을 채워주었다.

"Ho, mi elkore vin dankas. Dank'al via instruo mi komprenis iomete la manieron. Do, mi mem provu ĉerpi." Anzyu tiel lernis la arton.

"아, 진심으로 감사합니다. 가르침 덕분에 조금 이해가 되었어요. 그래서 제가 직접 길어 보겠습니다." 안쥬는 그렇게 방법을 배우게 되었다.

Al la virino, kiu ĉerpas najbare, ekplaĉis naiva Anzyu. Dum la tagmanĝo ili reciproke konfesis sian karieron kaj ĵuris kunfratinecon. Ŝi estis nomata Kohagi de Ise, sklavino aĉetita el apud Golfo Hutami.

옆에서 물 긷는 여자는 순진한 안쥬가 마음에 들었다. 점심 시간에 그들은 서로 지나온 과거를 고백하고 자매애를 맺자고 맹세했다. 그녀는 후타미 만灣 근처에서 팔린 여자노예 이세 고하기라고 했다.

En la unua tago la ĉerpado de tri tinparoj da marakvo kaj kolekto de tri faskoj da hejtaĵoj, ordonitaj respektive al la gefratoj estis prospere aranĝitaj kun favora donaco de po unu ĝis la vespero.

첫날에는 남매에게 각각 주문한 세 번의 해수통 긷기와 땔감 세 짐 모으기를 저녁까지 각각 은혜의 선물이 넉넉히 마련된 것이다.

Pasis tago post tago dum kiuj la pli aĝa ĉerpadis marakvon kaj la pli juna kolektadis hejtaĵojn. Ŝi sur marbordo sopiris al li kaj li sur monto sopiris al ŝi; kiam ili revenis al sia kabano ĉe atendata vespero, ili mano en mano diris kaj ploris, ploris kaj diris ke ili sopiras al paĉjo en Tukusi, al panjo en Sado.

큰아이는 바닷물을 길어오고, 작은아이는 땔감을 모으며 하루하루가 흘러갔다. 누나는 해안에서 동생을 그리워했고 동생은 산에서 누나를 그리워했다. 기다리던 저녁 시간에 숙소로 돌아와 손을 잡고 울고, 또 울며, 쓰쿠시의 아빠, 사도의 엄마가 그립다고 말했다.

Kaj pasis dek tagoj tiamaniere, kaj venis fine la tempo, kiam ili devas forlasi la kabanon destinitan por novicoj; post la forlaso, la regulo postulis, sklavo kaj sklavino iru loĝi en lokon destinitan laŭsekse.

이렇게 열흘이 지나고 마침내 그들이 초심자 오두막을 떠나야 할 때가 왔다: 떠난 뒤 규칙에 따라 남자노예와 여자노예는 성별에 따라 지정된 장소로 이동해야했다.

Ili insistis ke ili neniel disiĝos, eĉ se morto ilin atendus. La sklavestro tion plendis al Tayû.

그들은 죽음이 그들을 기다리고 있더라도 헤어지지 않을 것이라고 주장했다. 노예장은 이에 대해 대인에게 불만을 토로했다.

"Absurde! - diris Tayû, - vi trenu ilin dise, la sklavon, sklavinon en ilian vicon respektive!"

"말도 안 돼! 대인이 말했다, 너는 그들을 각각 끌어내, 남노예와 여노예끼리 각각 분리시켜!"

Kiam la sklavestro kun ricevita ordono volis sin levi, Zirô apude sidanta haltigis lin kaj diris al sia patro:
노예장이 명령을 받고 일어나려고 하자 옆에 앉은 지로가 그를 멈춰세우고는 아버지에게 말했다.

"Ni povos facile disigi ilin konforme al via ordono, sed ili diras, ke ili neniel volas disiĝi, eĉ se morto atendus ilin, mi tiel aŭdis. Tre povas esti ke ili sin mortigus, ĉar ili estas malsaĝaj. Tiuokaze por ni estus damaĝo perdi laborforton, se hejtaĵoj kaj marakvo akirotaj de ili estos malmultaj. Prefere lasu al mi disponi la aferon por ke ne okazu al ni malutilo."
"우리는 명령에 따라 그들을 쉽게 분리수용할 수 있지만 그들은 죽는다해도 분리수용을 절대 원하지 않는다고 말합니다. 저는 그렇게 들었습니다. 그들이 스스로 목숨을 끊을 가능성이 매우 높습니다. 어리석은 자들이기 때문입니다. 그렇게 되면 그들에게서 조달할 난방뗄감과 바닷물이 적어지는 인력손실일 것입니다. 우리가 피해를 입지 않도록 이 문제를 제가 처리하도록 두시는 것이 좋을 것이라고 봅니다."

"Vi diris prave. Ankaŭ mi malŝatas damaĝon. Disponu kiel ajn laŭ via bontrovo!" Tayû diris tiel kaj sin turnis flanken. Zirô metis ilin kune en kabanon faritan apud la tria bariero.
"네 말이 맞아. 나도 손해보는 건 싫어. 네 뜻대로 적절히

처분해!" 대인은 그렇게 말하고 옆으로 몸을 돌렸다. 지로는 세 번째 방호벽 근처에 만든 오두막에 그들을 함께 넣었다.

En iu vespero la du infanoj parolis pri la gepatroj sopire kiel ĉiam. Tion Zirô subaŭskultis hazarde preterpasante. Li ĉiam patrolis en la palaco kaj kontrolis, por ke forta sklavo ne turmentu malfortan, aŭ sklavoj ne kverelu inter si, aŭ ne faru ŝtelojn.
어느 날 저녁, 두 아이는 언제나처럼 부모님에 대해 그리운 이야기를 했다. 지로는 지나가다가 우연히 이것을 듣게 된다. 그는 항상 궁궐을 순찰하며 살펴보고는 강한 종놈이 약한 종을 괴롭히지 말고, 노예끼리 다투지 말고, 도둑질을 하지 않게 했다.

Li eniris la kabanon kaj diris al ili: "Kiom ajn vi sopiras al viaj gepatroj, Sado kuŝas malproksime kaj Tukusi multe pli malproksime, kien infanoj neniel povas aliri. Se vi volas renkonti la gepatrojn, atendu ĝis vi estos maturaj." Kaj li iris eksteren.
지로는 오두막으로 들어가 그들에게 말했다. "아무리 부모님이 그리워도 사도는 멀고, 쓰쿠시는 아이가 절대로 갈 수 없는 아주 먼 곳에 있어. 부모를 만나고 싶다면 어른이 될 때까지 기다려." 그러고 그는 밖으로 나갔다.

Post kelkaj tagoj ankaŭ en vespero ili parolis pri la gepatroj. Tion ĉi foje subaŭskultis preterpasanta Saburô, kiu ŝatas kapti dormantajn birdojn kaj kutimas patroli boskojn en la palaco, kun pafarko kaj sagoj en la manoj.

며칠 후 저녁에도 그애들은 부모님 얘기를 나눴다. 이 이야기를 이번에는 잠든 새를 잡는 게 취미여서 활과 화살을 손에 들고 궁전의 숲을 늘 순찰하는 사부로가 지나가다가 듣게 되었다.

Ĉiun fojon, kiam ili parolas pri siaj gepatroj, ili interkonsiliĝis pro troa sopiro pri ĉia rimedo simila al sonĝo, ĉu tiel aŭ ĉi tiel. En tiu vespero la pli aĝa tiel diris: "Estas tute nature, ke oni ne povas fari longan vojaĝon, se ne maturaĝa.

부모님 얘기를 할 때마다 어떤 식이든 꿈에서와 같이 그리워하는 정도가 깊어지자 온갖 수단을 털어놓기 시작한다. 그날 저녁 나이 더 먹은 애가 이렇게 말했다. "어른이 되지 않은 나이에 먼 길을 갈 수 없는 것은 지극히 당연해.

Ni ja volas fari tion, kio ŝajnas neefektivigebla. Tamen post multaj konsideroj mi venis al tio, ke ni neniel povas forkuri de ĉi tie kune.

우리는 바로 그 불가능한 일을 하고 싶은 거야. 하지만 많은 고민 끝에 여기서 둘이 함께 도망칠 수 없다는 생각이 든다.

Preferinde estas, ke vi sola forkuru forlasante min. Kaj unue iru al Tukusi, kaj tie trovu paĉjon kaj bone konsultu al li kiel fari. Kaj poste iru al Sado por venigi de tie panjon."

날 두고 혼자 도망치는 게 나아. 그래서 먼저 쓰쿠시에 가서 아빠를 찾아 어떻게 해야 할지 의논해 봐. 그 다음 사도에 가서 거기서 엄마를 데리고 와."

Por ili estis granda domaĝo, ke ĝuste tion subaŭskultis Saburô
사부로가 도청한 것이 바로 이것이었다는 사실이 그들에게는 매우 안타까웠다.

Li kun la pafarko kaj sagoj tuj eniris la kabanon. "Hej, vi interkonsiliĝas pri eskapo. Oni brulstampas tiun, kiu projektas eskapi. Tio estas regulo en tiu domo. La ardanta fero estas ja treege varmega!"
사부로는 활과 화살을 지닌 채 즉시 오두막으로 들어갔다. "이봐, 탈출에 대해 이야기하고 있구나. 탈출하려는 사람은 누구든지 불로 낙인을 찍어. 그게 이 집 규칙이야. 뜨겁게 달궈진 철판은 정말 엄청 뜨거워!"

Ili fariĝis tute palaj. Anzyu sin puŝis antaŭ lin kaj diris: "Ni diris malveron.
애들은 완전히 창백해졌다. 이에 안쥬는 말했다. "우리가 헛말을 했어요.

Eĉ se la frato forkurus sola, ĝis kie li povus iri! Ĉar ni tre sopiras al la gepatroj, ni ĉiam diras tiel.
아우가 혼자 도망쳐도 어디까지 갈 수 있겠어요! 부모님이 너무 보고싶어서 늘 그렇게 말하는 거예요.

Antaŭ kelkaj tagoj ni eĉ elbabilis, ke ni nin ŝanĝu en birdojn kaj flugu al ili. Ni diras tiel tute arbitre, laŭbuŝe."

며칠 전에는 새가 되어 부모님한테 날아가자는 이야기까지도 했다고요. 우리는 입으로 되는대로 말하곤 해요."

"Kiel ŝi diris, - Zusiô diris, - ni ĉiam kune tiel diradis kiel nun, kaj distras nin mem per tiaj neefektivigeblaj planoj por peli la sopiron al la gepatroj."

"누나가 말했듯이 즈시오가 입을 열었다. 우리는 항상 지금처럼 함께 이야기하고 부모님에 대한 그리운 마음을 쫓기 위해 불가능한 일을 이야기하며 마음을 달랜답니다."

Saburô rigardadis kompare la du vizaĝojn kaj tenis silenton dum kelka tempo. "Hm, mi lasu vin, se vi pretendas tion malvera. Sed bone konservu en via memoro, ke mi aŭskultis per miaj propraj oreloj, kion vi aŭdacis diri en via kunestado."

사부로는 두 아이의 얼굴을 비교하며 잠시 침묵했다. "흠, 거짓말이라고 주장한다니 그냥 두겠다. 그러나 너희 둘 함께 말한 것을 내 귀로 들었다는 것을 잘 알아둬."

En la sama vespero ili kuŝis kun maltrankvilo en la koro. Kiom da horoj pasis de tiam, ili ne sciis; ili ekaŭdis pretervole brueton kaj vekiĝis.

그날 저녁에 그들은 마음속에 걱정을 지니고 누웠다. 그 이후로 몇 시간이 지났는지 알지 못했다. 그들은 무의식적으로 소음을 듣고 잠에서 깼다.

De tiam, kiam ili venis en la kabanon, estis permesite al ili meti lampon en ĝi. Sub ties delikata lumo ili trovis ke super iliaj kapkusenoj staras Saburô. Li haste proksimiĝis al ili, kaj kaptis iliajn manojn per siaj ambaŭ manoj, kaj li eliris tra la pordo trenante ilin post si.

그들은 오두막에 들어갔을 때부터 등불을 들여놓을 수 있었다. 은은한 불빛 아래 사부로가 그들의 베개 위에 서 있는 것을 발견했다. 사부로는 급히 다가오더니 양 손으로 그들의 손을 잡아 문밖으로 나갔다.

Sub la luno brilanta super iliaj kapoj ili estis trenitaj tra vasta ĉevalkoridoro, kiun ili trapaŝis ĉe la unua aŭdienco, kaj supreniris tri ŝtupojn al malvasta koridoro : post plurfoja turniĝado ili eniris la salonon, kiun ili vidis ĉe la unua tago.

그들의 머리 위 빛나는 달 아래 그들은 첫번째 알현때 지나갔던 넓은 말복도를 지나서 좁은 복도로 세 계단 올라갔다. 그들은 여러 차례 돌고돌아서 첫날에 보았던 홀로 들어갔다.

Tie sidis multe da homoj senvorte. Saburô altrenis ilin antaŭ la irorion, en kiu karbo ardas ruĝa.

많은 사람들이 말없이 앉아 있었다. 사부로는 숯불이 붉게 일렁거리는 화덕 앞으로 그들을 끌고 갔다.

Malgraŭ ke ili ripetadis vortojn, "pardonu nin, pardonu nin!" de tiam, kiam li kaptis ilin en la kabano, tamen, ĉar Saburô trenadis ilin senvorte,

ankaŭ ili fine eksilentis.
"우리를 용서해 주십시오! 우리를 용서해 주십시오!"라는 말
을 되풀이했지만, 오두막에서 사부로가 그들을 붙잡았을 때
부터, 말없이 끌고갔기 때문에, 그들도 결국 잠잠해졌다.

Trans la irorio sidis Sansyô-dayû sur la stako da tri
sternitaj kusenoj.
Ŝajnis ke la ruĝa vizaĝo de Tayû brulas en la
reflekto de torĉoj starigitaj ambaŭflanke de li.
화덕 건너편에는 이불 세 장을 펴고 산쇼 대인이 앉아 있었
다. 대인의 붉은 얼굴은 양쪽에 놓인 불빛에 반사되어 타오
르는 것 같았다.

Saburô eltiris ferstangeton ruĝardan el la brulantaj
karboj, kaj dum kelke da minutoj li restis rigardanta
la stangeton tenatan en la mano.
사부로는 타오르는 숯불에서 뜨겁게 달아오른 쇠막대를 꺼내
몇 분 동안 손에 든 지팡이를 바라보았다.

La fero, kiu komence estis diafana, pli kaj pli fariĝis
nigra. Tiam li tiris al si Anzyu, kaj volis tuŝi per ĝi
sur ŝian frunton.
처음에는 투명했던 쇠막대가 점점 검게 변해갔다. 그리고는
안쥬를 끌어당겨 이마에 그 철막대를 대려고 했다.

Zusiô sin ekkroĉis al lia kubuto; Saburô lin sternis
per unu ekbato de sia piedo kaj metis lin sub sian
dekstran genuon; kaj fine li ektuŝis krucforme la

frunton de Anzyu per la stangeto.

즈시오는 사부로의 팔꿈치에 매달렸다. 사부로는 발로 즈시오를 걷어차고는 자기 오른쪽 무릎 아래에 놓아 두었다. 그리고 마침내 막대기로 안쥬의 이마에 십자 모양을 만들었다.

Ŝiaj vekrioj ŝiris la silenton en la salono. Saburô forpuŝis ŝin de si, levis Zusiô el sub la genuo kaj ankaŭ sur lian frunton tuŝis krucforme per la sama. La ŝirkrioj novaj de Zusiô miksiĝis kun la ŝiaj iom pli subtiliĝintaj.

그 아이의 죽어라 외치는 신음소리는 홀의 침묵을 찢었다. 사부로는 안쥬를 밀어내고 무릎 아래에서 즈시오를 들어올려 이마에 똑같이 십자 모양을 만들었다. 즈시오의 새로운 비명소리가 누이의 비명과 뒤섞여 조금 더 가냘프게 울려퍼졌다.

Saburô ĵetis la stangeton, kaj denove kaptis iliajn manojn kiel antaŭe, kiam li trenis ilin en la salonon. Kaj post alĵeto de siaj rigardoj super la sidantaro li iris ĉirkaŭ la vasta ĉefdomo, ilin eltrenis ĝis la tri ŝtupoj, kaj donis puŝojn tiel ke ambaŭ falis sur la frostan teron.

사부로는 철막대를 던져버리고는, 그들을 홀 안으로 끌고 올 때와 같이 다시 그애들의 손을 잡아챘다. 그리고 자리를 흘끔흘끔 쳐다본 후, 넓은 본당을 한 바퀴 돌다 세 계단까지 끌고 가서 얼어붙은 땅바닥에 둘을 밀어버렸다.

La du infanoj apenaŭ ne svenintaj pro la doloroj de la vundo kaj la timo en la koro, apenaŭ sin eltenis, revenis en sian kabanon apud la tria bariero preskaŭ deliraj tiel ke ili plu ne memoris sur kio paŝi.

화상상처의 고통과 마음속의 두려움에 거의 실신한 두 아이는 견디기 힘들었다. 그들은 무엇을 밟아야 할지 더 이상 기억하지 못할 정도로 거의 정신이 나간 상태로 세 번째 방호벽 옆 오두막으로 돌아왔다.

Falintaj sur la kusenoj ili dumtempe sin movis neniom kvazaŭ kadavroj, sed baldaŭ ekkriis Zusiô abrupte: "Franjo, tuj vian Ksitigarbon!"

방석에 쓰러져 한동안 시체처럼 움직이지 않다가 곧 즈시오가 갑자기 소리질렀다. "누나, 얼른 보살상을!"

Ŝi tuj sin levis kaj sidiĝis, elprenis la talismanan sakon, kiun ŝi konservis ĉe la sino; per la tremantaj manoj ŝi mallaĉis kaj starigis apud la kapkuseno la statuon de la Sankta Budho, kiun ŝi elprenis el la sako.

안쥬는 얼른 일어나 앉았고, 가슴에 간직했던 부적 가방을 꺼냈다. 떨리는 손으로 매듭을 풀고 가방에서 꺼낸 성스러운 불상을 베개 옆에 놓았다.

Ili, ambaŭ infaŋoj, riverencis al ĝi de ambaŭflanke, per la kapo klinita surplanken. Jen, tiam, la doloroj ĉe la frunto, kiujn ili ne povis elteni eĉ per la kunpremitaj dentoj, subite forlasis ilin kvazaŭ estingitaj.

두 아이는 양쪽에서 머리를 바닥에 대고 절을 했다. 그러자 이를 악물고도 참을 수 없었던 이마의 통증이 갑자기 꺼진 듯 사라졌다.

Ili karesis al si la frunton per la manplato kaj trovis ke la vundo malaperis jam for. Kun granda surprizigô ili vekiĝis.
손바닥으로 이마를 쓰다듬어보니 이미 상처가 없어진 것 같았다. 크게 놀란 나머지 그들은 깨어 일어났다.

Ili sin levis kaj parolis inter si pri sia songô. Ili ja samtempe havis saman songon. Ŝi elprenis la talismanon kaj starigis ĝin antaŭ la kapkuseno same kiel ŝi faris en la songô.
그들은 일어나서 서로의 꿈에 대해 이야기했다. 그들은 동시에 같은 꿈을 꾸었다. 안쥬는 꿈에서처럼 부적을 꺼내 베개 앞에 세워놓았다.

Ili adorkliniĝis antaŭ ĝi, kaj tra la delikata lampolumo ili vidis la frunton de Ksitigarbo. Ambaŭflanke de la frunta gemo super la brovoj ili trovis klare freŝajn krucformajn cikatrojn kvazaŭ enĉizitajn.
그들은 그 앞에 엎드려 은은한 등불을 통해 보살상의 이마를 보았다. 눈썹 위 이마 보석 양쪽에 새겨져 있는 듯한 생생한 십자형 흉터를 분명하게 보았다.

De tiam, kiam ili estis subaŭskultitaj de Saburô kaj

havis en tiu nokto la teruran sonĝon, la konduto de Anzyu ekmontris strangan ŝanĝiĝon.

사부로에 도청 당하고 그날 밤 끔찍한 꿈을 꿀 때부터 안쥬의 행동에 묘한 변화를 보이기 시작했다.

Sur ŝia vizaĝo aperis esprimo tre strecîta; sulkiĝis la brovoj, kaj la okuloj rigardadis nur tre, tre malproksiman lokon.

얼굴에는 매우 긴장된 표정이 나타났다. 눈썹에 주름이 생기고 눈은 아주, 아주 먼 곳만 바라보게 되었다.

Krome ŝi ekmutis, dum ĝis tiam ŝi kutimis paroli longatempe en vespero post la reveno el la bordo, kun la frato atendita, kiu revenis de la monto, sed nun eĉ en tia tempo ŝi restis malparolema.

게다가 침묵을 시작하더니, 그 전까지는 바닷가에서 돌아온 후 저녁 시간에 산에서 돌아와 기다리고 있던 남동생과 오랜 시간 이야기를 나누었지만 지금은 그럴 때에도 말문을 닫아 버렸다.

Zusiô kaptita de zorgoj demandis al ŝi: "Franjo, kio okazis al vi?" Sed ŝi ĉiam respondis: "Nenio! Ne ĝenu vin !" Kaj ŝi faris nur afektitan rideton.

걱정에 사로잡힌 즈시오는 누나에게 물었다. "누나, 무슨 일 있어?" 그러나 누나는 언제나 "아무것도 아니야! 걱정하지 마!"라고 대답하며 야릇한 미소만 지었다.

Escepte tion ŝi ŝanĝiĝis neniom; ŝi diris nenion

strangan, faris ĉion same kiel antaŭe.
안쥬가 이전과 바뀐 것은 이것뿐이었다. 이상한 말도 없었고
모든 행동은 전과 똑 같았다.

Zusiô tamen forperdis tiun, al kiu li povis elkonfidi
sian tutan koron senlime persekutatan, ĉar ŝi, kun
kiu li reciprokis konsolojn, agis en tute ŝanĝita
maniero.
그러나 즈시오는 마음을 털어놓을 수 있는 사람을 잃고 끝없
는 버림을 받게 되었다고 여기니, 그 이유는 위로를 주고받
았던 누나의 행동이 완전히 달라졌기 때문이었다.

La cirkonstancoj de la infanoj fariĝis nekonsoleblaj
pli antaŭe.
아이들의 분위기는 이전처럼 더 위로할 수 없게 되어버렸다.

Dum neĝo kaj falis kaj ĉesis, jam venis la jarfino.
눈이 내리다가 그치는 사이, 벌써 한 해의 끝이 다가왔다.

La sklavoj kaj sklavinoj ĉesis labori eksterdome kaj
komencis labori interne. Anzyu spinis kaj Zusiô
pribatis rizpajlojn.[37] Dum la pribatado ne bezonis
ekzerciĝon, la ŝpinado estis malfacila; kaj en
vespero Kohagi de Ise venis kaj helpis kaj instruis al
ŝi pri la metio.
남종들과 여종들은 집 밖에서 일하는 것을 그만두고 집 안에

---

37) - pribati rizpajlojn: por moligi kaj utiligi kiel materialon por
    diversaj iloj.

서 일하기 시작했다. 안쥬는 실잦는 일을 하게 되고 즈시오는 볏짚을 두들기게 되었다. 볏짚 두들기에는 연습이 필요없지만 실잦기는 어려웠다. 저녁에는 이세 고하기가 와서 도와주고 기술을 가르쳤다.

Anzyu montris sian ŝanĝiĝon ne nur al la frato sed ankaŭ al ŝi, fariĝis malparolema kaj ofte faris eĉ malĝentilaĵojn. Sed Kohagi neniom ŝanĝis sian humoron kaj kondutis al ŝi amike kaj konsole.
안쥬는 남동생에게 뿐만 아니라 고하기에게도 다르게 대하여, 말이 없어지고 종종 무례한 행동을 하기도 했다. 그러나 고하기는 조금도 기분을 바꾸지 않고 친절하고 위로하는 태도로 대했다.

Eĉ sur la barieroj de la palaco de Sansyô-dayû oni starigis novjarajn pinojn.[38] Sed ĉi tie eĉ en la novjaro alvenis nenia gajeco, kaj ĉar la virinoj el la familio de Tayû loĝis profunde en la domo kaj ne ofte sin montris, oni vidis neniom da gajeco. Okazis nur, ke la superuloj kaj subuloj trinkis sakeon kaj ofte kverelis en kabanoj de sklavoj. Dum en ordinara tago tia kverelo estis severe juĝita, tiutempe la sklavestro indulgis ĉion. Eĉ ĉe sangoverŝado li afektis nenion rimarki; eĉ ĉe murdo li zorgis neniom.

---

38) novjaraj pinoj: laŭ japana moro oni starigas pinojn antaŭ la pordego, aŭ foje eĉ antaŭ pordeto, ĉe la novjaro, jam nun iom eksmoda; similas al abio ĉe Kristnasko en Okcidento.

산쇼 대인 궁의 담장에도 신년 소나무를 세웠다. 그러나 이 곳은 새해에도 흥이 오지 않았고, 대인 집안 여자들은 집 깊은 곳에 살면서 몸을 자주 드러내지 않았기 때문에 화기애애한 모습은 보이지 않았다. 윗사람과 아랫사람이 술을 마시고 노예 오두막에서 자주 싸우는 일이 일어나게 되었다. 평상시에는 그런 말다툼은 엄중하게 심판을 받았지만, 그때는 노예장이 모든 것을 너그럽게 봐줬다. 피터지는 일이 있어도 모른척했다. 살인이 일어나도 조금도 관심을 갖지않았다.

Al la malgaja kabano ĉe la tria bariero de tempo al tempo Kohagi venis paroli. Kiam ŝi parolis kvazaŭ por alporti la gajon el la kabanoj de sklavinoj, ankaŭ en la malgajan kabanon venis la printempo, kaj eĉ sur la vizaĝo de Anzyu, kiu multe ŝanĝiĝis, ŝvebis ridetoj dumlonge ne montritaj.

셋째 방호벽에 있는 울적한 오두막으로 가끔 고하기가 이야기하러 왔다. 여종들 오두막에서 명랑한 이야기를 가져온 것처럼 이야기했다. 울적한 오두막에도 봄은 찾아왔다. 그렇게 많이 변한 안쥬의 얼굴에도 오랜만에 미소가 떠올랐다.

Kiam pasis la tri tagoj, denove komenciĝis la domlaboro. Dum Anzyu ŝpinis, Zusiô batis pajlojn. Ŝi tiel kutimiĝis en la ŝpinado, ke jam estis senbezone ke Kohagi venu en vespero kaj helpu ŝin.

사흘이 지나자 옥내 작업이 다시 시작되었다. 안쥬가 실잣는 동안 즈시오는 짚을 때렸다. 안쥬는 실잣기에 너무 익숙해져 고하기가 저녁에 와서 도울 필요가 없게 되었다.

Kvankam ŝia aspekto multe ŝanĝiĝis, tamen ŝajnis ke ŝin neniom ĝenas tia laboro kvieta kaj ripetata, kaj krome, la laboro distris ŝin tre streĉitan, kaj donis al ŝi pli da trankvilo.

외모는 많이 변했지만, 그런 조용하고 반복적인 일에도 개의치 않는 것 같았고, 게다가 그 일이 스트레스를 많이 받은 안쥬의 마음을 편하게 해주고 안정을 가져다주었다.

Zusiô, kiu ne povis paroli kun ŝi kiel antaŭe, sentis stimulon nur tiam, kiam Kohagi ĉeestis apud ili kaj babilis kun ŝi dum la spinado.

예전처럼 누나와 말을 할 수 없는 즈시오는 고하기가 옆에 있어 실잣기를 하면서 누나와 이야기를 나눌 때는 신경을 곤두세우게 되었다.

Venis la sezono kiam akvo ektepidas[39] kaj herboj ekĝermas. Antaŭ la tago por komenci eksterdoman laboron, Zirô survoje de la patrolado de la palaco venis al la kabano ĉe la tria bariero. "Kiel vi fartas? Ĉu vi povas morgaŭ iri al la laboro?

물이 녹고 풀이 싹이 나기 시작하는 계절이 왔다. 야외 작업을 시작하기 전, 지로는 궁을 순찰하던 길에 세 번째 방호벽의 오두막에 왔다. "잘 지내? 내일 일하러 갈 수 있어?

Por kontroli ĉu ne estus kelkaj malsanaj el la multaj, mi mem patrolas ĉiun kabanon, ĉar mi ne povas plene fidi al la vortoj de la sklavestro."

---

39) - tepid-a 〈시문〉 미지근한, 서늘한

노예장의 말을 완전히 믿을 수 없어 많은 사람들 중에 아픈 사람이 없는지 확인하려고 각 오두막을 순찰하는 거야."

Zusiô, kiu tiam batis pajlojn, volis respondi al li, sed antaŭ ol li ekparolis, Anzyu ĉesigis sian ŝpinadon kaj sin ŝovis al Zirô malgraŭ sia ĝisnuna konduto: "Mi havas peton al vi, sinjoro, ĝuste pri tio.
그때 짚단을 치고 있던 즈시오가 대꾸를 하고 싶었지만, 말을 건너기도 전에 안쥬가 실잦기를 멈추고는 자신의 그간의 행동에도 불구하고 지로에게 다가갔다. "그냥 부탁이 있습니다. 선생님.

Mi volas labori kune kun mia frato samloke. Mi petas, sinjoro, afable aranĝu ke mi povu iri kun li al la monto." Sur ŝia pala vizaĝo aperis ruĝa koloro kaj ŝiaj okuloj briletis.
제 동생과 같은 곳에서 함께 일하고 싶습니다. 선생님, 저와 함께 산에 갈 수 있도록 해주십시오." 창백한 얼굴에는 홍조가 들면서 눈망울은 반짝였다.

Zusio estis mirigita ke ŝia konduto ŝajne denove ŝanĝiĝis, kaj li ekhavis dubon pri tio ke ŝi abrupte esprimis sian deziron iri por kolekto de hejtaĵoj, ĝis tiam konsultinte al li neniom, kaj li nur rigardis ŝian vizaĝon kun larĝe malfermitaj okuloj.
누나의 행동이 다시 변한 것 같아 놀라움을 금치 못한 즈시오는 그때까지 상의 한 마디도 하지 않고 갑자기 땔감을 모으러 가고 싶다는 의사를 표명한 것이 아닌가 의심하기 시작했고, 크게 뜬 눈으로 누나의 얼굴만 바라봤다.

Zirô senvorte rigardadis fikse ŝian aspekton. Anzyu ripetis kaj ripetis al li: "Nenion krom tio, mi petas mian unusolan deziron, lasu min iri al la monto, sinjoro!"
지로는 말없이 안쥬의 모습을 바라보았다. 다시 안쥬가 입을 열었다. "그게 아니라, 제 유일한 소원입니다. 산에 가도록 해주십시오, 선생님!"

Post kelkaj minutoj Zirô malfermis sian buŝon: "Oni reguligas en tiu ĉi domo plej severe, kion tiu aŭ tiu ĉi faru, kaj mia patro mem decidas ĉion.
한참 있다가 지로가 입을 열었다. "이 집에서는 이것하겠다 저것하겠다고 하는 것을 매우 엄격히 규제하고 있고, 모든 것은 아버님이 직접 결정하셔.

Sed, Sinobugusa, ŝajnas al mi ke via peto venas el la profundo de la koro. Mi iel prizorgos por vi kaj nepre lasos vin iri al la monto.
하지만 시노부구사야, 너의 요청은 마음 속 깊은 곳에서 나오는 것 같애. 어떻게든 심사숙고해서 꼭 산에 가게 해줄게.

Estu trankvila. Cetere, estis tre bone ke vi ambaŭ tre junaj povis travintri," li diris kaj forlasis la kabanon.
걱정 마. 그건 그렇고, 아주 어린 둘이서 겨울을 보낼 수 있어서 아주 대견해." 라고 말하고는 오두막을 나갔다.

Zusiô metis sian maleon kaj iris apud ŝin. "Franjo, kio okazis al vi? Kial vi petis lin tiel, kvankam mi tre ĝojas kuniri al la monto? Sed pro kio vi ne konsultis min unue?"

즈시오는 망치를 내려놓고 누나 옆으로 걸어갔다. "누나, 무슨 일이야? 함께 산에 갈 수 있어서 아주 좋긴 한데 왜 그런 걸 부탁했어? 그런데 왜 나와 먼저 상의하지 않았어?"

Ŝia vizaĝo briletis pro ĝojo. "Tre povas esti ke vi prenus tion tiel, sed mi mem ne volis al li peti ĝis ni vidis lin antaŭ ni. La ideo venis al mi subite."

안쥬는 기뻐서 얼굴에 빛이 났다. "네가 그렇게 생각할 가능성이 매우 높지만 우리 앞에서 그 사람을 보기 전에는 부탁할 마음이 전혀 없었어. 갑자기 생각이 떠오른거야."

"Ĉu vere? Sed al mi ŝajnas strange." Zusiô rigardadis ŝian vizaĝon kvazaŭ ion fenomenan.

"정말? 하지만 내가 보기엔 이상해." 즈시오는 이상하다는 듯이 누나의 얼굴을 바라보고 있었다.

Envenis la sklavestro kun korbo kaj serpeto. "Hej, Sinobugusa, oni decidis ke vi ĉesu ĉerpi marakvon, sed kolektu hejtaĵojn, kaj mi alportis por vi la ilojn. Anstataŭ ili mi ricevu la tinojn kaj kuleron."

노예장이 바구니와 낫을 가지고 들어왔다. "어이, 시노부구사, 물나르기는 그만하고 땔감 모으기 일을 하기로 배당돼서 도구를 가져왔어. 그러니 대신에 물통과 물주걱을 되돌려 주어라."

"Mi dankas por via afableco." Ŝi sin levis facile, elmetis la tinojn kaj kuleron kaj redonis al li.
"아저씨의 친절에 감사드립니다." 안쥬는 얼른 일어나 물통과 물주걱을 꺼내서 되돌려 주었다.

La sklavestro ricevis ilin, sed li ŝajne ne volis tuj foriri. Sur lia vizaĝo aperis esprimo simila al amara rido. Li obeis la ordonojn de la familio de Sansyô-dayû plej strikte kvazaŭ aŭskulti orakolojn de dioj.
노예장은 그것을 받았는데도 당장 나갈 생각은 없는 것 같았다. 얼굴에는 쓴웃음과 비슷한 표정이 떠올랐다. 신의 부탁을 듣는 것처럼 산쇼 대인 가문의 명령에 가장 엄격하게 복종해 왔다.

En tiu punkto li faris tre senkompatajn kaj kruelajn aferojn senhezite.
그런 점에서 아주 무자비하고 잔혹한 일이라도 주저 없이 해 왔다.

Sed de sia naturo li ne volis vidi suferojn, ĝemojn kaj plorojn de aliaj.
그러나 본성상 다른 사람의 고통과 신음 소리와 부르짖음을 보고 싶지 않았다.

Al li estis plej bone, se ordonita afero iras glate kaj

ĉio pasas sen rigardo al tiaj agoj.
명령한 일이 순조롭게 진행되고 그런 행동을 보지 않고 모든
일이 지나가도록 일을 처리한다면 가장 좋은 일이다.

La esprimo simila al amara rido aperas sur lia
vizaĝo, kiam li ion aŭ faras aŭ diras kun tia
embarasiteco ke li ne povas ne ĝeni aliajn.
남을 화나게 하지 않을 수 없을 정도로 창피한 행동을 하거
나 말을 하면 얼굴에 쓰린 웃음과 비슷한 표정이 나온다.

Li sin turnis al Anzyu kaj diris: "Nu, ankoraŭ restas
alia afero por vi. Por diri la veron, sinjoro Zirô
aranĝis tion kun la konsento de nobla Tayû, ke vi
iru kolekti hejtaĵojn, sed tiam ĉeestis sinjoro Saburô
kaj li diris: Do, Sinobugusa iru kun la kapo
knabmaniere tondita. Kaj Sinjoro Tayû ridis: Estas
bona ideo. Nun, mi devas, ricevi de vi la harojn laŭ
tiu ordono."
노예장은 안쥬를 돌아보며 말했다. "글쎄, 아직 너에게 할 일
이 하나 더 있어. 사실을 말하자면 지로 씨는 대인님의 하락
을 받아 네가 땔감을 모으러 가도록 해주셨어. 그러나 그때
사부로 씨가 참석해서 말했지. 그럼 시노부구사는 머리카락
을 남자아이처럼 자르고 가야지. 그리고 대인 님이 좋은 생
각이구나 하고 웃으셨어. 그래서 이제 그 명령에 따라 네 머
리카락을 잘라서 가져가야 해."

Zusiô apude sidanta aŭdis tion kvazaŭ ponardita[40]

---

40) ponard-o 단검(短劍), 단도(短刀), 비수(匕首). ~i [타] 단도로 찌르다

sur la brusto, kaj ĵetis sian rigardon al ŝi, kun larmoj en la okuloj.

옆에 앉아 있던 즈시오는 마치 가슴을 비수에 찔린 듯, 이 말을 듣고 눈물을 흘리는 눈으로, 누나를 바라보았다.

Sed tamen tute ekster la supozo, ne malaperis la ĝoja koloro de sur ŝia vizaĝo. "Jes, kiel vi diris. Mi estu vira, se mi iros por hejtaĵoj. Do, per ĉi tiu serpeto detranĉu miajn harojn." Ŝi etendis sian nukon antaŭ la sklavestro.

그러나 여전히 안쥬의 얼굴에서 기쁜 안색이 사라지지 않았다. "네, 말씀하신 대로 입니다. 땔감을 모으러 가면 남자여야 합니다. 그러니 이 낫으로 내 머리카락을 자르십시오." 하고 노예장 앞에 목덜미를 내밀었다.

La brilaj kaj longaj haroj de Anzyu, jen, estis detranĉitaj per unu movo de la akra serpeto.

안쥬의 반짝거리고 길다란 머리칼은, 날카로운 낫질 한 번에 잘려나갔다.

En la sekvinta mateno la du infanoj iris el la bariero mano en mano, kun korbo sur la dorso kaj kun serpeto ĉe la talio. Estis ja unuafoje, ke ili kune paŝis, de post kiam ili venis en la domon de Sansyô-dayû.

이튿날 아침 두 아이는 바구니를 등에 메고 낫을 허리춤에 차고는 손에 손을 잡고 방호벽 밖으로 나갔다. 산쇼 대인의 궁에 온 이후로 함께 걷는 것은 정말 처음이었다.

Zusiô, kiu ne povis sondi la koron de sia fratino, estas obsedita[41] de pensoj ĉu splenaj ĉu malgajaj.
누나의 마음을 헤아리지 못한 즈시오는 씁쓸하기도하고, 한 편 기분 나쁜 생각에 사로잡히기도 했다.

Ankaŭ la tagon antaŭe post la foriro de la sklavestro li tiel kaj ĉi tiel per vortoj elektitaj demandis al ŝi, sed tamen ŝi ŝajne dronante sola en ia penso konfesis neniom sian intencon klare.
또 그 전날 노예장이 떠난 후에 누나에게 이리 저리 물어봤으나 여전히 혼자 생각에 잠겨있는 것 같았고 자신의 의도를 명확하게 털어놓지 않았다.

Kiam ili venis ĝis la montpiedo, Zusiô jam ne tolerante diris al ŝi: "Franjo, malgraŭ ke mi devas ĝoji, ĉar ni post tiom longa tempo paŝas duope, mi ial sentas malĝojon neelteneblan.
그들이 산기슭에 이르렀을 때, 즈시오는 더 이상 참지 못하고 누나에게 말했다. "누나, 오랜만에 둘이서 짝을 지어 다니게되니 기뻐해야 하는데도, 왠지 견딜 수 없는 슬픔이 느껴져.

Mi ne povas vidi vian kapon knabmaniere tondita n[42] rekte frontante kontraŭ vi, kvankam ni iras

---

41) - obsed-i [타] 끊임없이 괴롭히다, 줄곧 머리에서 떠나지 않다, 마음을 짓누르다. ☞ persekuti, sieĝi. ~o 강박관념, 집념, (머리를 떠나지 않는)고민. ~ato 강박관념(집념)에 사로잡힌 사람. - splena 샐쭉한

mano en mano. Franjo, ŝajnas al mi ke vi ion projektas sekrete al mi.

정답게 손을 잡고 가는데도 남자 같이 잘려버린 누나의 머리를 똑바로 쳐다 볼 수 없어. 누나, 누나는 나를 위해 비밀리에 뭔가를 계획하는 것 같아보여.

Kial vi ne volus paroli al mi tion malkaŝe?"

그걸 왜 내게 터놓고 말하지 않는거야?"

Brilis la grandaj okuloj de Anzyu kun radianta ĝojo kvazaŭ aŭreola sur ŝia frunto ankaŭ en tiu mateno. Tamen, ŝi ne respondis al liaj vortoj. Ŝi nur iom streĉis sian manon, per kiu ŝi tenas lian manon.

그날 아침에도 안쥬는 기뻐서 큰 눈이 이마에 후광처럼 환하게 빛났다. 그러나 동생의 말에 대답하지 않았다. 잡고 있던 손을 약간 더 조였다.

Ĉe la deklivo, kiu kondukas al la monto, kuŝis marĉo. Sur ĝia bordo velkintaj kanoj kaj kuŝis kaj staris tute perpleksitaj,[43] kiel en la pasinta jaro, sed inter la flavaj folioj de herboj apud la vojo jam sin montris fojfoje verdaj ĝermoj.

산으로 이어지는 비탈에는 늪이 있었다. 그 둑에는 시든 갈대가 쓰러져있거나, 작년처럼 별탈없이 서있거나 한데, 그러나 길가의 노란 풀잎 사이로 벌써 초록의 새싹이 보이기도

---

42) - knabmaniere tondita kapo: japaninoj plej estimis longajn harojn kiel simbolon de virina vivo, dum knaboj havis multe malpli longajn.

43) perpleks-a 당황한, 어쩔 줄 모르는. 난처한.

한다.

De apud la marĉo ili iris dekstren, supreniris de tie kaj staris sur loko, kie fontas pura akvo el fendoj de roko. De tie rigardante rokmuron ĉe la dekstra flanko ili supreniris serpentumantan vojon.
늪 옆에서 오른쪽으로 가다가, 거기서 올라와 바위 틈에서 맑은 물이 솟아나는 곳에 섰다. 그곳에서 오른편 암벽을 바라보며 구불구불한 길을 올라갔다.

Ĝuste al la surfaco de la roko radiis la matena suno. Ŝi trovis malgrandan floron de violo, kiu radikis sur efloreskinta parto de stakitaj rokoj. Kaj montrante ĝin, ŝi diris al li: "Jen, jam venis la printempo!"
아침 햇살이 바위 겉에 바로 비췄다. 안쥬는 겹겹이 쌓인 바위 위에 뿌리를 둔 작은 제비꽃을 발견했다. 그리고 그것을 보여주면서 말했다. "여기 보래, 벌써 봄이 왔잖아!"

Zusiô senvorte kapjesis. Ĉar ŝi kovas sekreton en la animo kaj li tenas nur zorgojn, la interparolo iel ne iris glate, kaj estis ĉiam rompitaj kvazaŭ sablo sorbus akvon en sin.
즈시오는 말없이 고개를 끄덕였다. 누나는 마음속에 비밀을 품고 있고 자신은 단지 걱정만 해서, 어쩐지 대화가 원활하지 않고, 모래가 물에 빨려나간 것처럼 늘 깨져버렸다.

Ili venis ĝis la arbetejo, kie li kolektis hejtaĵojn en

la pasinta jaro, kaj Zusiô haltigis la paŝon. "Franjo, ni kolektos tie ĉi."

작년에 난방 땔감을 모았던 나무 그루터기까지 오자, 즈시오는 걸음을 멈췄다. "누나, 여기에서 끌어모으자."

"Sed ni supreniru plu al pli alta loko." Ŝi la unua supreniris rapide kaj senreturne. Li sekvis ŝin malgraŭ kreskanta dubo. Baldaŭ ili venis ĝis loko, kiu estis ŝajne la supro de la periferia monto, multe pli alta ol la arbetejo.

"그래도 더 높이 올라가." 누나는 먼저 빨리, 그리고 돌아오지 않을 곳까지 올라갔다. 의심이 커짐에도 불구하고 뒤따랐다. 곧 그들은 잡목숲보다 훨씬 더 높은 외곽 산 꼭대기 같은 곳에 이르렀다.

Ŝi ekstaris tie kaj senmove rigardadis al la sudo. Ŝiaj okuloj laŭiris supren al la supra fluo de Rivero Ookumo, kiu enfluas al Haveno Yura tra Isiura, kaj haltis sur Nakayama, kie videblas tegmento de pagodo super densa arbaro trans la rivero, malpoksima unu rion.

안쥬는 그 자리에 서서 꼼짝않고 남쪽을 바라보고 있다. 시선은 이시우라를 거쳐 유라항으로 흘러드는 오구모 강 상류로 향했다. 그리고 강 건너편 울창한 숲 위로 불탑佛塔의 지붕이 보이는 나카야마에 멈췄다.

"Nu, Zusiô! - ŝi alvokis lin, - Eble vi opiniis min stranga, ke mi de longe ĉiam meditadis kaj preskaŭ

neniom parolis kun vi kiel antaŭe.
"이봐, 즈시오야! 안쥬가 불렀다. 내가 오랫동안 항상 명상만
하고, 예전처럼 거의 말을 하지 않아 이상하다고 생각할 수
도 있었어.

Hodiaŭ ĉesu kolekti hejtaĵojn, kaj aŭskultu bone
miajn vortojn: Kohagi aĉetita el Ise, parolis al mi
pri la vojoj de sia hejmloko ĝis tie ĉi.
오늘은 땔감 모으기를 그만두고 내 말을 잘 들어. 이세에서
팔려 온 고하기는 고향에서 여기까지의 길에 대해 이야기해
주었어.

Laŭ ŝi, trans tiu Nakayama la ĉefurbo kuŝas jam ne
tiom malproksime.
그 말에 따르면 저기 나카야마 건너편에 수도首都가 그리 멀
지 않대.

Dum estas malfacile iri al Tukusi aŭ returne al
Sado, vi povos nepre iri ĝis la ĉefurbo ne tiel
malfacile.
쓰쿠시나 사도로 돌아가는 것은 어렵지만 수도에 가는 것은
그렇게 어렵지 않을 거래.

De kiam ni venis de Iwasiro kune kun panjo, ni
renkontadis ĉiam nur terurajn homojn, sed se la
sorto iel favoros nin, vi havos ŝancon renkonti
bonan homon.
이와시로에서 엄마와 함께 온 이후로 우리는 무서운 사람만

만났지만, 운명이 어떻게든 우릴 봐준다면 좋은 사람을 만날 기회가 있을 것이야.

Nu, vi de nun senhezite forkuru el ĉi tiu loko kaj iru al la ĉefurbo. La dioj kaj budhoj vin gvidos tiel, ke vi renkontu bonan homon, kaj esploru, kiel fartas nia paĉjo kiu iris al Tukusi; vi povos iri ankaŭ al Sado por venigi nian panjon.
자, 이제부터 지체하지 말고 이곳을 벗어나 수도로 가야 해. 신과 부처님이 좋은 사람을 만날 수 있도록 인도하면 쓰쿠시에 가신 우리 아버지가 어떻게 지내고 있는지 알아봐야 해. 또한 우리 어머니를 데리러 사도에 갈 수도 있어.

Lasu for la korbon kaj serpeton, sed iru nur kun la lunĉkestoj."
바구니와 낫은 여기 남겨두고 도시락만 가지고 가.”

Larmoj ekfluis sur la vangoj de Zusiô, kiu senvorte aŭskultis tion.
"Kaj franjo, kiel vi volas fari?"
아무 말 없이 그 말을 들은 즈시오의 뺨에 눈물이 흐르기 시작했다. “그런데 누나는 어떻게 할 작정이야?”

"Lasu min, ne zorgu pri mi! Vi faru ĉion plej eble, ĉion vi faru nur sola kvazaŭ vi farus kune kun mi duope. Trovu paĉjon, kaj post la ellaso de panjo el la insulo, venu al mi por min savi.' "Sed, kiam mi malaperos, oni turmentos vin certe." En la koro de

Zusiô ekŝvebis la terura sonĝo de la brulstampado.

"날 내버려 둬, 내 걱정은 하지마! 왠만하면 다 하고, 나랑 2인 1조로 하는 것처럼 혼자 다 해. 아빠를 찾고 엄마가 섬에서 풀려난 후에 나를 구하러 와." "하지만 내가 사라지면 누나는 분명히 괴로움을 당할거야." 즈시오의 마음속에서는 철막대 낙인의 끔찍한 꿈이 치솟기 시작했다.

"Povas esti ke oni min turmentos, sed mi certe eltenos tion. La sklavinon aĉetitan por mono ili ne mortigos. Eble post via malapero ili min devigos labori duoble. Mi kolektos multe da hejtaĵoj sur la loko montrita de vi. Se ne ses faskojn, almenaŭ kvar aŭ kvin faskojn mi faros. Nu, ni malsupreniru ĝis tie kaj tien ni metu la korbojn kaj serpetojn, kaj mi akompanos vin ĝis la montpiedo." Anzyu tiel diris kaj komencis malsupreniri la unua.

"그들이 나를 고문할지도 모르지만 나는 확실히 견뎌낼 거야. 그들은 돈으로 산 여종을 죽이지 않을 거야. 네가 사라진 후 그들은 내가 두 배나 더 열심히 일하게 만들 거야. 네가 알려준 곳에서 땔감을 많이 모을게. 여섯 짐은 아니라도 적어도 네다섯 짐은 해 낼게. 자, 거기로 내려가서 바구니와 낫을 거기 두자. 그러면 내가 너와 함께 산기슭까지 갈게." 안쥬가 그렇게 말하고 앞장서서 내려가기 시작했다.

Zusio sekvis ŝin gapa kun la koro sendecida kiel fari. Ŝi fariĝis ĉi-jare dekkvinjara, kaj li dektrijara, sed ĉar la virino frue fariĝas matura, saĝa kaj prudenta kvazaŭ obsedita de io, li neniel povis ribeli kontraŭ ŝiaj vortoj.

즈시오는 어찌할 바를 모르고 누나를 빤히 쳐다보았다. 누나는 올해 열다섯 살이 되었고, 자신은 열세 살이지만 여자는 일찍 영글고, 지혜로와지고 무언가에 홀린 것처럼 현명해져, 누나의 말에 거역할 수 없었다.

Ili malsupreniris ĝis la arbetejo, kaj ambaŭ metis tie sian korbon kaj serpeton sur velkintajn foliojn. Ŝi elprenis sian talismanon kaj ĝin transdonis al li: "Kvankam ĉi tiu talismano estas por mi la plej kara, mi deponos ĝin ĉe vi ĝis ni renkontos denove unu la alian. Vi konservu plej zorge ĉi tiun Ksitigarbon kiel min mem, kune kun via talismana glaveto."

그들은 나무 숲으로 내려갔다. 그리고 둘 다 거기에 그들의 바구니와 낫을 마른 낙엽더미 위에 놓았다. 안쥬는 부적을 꺼내 즈시오에게 건넸다. "이 부적은 내게 가장 소중한 것이지만, 우리가 서로 다시 만날 때까지 네가 그것을 고이 간직하고 있어야 해. 이 보살상을 나라고 여기고 네 작은 부적 검과 함께 잘 지녀야 해."

"Sed ne decas ke vi ne havu ĉe vi talismanon." "Ne, mi deponas la talismanon ĉe vi, kiu renkontus da danĝeroj multe pli ol mi. Kiam vi ne revenos en la vespero, devas esti ke persekutantoj postkuros vin. Estas tute certe ke oni vin atingos, se vi forkurus ordinaran kurson kiel ajn rapide.

"그런데 부적을 지니고 있지 않는 것은 옳지 않아." "아니, 나보다 훨씬 더 많은 위험에 처할 것이라서 부적을 네게 맡기는 거야. 저녁에 네가 돌아 오지 않으면 추격자들이 너를 쫓을 거야. 보통 길로 해서 빨리 어떻게든 도망쳐도, 그들이 너한테까지 갈 것은 확실해.

Vi iru ĝis la loko nomata Wae laŭ la supro de la rivero, kiun ni ĵus rigardis, kaj rimarkite de neniu transiru la riveron; tiam jam estos proksime al Nakayama.
방금 보았던 강 상류를 따라 와에라는 곳으로 가서, 아무도 눈치채지 못하게 강을 건너. 그러면 곧바로 나카야마에 가까워 질 것이야.

Kaj post kiam vi atingos tien, iru en la templon, kies pagodon ni rigardis, kaj petu vin kaŝi. Kelkan tempon vi vin kaŝu tie, kaj post la foriro de la persekutantoj vi forlasu la templon."
그리고 거기에 도착한 후, 우리가 본 불탑이 있는 사원으로 들어가. 그리고 숨겨달라고 해. 잠시 그곳에 숨어있다가, 추적자들이 떠난 후에 사원을 떠나.”

"Sed, ĉu sinjoro bonzo en la templo volus min kaŝi?"
"Nu, en tio kuŝas granda risko. Se la sorto vin favoros, li volus vin kaŝi.“
“근데, 사원에 있는 스님께서 나를 숨겨 주실까?” “글쎄, 거기에는 큰 위험이 도사리고 있긴 해. 운명이 네 편이라면 그분께서 숨겨 주실거야.”

"Jes, tre povas esti. Ŝajnas al mi ke vi hodiaŭ

parolas kvazaŭ dio aŭ budho mem. Jes, mi decidis, mi faru kion ajn tute laŭ viaj vortoj."

"그래, 꼭 그렇게 될거야. 오늘 누나가 마치 신이나 부처님처럼 말하는 것 같아. 알았어, 결정했어. 누나가 말하는 그대로 해낼게."

"Ho, vi estas tre bona. Sinjoro bonzo devas esti bonanima kaj nepre vin kaŝos."

"그래, 잘 생각했어. 스님께서는 마음씨가 좋으신 분이라 분명히 숨겨주실거야."

"Jes, certe! Ankaŭ mi komencas tiel kredi. Mi povos forkuri ĝis la ĉefurbo. Mi renkontos nepre paĉjon kaj panjon. Mi certe venos vin elsavi de ĉi tie." La okuloj de Zusiô ekbrilis same kiel la ŝiaj.

"그래, 물론이지! 나도 그렇게 믿기 시작했어. 수도로 도망칠 수 있을 거야. 나, 반드시 아빠와 엄마를 만날 거야. 반드시 누나를 이곳으로 구하러 올 거야." 즈시오의 눈이 누나의 눈망울처럼 반짝거렸다.

"Nun mi akompanos vin ĝis la montpiedo, ni rapidu!"

Ili rapide malsupreniris la monton. Liaj paŝoj estis jam tiel malsamaj ol antaŭe, ke ŝia ardanta sento ŝajne transkaptis lin kvazaŭ sugestio.

"자 산기슭까지 배웅할테니, 빨리 가자!" 그들은 재빨리 산을 내려갔다. 즈시오의 발걸음은 이미 전과 확연히 달라져 안쥬의 끓어오르는 감정이 마치 지시한 듯 동생을 사로잡은 것 같았다.

Ili venis ĝis la loko, kie estas la fonto. Ŝi elprenis lignan bovlon akcesoran al la lunĉkesto, kaj per ĝi ĉerpis puran akvon. "Jen, estas sakeo, per kiu ni festu vian ekvojaĝon." Ŝi diris, trinkis[44] iom el ĝi kaj la restantan donis al la frato.

그들은 샘터 있는 곳까지 왔다. 누나는 도시락에 여분의 나무 그릇을 꺼내서는, 그것으로 청정수 물을 떴다. "여기, 너의 출발을 축하할 술이야." 그 중 얼마를 마시고 나머지는 동생에게 건넸다.

Li fortrinkis el la bovlo. "Do, franjo, ĝis la revido! Mi nepre atingos Nakayama tute nerimarkite."

즈시오는 사발그릇 청정수를 다 마셨다. "그러니까, 누나, 다시 만날때까지 안녕, 들키지않고 나카야마에 꼭 도착할거야."

Zusiô per unu spiro trakuris la deklivon malsupren, ĉirkaŭ dek paŝojn de tie, kaj eliris sur la ĉefvojon laŭ la marĉo, kaj rapidis laŭ la bordo de Rivero Ookumo kontraŭflue.

즈시오는 그곳에서 십보쯤 떨어진 비탈길을 단숨에 달려내려 갔다. 그리고 늪을 따라 큰 길로 나와, 오구모 강 상류를 거슬러 뛰었다.

Anzyu staradis apud la fonto, kaj forokulis lian

---

44) - sakeon trinki ĉe la adiaŭo: japana kutimo kaj anstataŭ sakeo oni trinkas akvon, kiam la revido estas neesperebla, sed en tiu kazo Zusiô tro juna ne sciis tion.

dorson, kiu jen aperas jen malaperas post aleaj pinoj, ĝis lia figuro fariĝis malgranda.

Kaj malgraŭ ke la suno jam ekzenitis al la tagmezo, ŝi ne volis supreniri la monton. Estis por ŝi feliĉe, ke hodiaŭ ŝajne neniu hakas arbojn en tiu direkto kaj neniu rimarkis ŝin, kiu staras senlabora sur la deklivo kaj pasigas tempon nur vane.

안쥬는 샘물 곁에 서서, 지금은 오솔길 소나무 뒤에서 나타났다가는 사라지는 동생의 뒷모습을, 사라질 때까지 지켜보았다. 그리고 해가 이미 하늘 한가운데 떴음에도, 산에 올라가고 싶지 않았다. 운 좋게도 아무도 그 방향으로 나무를 베러오지 않았고 비탈에서 한가로이 서서 헛되이 시간을 보내는 것을 아무도 눈여겨보지 못한 것 같았다.

Kiam poste persekutantoj el la palaco de Sansyô-dayû serĉantaj la gefratojn venis tien, ili trovis malgrandajn pajlŝuojn[45] apud la marĉo sub tiu ĉi deklivo. Ili estis la ŝuoj de Anzyu.

나중에 산쇼 대인 궁에서 오누이를 찾아 추적자들이 찾아왔을 때, 그들은 이 경사면 아래의 습지 근처에서 작은 짚신을 발견했다. 안쥬의 신발이었다.

Tra la ĉefa pordego de Templo Kokubunzi en Nakayama flagris fajreroj de multaj torĉoj, kaj ensvarmis multaj homoj interpuŝe. Ĉe la fronto

---

45) - ŝuoj lasitaj sur bordo: japanaj sindronigintoj 투신자살자 kutimas lasi siajn piedvestojn sur tero.
Kial? tio jam estas demando de psikologia studo.

staris Saburô, la filo de Sansyô-dayû, kun naginat o[46)] blankastanga tenita ĉe la akselo.

나카야마에 있는 고쿠분지 사원의 정문을 통해 많은 횃불의 불꽃이 나불거리고, 많은 사람들이 모여들어 웅성거렸다. 맨 앞에는 산쇼 대인의 아들 사부로가 서 있었는데, 겨드랑이에 는 흰 장검長劍이 들려 있었다.

Li ekstaris antaǔ la templo kaj laǔte kriis: "Jen venis ni el la domo de Sansyô-dayû en Isiura. Unu el la sklavoj de Tayû eskapis en ĉi tiun monton, kion iu rimarkis klare. Estas nenia kaŝejo krom en la templo. Ni volas ke vi tuj elmetu lin senprokraste. La multaj sekvantoj kriis eĥe post li: "Nu, elmetu lin! elmetu lin!"

사부로는 절 앞에 서서 큰 소리로 외쳤다. "우리는 이시우라 의 산쇼 대인 궁에서 왔습니다. 대인의 노예 중 하나가 이 산으로 탈출했는데, 누군가는 분명히 알고 있습니다. 사원 외 에는 숨을 곳이 없습니다. 당신네들이 그놈을 즉시 퇴거시키 기 바랍니다." 많은 추적자들이 뒤따라 외쳤다. "그러니, 그 놈을 내놓으세요! 그놈을 내놓으세요!"

De antaǔ la ĉeftemplo ĝis ekster la pordego daǔris vasta pavimo.
Sur ĝi la subuloj de Saburô svarmadis, ĉiu kun torĉo en la mano.
Kaj sur ambaǔ flankoj ĉiuj bonzoj kaj laikoj loĝantaj en la tereno escepte neniun formis spaliron.

---

46) naginato : longstanga kaj longklinga glavo

대웅전 앞에서 정문밖까지 넓은 포장도로가 이어져있다. 그
도로에 사부로의 부하들이 모여들었고, 손에는 각자 커다란
횃불들을 쥐고 있었다.
그리고 양켠에는, 사찰 경내에 사는 모든 스님과 신도들이
어느 한 사람도 빠짐없이 줄지어 섰다.

Ili venis kaj el la interna sanktejo kaj el la loĝejoj
kun dubo, kio okazis, kiam la persekutantoj
ektumultis ekster la pordego.
그들은 추적자들이 정문 밖에서 난동을 일으키기 시작했을
때 무슨 일이 일어날지에 대해 의심스러워 사원안 성소에서,
숙소에서 나왔다.

Dum la persekutantoj kriis de la ekstero pri la
malfermo de la pordego, multaj bonzoj ne volis
malfermi ĝin pro la timo ke ili skandalos ĉe la
enlaso.
추적자들이 밖에서 문을 열라고 소리치는 동안, 많은 스님들
은 입구에서 물의를 일으킬까 두려워 문을 열려고 하지 않았
다.

Sed spite tion la ĉefbonzo Risio Donmyô ordonis
malfermi. Sed nun, malgraŭ ke Saburô kriegis :
Elemtu la sklavon eskapintan, la ĉeftemplo restis
fermita kaj ĝin regis plena silento dum kelka tempo.
Saburô stamfis la teron kaj ripetis la samon du-tri
fojojn.
그러나 그럼에도 불구하고 주지 리시오 돈묘는 문을 열라고

명령했다. 하지만 사부로가 "탈출한 노예를 내 놓으세요." 라고 외쳤음에도 대웅전은 잠긴 채 한동안 완전히 조용했다. 사부로는 땅을 치며 같은 말을 두세 번 반복했다.

Iu el la subuloj kriis kun provoko: "Kiel do, sinjoro ĉefbonzo?" Kaj al tio sin miksis mallonga ridaĉo.
부하 중 한 명이 도발적으로 소리쳤다. "주지 스님은 무엇하는가?" 그리고 거기에 짧은 코웃음이 뒤섞였다.

Fine malfermiĝis senbrue la pordo de la ĉeftemplo. Ja Risio Donmyô mem malfermis ĝin per siaj propraj manoj. Li staris vestita nur per hensano,[47] kaj kun nenia afekto impona, super la frontaj ŝtupoj de la templo, turnante sian dorson al la subtila lumo de la eternaj kandeloj.
La flagranta lumo prilumis lian altan kaj fortikan korpon kaj ortozan vizaĝon kun la ankoraŭ nigraj brovoj.
마침내 대웅전의 문이 소리 없이 열렸다. 리시오 돈묘가 자신의 손으로 열었다. 헨산복 차림으로 어떤 위엄도 느껴지지 않게 사원 앞 계단에 서서 영원한 촛불의 미묘한 빛에 등을 돌렸다. 번쩍이는 빛이 높다란 큰 키와 건장한 몸매와 검은 눈썹까지도 단정한 얼굴에 비췄다.

Li apenaŭ transiris la aĝon de kvindek jaroj.
주지는 겨우 오십을 넘긴 나이였다.

---

47) hensano ; speco de budhista robo, iom simila al skapulo

Li senrapide malfermis sian buŝon. Lia voĉo estis aŭdebla de ĉiu angulo pro tio, ke la bruantaj persekutantoj eksilentis ĉe la ekvido de lia figuro. "Ĉu vi venis nur por serĉi la subulon, kiu eskapis de vi, ĉu jes? En ĉi tiu monto oni lasas neniun loĝi sen konsulto al mi, la ĉefbonzo.

주지는 천천히 입을 열었다. 시끄러운 추적자들이 주지의 모습을 보고 침묵했기 때문에 소리가 사방에서 잘 들렸다. "당신네 한테서 도망친 하인을 찾으러 온 거지요, 맞죠? 주지인 나와 상의하지 않고는 아무도 이 산에 살 수 없다오.

Kaj ĉar mi ne scias, li, la menciita, ne estas en la templo. Cetere, vi sieĝas per multe da homoj kun armiloj en la mano en la profunda nokto, kaj diris: Malfermu la pordegon. Do, ĉu okazis grava akcidento en la lando, ĉu aperis ribelulo kontraŭ la ŝtato, mi pensis kaj ordonis malfermi.

그리고 내가 알지 못하기 때문에 여러분이 말한 사람은 사원 안에는 없어요. 더욱이 깊은 밤에 무기를 들고 많은 사람들이 포위하고 대문을 열라고 말해서 아마도 나라에 큰 사고가 났는지, 국가에 반군이 나타났는지 생각하고 문을 열라고 명령했어요.

Sed kio sekvis? Nur por la serĉado de via subulo. Ĉi tiu monto estas templo de mikada voto kaj sur la pordego pendas la vot-tabulo de la Mikado, kaj en la sepetaĝa pagodo sutraj orlitete skribitaj de la plej majesta mano de Lia Mikada Sankteco estas konservitaj.

그런데 무엇이 나왔나요? 오직 여러분 하인의 색출을 위해.
이 산은 미카도 서원誓願 사원이며 정문에는 미카도 서원판
이 걸려 있고, 그리고 칠층탑에는 미카도 성하의 가장 귀하
신 손으로 황금글씨로 씌어진 경전이 보존되어 있어요.

Se oni tie skandalus, la provincestro devus
respondeci. Aŭ, se mi denuncus vin al Tôdaizi, la
ĝenerala ĉeftemplo, jam ne estus garantiate, kia
dekreto de la kortego vin trafus.

거기에 문제가 있다면 현지사가 책임져야 할 일이고, 아니면
본 주지가 여러분을 본산인 토다이지에 고발한다면, 법원의
어떤 판결이 영향을 미칠지 더 이상 보장되지 않을 겁니다.

Do, pripensu tion bone, kaj plej rapide vin retiru
prefere. Mi ja diras tion nur por via profito, nur
por vi mem." Post la vortoj li malrapide fermis la
pordon.

그러니 잘 생각하시고 가능한 한 빨리 철수하십시오. 본인은
단지 여러분의 이득을 위해서, 여러분 자신을 위해서라고 말
하고자 합니다." 그 말을 마친 주지는 천천히 문을 닫았다.

Saburô fikse alokulis al la pordo de la ĉeftemplo kaj
kunpremis al si la dentojn. Tamen li ne povis
aŭdaci rompi la pordon kaj impeti internen. La
subuloj flustris reciproke inter si nur kiel folioj
tremetas de vento.

사부로는 대웅전의 문을 응시하며 이를 악물었다. 그러나 감

히 문을 부수고 안으로 들어갈 수 없었다. 나뭇잎들이 바람에 흔들리는 것처럼 부하들은 서로 숙덕거렸다.

Tiam iu kriis laŭte: "Ĉu temas pri bubo ĉirkaŭ dekdujara, ĉu jes? Se jes, mi konas bone."
그때 누군가가 큰 소리로 외쳤다. "열두 살쯤 된 어린애 이야기죠, 그렇지요? 그렇다면 저는 잘 압니다."

Saburô surprizita ekrigardis la alparolinton. Tiu ĉi estas maljunulo, kiun oni misprenus por lia patro, Sansyô-dayû; li estis sonorigisto.
사부로는 말하는 이를 보고 놀란 표정을 지었다. 이 사람은 아버지 산쇼 대인으로 착각할 노인이다. 종지기였다.

"Jen, - li daŭrigis, - la bubo preterpasis la vojon ekster tiu muro kaj rapidis suden, kiam mi rigardis de ĉi sonorilejo tagmeze. Kvankam malforta, li ŝajnis des pli facilmova. Mi kredas ke li jam iris sufiĉe longan vojon."
"이봐요, 종지기는 말을 이어갔다. 그 아이는 저 벽 밖의 길을 지나 남쪽으로 서둘러 가고 있었는데, 정오에 이 종탑에서 바라봤을 때는 허약했지만 훨씬 더 민첩해 보였습니다. 이미 멀리 길을 갔다고 믿습니다."

"Jen li! Sed bagatelas la distanco paŝita de la bubo duontage. Sekvu min!" Saburô turnis sin kaj ekkuris.
"여기 그놈이! 하지만 어린애가 반나절 동안 걸은 거리는 얼마 안돼. 따라와!" 사부로는 몸을 돌려 내달리기 시작했다.

De sur sia sonorilejo la sonorigisto rigardis, kiel la procesio de la torĉoj iras el la pordego kaj rapidas al la sudo laŭlonge de la termuro, kaj ridis tre laŭte. En la proksima bosko du-tri korvoj, kiuj apenaŭ regajnis la trankvilon kaj volis ekdormi, denove ekflugetis surprizitaj.

종지기는 종탑에서 횃불 행렬이 정문을 빠져 나와 흙벽을 따라 남쪽으로 서둘러 가는 것을 지켜보고 아주 크게 웃었다. 근처 숲에 까마귀 두-세 마리들은 좀처럼 평정을 되찾지 못하고 자려고 하다가는, 깜짝 놀라 다시 날아가 버렸다.

En la sekvinta tago oni sendis homojn el Kokubunz i[48] diversflanken.

Kiu iris al Isiura, revenis informita pri la droniĝo de Anzyu, kaj kiu iris al la sudo, revenis informita, ke la persekutantoj sub la komando de Saburô iris ĝis Tanabe kaj revenis vane.

다음 날, 고쿠분지에서 각기 다른 방향으로 사람들을 보냈다. 이시우라에 간 사람들은 안쥬가 익사했다는 소식을 듣고 돌아왔다. 남쪽으로 간 사람은 사부로가 이끄는 추격자들이 다나베까지 갔다가 헛되이 돌아왔다.

Post tri tagoj Risio Donmyô iris el la templo en la direkto de Tanabe. Li tenis feran almozpelvon tiom grandan kiom lavpelvo kaj bastonon tiom dikan

---

48) - Kokubunzi: laŭ mikada dekreto ĉiu provinco havis tiel nomatan ĉeftemplon en sia ĉefurbo.

kiom la brako. Sekvis post li Zusiô kun la kapo razita freŝe kaj vestita per robo budhana.

3일후 리시오 돈묘는 절에서 나와 다나베 방향으로 갔다. 세 면대만큼이나 큰 그릇과 팔뚝만큼이나 두툼한 지팡이를 들고 있었다. 즈시오는 머리를 깎고 불교 법복을 입고 뒤따라갔다.

Ambaŭ paŝis sur la ĉefvojo en la plena taglumo kaj tranoktadis en lokaj temploj. Sur Kampo Suzakuno de Yamasiro la risio[49] adiaŭis al Zusiô post iom da ripozo en kapelo de Avataro.[50] "Iru kun via talismano bone gardata. Estas certe ke vi ricevos informojn pri viaj gepatroj." Li tiel instruis kaj turnis siajn kalkanojn. Zusiô pensis en sia koro, ke li diris tute same kiel lia mortinta fratino.

두 사람은 대낮에 주요 도로를 지나가 지방 사원에서 밤을 보냈다. 리시오는 아바타로의 예배당에서 잠시 휴식을 취한 후 야마시로의 수자쿠노 들판에서 즈시오에게 작별 인사를 했다. "부적을 잘 지키고 가라. 반드시 부모님에 대한 소식을 받을 거야." 그렇게 일러주고는 발길을 돌렸다. 즈시오는 죽은 누나와 똑같은 말을 했다고 마음속으로 생각했다.

Li venis ĝis la ĉefurbo kaj ekloĝis en Templo Kiyomizu en Higasiyama, ĉar li prenis al si la figuron de bonzo.

수도에 이르러 히가시야마의 기요미즈데라에 살기 시작했는

---

49) - risio: la tria rango de bonzo, donita de la kortego.
50) - avatar-o ①〈종교〉 신(神)이 강림하여 인간이 됨, 성육신(聖肉身).
   ②〈비유〉 어떤 사람(물건)의
변화된 새로운 모습, 형태의 변화.〈종교〉 avataro .성육신 (聖肉身)

데 이유는 스님으로 입적했기 때문이었다.

Li tranoktis en ties vot-ĉambro, kaj kiam li vekiĝis matene, super la kapkuseno staris maljunulo vestita per naoŝio[51] kaj saŝinukio[52] kaj kun eboŝio[53] sur la kapo, kaj diris al li: "Kies filo vi estas?
즈시오가 서원誓願방에서 밤을 보내고 아침에 일어났을 때 나오시와 사시누키 옷을 입고 머리에 에보시를 쓴 한 노인이 베개 위에 서서 말을 걸었다. "넌 누구의 아들이냐?

Se vi havas ion karan, volu ĝin montri al mi. Hieraŭ nokte mi tranoktis tie kun voto, ke mia filino resaniĝu, kaj en songo mi ricevis instruon: la knabo dormanta ĉe la maldekstra latiso havas bonan talismanon, prunteprenu ĝin de li kaj lasu ŝin adorkulti antaŭ ĝi.
소중한 것이 있으면 보여주거라. 어젯밤 나는 내 딸이 나을 것이라는 서원으로 그곳에서 밤을 보냈고 꿈에서 다음과 같은 계시를 받았어. 왼쪽 격자 옆에서 자고 있는 소년은 귀한 부적을 가지고 있는데, 그걸 빌려 부적 앞에서 내 딸이 절하게 하라.

Jen kiel. Hodiaŭ matene mi venis al la maldekstra latiso kaj trovis vin tie ĉi. Nu, volu konfesi al mi vian devenon kaj pruntedonu al mi vian talismanon.

---

51) - naoŝio : ordinara vesto por altranguloj en la mezepoko.
52) - saŝinukio : speco de talivesto, iom simila al jupo.
53) - eboŝio : speco de ĉapo, sed tre alta, tiutempe uzita de maturaĝaj viroj.

Mi estas Kampako[54) Morozane[55) mem.

이렇게 된 거야. 오늘 아침에 나는 왼쪽 격자에 와서 너를 여기에서 찾았어. 자, 기꺼이 네 혈통을 고백하고 부적을 빌려주거라. 나는 관백 모로자네란다."

"Mi estas filo de Masauzi, vicasistanto de Provinco Mutu, diris Zusiô, mi aŭdis ke mia patro iris al Templo Anrakuzi en Tukusi antaŭ dekdu jaroj kaj revenis neniam. La patrino enloĝis en Kantono Sinobu de Iwasiro kune kun tiujare naskita mi kaj la fratino tiam trijara. Kaj poste kiam mi fariĝis iom granda, la patrino ekvojaĝis serĉi sian edzon kune kun mi kaj la fratino.

"저는 무쓰시의 부보좌관인 마사우지의 아들입니다. 즈시오가 말했다. 아버지가 12년 전에 쓰쿠시의 안라쿠지 사원에 갔다가 다시 돌아오지 않았다고 들었습니다. 어머니는 그 해에 태어난 나와 당시 세 살 된 누이와 함께 이와시로의 시노부 칸톤에 살았습니다. 그러다가 조금 더 나이 들었을 때, 어머니는 저와 누이와 함께 남편을 찾아 나섰습니다.

En Etigo ni estis kaptitaj de terura sklavokomercisto, kiu vendis la patrinon al Sado kaj la fratinon kaj min al Yura en Tango. La fratino mortis tie. Jen, la talismano konservata de mi estas ĉi tiu Sankta Ksitigarbo." Li klarigis kaj montris la talismanon al

---

54) - kampako: regento-ministro, 섭정·대신 la unua post la mikado, foje la plej potenca posteno.
55) - Morozane de Huziwara (?-?) estis efektiva persono. 실존인물

la kunparolanto.

에치고에서 우리는 끔찍한 노예상인에게 붙잡혀 어머니는 사도에, 누나와 나는 단고의 유라에 팔렸습니다. 누나는 그곳에서 죽었습니다. 자, 내가 가지고 있는 부적은 바로 이 성스러운 보살상입니다." 즈시오는 대화상대에게 부적을 설명하고 보여주었다.

Morozane prenis ĝin sur sian manon kaj unue riverencis al ĝi tiel, ke lia frunto preskaŭ tuŝis ĝin. Kaj li plurfoje turnis kaj returnis ĝiajn flankojn kaj diris post detala observado: "Ĉi tiu estas sendube la statuo de Bodisatvo Granda Aŭreola Ksitigarbo, kiun mi laŭnome konas jam de antaŭe.

모로자네는 그것을 손에 들고 먼저 이마가 거의 닿을 정도로 절을 했다. 그리고 몸을 몇 번이고 옆으로 돌려서 주의깊게 관찰한 후 이렇게 말했다. "이것은 의심할 여지 없이 내가 전에 이름만 들어 알고 있는 보살 대광보살의 입상이구나.

Ĝi estas importita de Kudarakaj[56] estis konservata de Princo Takami kiel lia talismano.

그것은 쿠다라카이에서 수입되었으며 다카미 왕자가 부적으로 간직했지.

Ĉar vi havas ĝin, via sango devas esti aŭtentika.

---

56) Kudara: antikva regno situinta en suda Koreujo (18-663 a.k.), kaj laŭ la arkivoj la budhismo estis importita en nian landon pere de tiu lando. La tradukinto prenis la nomon laŭ japana maniero, dum ĉinoj ĝin nomas proksimume, Pocaj, kaj la aŭtentika ne estas konata.

Sendube vi estas heredanto de Masauzi de Taira, kiu estis degradita al Tukusi pro kompliceco en la leĝrompo de la provincestro, okazinta ĉe komenco de Eihô-erao, kiam la nuna Sankteco sidis ankoraŭ sur la trono. Se vi volas sekularizi vin, vi baldaŭ ricevos la rangon de provincestro. Antaŭ ĉio, estu mia gasto dumtempe. Venu kun mi en mian palacon."

네가 가지고 있기 때문에 네 피는 진짜여야 해. 의심할 여지 없이 넌 현 지사의 법을 위반한 공모자로 쓰쿠시로 강등된 다이라 마사우지의 후계자야. 현 지사께서 아직 왕좌에 앉아 계시던 에이호 시대 초기에 일어난 일이지. 환속하고 싶다면 곧 현 지사라는 직위를 얻게 될 거야. 우선, 잠시 동안 내 손님이 되어 나와 함께 내 궁전으로 가자.”

La menciita filino de Kampako Morozane estis adoptita filino, kaj asiduis al la eksmikado: ŝi estis efektive la nevino de lia edzino. Kaj ŝi estis afliktata jam de longe pro malsano, sed ĉe la adorkulto antaŭ la talismanò pruntita de Zusiô, ŝi tuj reakiris sanon kvazaŭ tiu estus forviŝita.

관백 모로자네의 딸은 양녀였고, 실제로는 아내의 조카딸이 었다. 그리고 오랫동안 질병에 시달렸으나 즈시오에게서 빌 린 부적 앞에 기도해서, 즉시 건강이 되살아난 것처럼 회복 되었다.

Morozane sekularizis Zusiô kaj per sia propra mano lin kronis.

Samtempe li sendis homon al la ekzilejo de Masauzi kun absolvoletero, kaj pridemandis lian sanon. Sed kiam la sendito atingis la lokon, Masauzi jam estis mortinta. Zusiô, kiu faris sian ceremonion de la adoleskiĝo kaj ricevis nomon Masamiti, malĝojis tiel ke lia korpo multe malgrasiĝis.

모로자네는 즈시오를 환속하고 자신의 손으로 관을 씌웠다. 동시에 사면의 편지와 함께 사람을 마사우지의 유배지로 보냈다. 그리고 마사우지의 건강을 물었지만 전령이 도착했을 때는 이미 죽어 있었다. 마사미치라는 이름으로 성인 의식을 거행한 즈시오는 슬퍼서 몸이 몹시 말랐다.

Ĉe la ĝenerala promocio de la kortego en la aŭtuno de la sama jaro Masamiti estis investita kiel la provincestro de Tango. La posteno ne bezonis fizikan frekventon, kaj oni investis nur vicasistanton por ke tiu ĉi regu la provincon anstataŭe. La nova estro tamen malpermesis la komercon de sklavoj en sia provinco, kiel sia unua administra ago.

같은 해 가을 법원의 일반 승진에서 마사미치는 단고의 지방 수장으로 임명되었다. 그 직책은 물리적 출석을 요구하지 않아 대신 지방을 통치할 수 있도록 부보좌관을 임명했다. 그래서 새 지도자는 첫 번째 행정 조치로 자신의 지방에서 노예 무역을 금지했다.

Do, tial Sansyô-dayû emancipis ĉiujn sklavojn kaj komencis ilin salajri.
Kvankam lia familio dumtempe konsideris tion grava

damaĝo, tamen de tiam, ĉu en la kultivado ĉu en la metioj, ĉiu montris viglecon pli multe ol antaŭe, kaj la familio ĝuis des pli la riĉon.

그러므로 산쇼 대인은 모든 노예를 해방하고 고용하기 시작했다. 당시 가족은 이것을 심각한 손실로 여겼지만, 그 이후로 경작에서나 장사에서나 모두 전보다 더 번창하였으며, 그리고 가족은 부를 더욱 누렸다.

Risio Donmyô, favorinto al la estro, estis investita kiel sozuo,[57] kaj Kohagi, kiu milde komplezis lian fratinon, estis resendita al la hejmloko.

La animo de Anzyu estis funebrita plej sincere, kaj oni aranĝis ke tie ekstaru bonzinejo apud la marĉo, en kiun ŝi sin dronigis.

리시오 돈묘, 지방 수장의 은혜자는 대스님으로 임명했고, 그리고 누나를 기쁘게 해 준 고하기는 고향으로 돌아갔다. 안쥬의 영혼에 가장 진심으로 애도를 표했고, 그리고 안쥬가 익사한 늪 옆에 좋은 절을 세워야 한다고 했다.

Masamiti aranĝis tion por sia provinco, kaj poste petis specialan forpermeson kaj transiris inkognita[58] al Sado.

마사미치는 부임지에서 이 정도로 일을 처리한 다음, 특별휴가를 요청하고 은밀히 사도로 건너갔다.

La ŝtata oficejo de Sado estis instalita en loko

---

57) - sozuo: unu el la plej gravaj rangoj de bonzo.
58) inkogni 暗行

nomata Sabata. Li iris tien, kaj petis helpon de la ŝtatoficistoj, ke ili esploru la tutan insulon. Al li tamen ne prosperis akiri informon, kien iris la patrino.

사도의 관청은 사바타라는 곳에 있다. 그곳으로 가서 공무원들에게 도움을 청하여 섬 전체를 탐험하도록 했다. 하지만 어머니가 어디로 갔는지에 대한 정보를 얻는 데 성공하지 못했다.

Iun tagon Masamiti obsedita de meditado forlasis la gastejon kaj promenis sola tra la urbo. De kiam, li ne sciis, li estis for de loko kie staris domoj en vico, kaj paŝis laŭ vojeto meze de kamparo.

어느 날 명상에 푹 빠진 마사미치는 여관을 나와 홀로 시내를 걸었다. 어느새 집들이 늘어선 곳을 벗어나 시골 한가운데 길을 걷고 있었다.

La ĉielo estis tre serena kaj la suno radiis hela kaj brila. Li paŝis kun medito en sia koro: "Pro kio mi ne povas ricevi informon pri ŝi? Ĉu la dioj kaj budhoj min malamas kaj ne lasas renkonti ŝin, ĉar mi komisiis tion al la oficistoj kaj ne serĉas per mia propra korpo?"

하늘은 무척 맑았고 태양은 밝게 빛나고 있었다. 마음속으로 명상을 하며 걸었다. "왜 어머니에 대한 소식을 들을 수 없을까? 신과 부처님이 나를 미워하여 그분을 만나지 못하게 하는 걸까? 내가 이것을 신하들에게 맡기고 내 몸으로 구하지 아니한 탓일까?"

Pretervole li ĵetis sian rigardon flanken. Jen staras antaŭ li granda domo de kampulo. Sur ties farmita placeto interne de maldensa heĝo sude de la domo, multaj muŝiroj estis sternitaj sur la tuta korto; sur la muŝiroj oni sekigis falĉitajn spikojn de milioj; meze de ili sidis virino ĉifone vestita kaj per longa stango peladis paserojn, kiuj kolektiĝis sur la milioj kaj volis beki. La virino murmuris ion per tono kantosimila.

무심코 시선을 옆으로 돌렸다. 여기 눈 앞에 큰 농부의 집이 있었다. 집 남쪽에 있는 얇은 울타리 안 조그맣게 경작된 마당에는 많은 거적이 전체에 펼쳐져 있어 잘라온 기장 이삭을 거적에서 말리고 있었다. 그 한가운데에 누더기 옷을 입은 여인이 앉아서 긴 장대로 기장에 몰려와 쪼고 있는 참새를 쫓고 있었다. 여인은 노래 같은 어조로 무언가를 중얼거렸다.

Pro kio, li mem ne sciis, sed lia koro estis tirita al ŝi, kaj li haltigis sian paŝon kaj enrigardis; ŝia distaŭzita hararo estis makulita de polvo.

무슨 이유에서인지 자신도 몰랐지만 마음이 여인에게로 이끌려 걸음을 멈추고 들여다보았다. 마구 헝클어진 머리카락은 먼지로 얼룩져 있었다.

Li trovis ĉe ŝia vizaĝo ke ŝi estas ja blinda. Li sentis grandan simpation por ŝi. Dume liaj oreloj iom post iom kutimiĝis al ŝiaj murmuraj vortoj tiel ke ili fariĝis fine distingeblaj.

마사미치는 여인의 얼굴을 보고 실제로 눈이 멀었음을 알았
다. 큰 동정심을 느꼈다. 그러는 동안 귀는 점차 여인의 중
얼거리는 말에 익숙해져 마침내 분별할 수가 있었다.

Samtempe kun tio lia korpo tremetis kvazaŭ atakita
de febro, kaj ekfontis larmoj el la okuloj.
그와 동시에 열병이라도 온 것처럼 몸이 떨리고 눈에서 눈물
이 흐르기 시작했다.

La virino ripete kaj ripete murmuradis jene:
그 여인은 반복 반복해서 다음과 같이 중얼거렸다.

Ho, sopiro al Anzyu, ho yare ho!
오, 그리운 안쥬, 호 야래 호!

Ho, sopir' al Zusiô, ho yare ho!
오, 그리운 즈시오, 호 야래 호!

Se ne mankas al birdar' milda la spirit',
영혼이 귀여운 새들에게 못간다면,

tuj deflugu jam sen pel', flugu kun rapid'!
내쫓지말고, 빨리 날아가!

Masamiti ravita sorbiĝis al la vortoj. Poste liaj
intestoj ekbolis ekscititaj kaj li apenaŭ eltenis per
kunpremitaj dentoj ke bestosimila krio ne eliru el lia
buŝo.

마사미치는 그 말에 넋을 잃었다. 그러자 창자가 흥분해 들끓기 시작했고, 입에서 짐승 같은 외침이 나오지 않도록 이를 악물고 가까스로 참았다.

Nun, li haste alkuris en la heĝon kvazaŭ liberigita de kateno, kaj distretinte la miliajn spikojn ĉiuflanken per la piedoj, sin ĵetis antaŭ la virinon. Li tenis en sia mano la talismanon, kaj ĉe la sinĵeto li almetis ĝin al ŝia frunto.

이제 마사미치는 사슬에서 풀려난 것처럼 급히 울타리로 달려가 발로 기장 이삭을 사방에 흩뿌리며 여자 앞에 몸을 던졌다. 부적을 손에 들고 몸을 던지면서 부적을 여인의 이마에 얹었다.

Ŝi eksciis ke venis malordigi la miliojn io granda, ne pasero, kaj ŝi interrompis la kutimajn vortojn kaj fikse rigardis antaŭ sin per nevidpovaj okuloj.

여인은 기장을 엉망으로 만들려고 참새가 아니라 무언가 큰 놈이 왔다는 것을 알게 되었다. 그리고 해오던 말을 끊고 멍한 눈으로 바라보았다.

Tiam, kiel sekigita konkokorpo sorbas en sin humidecon ĉe trempado, venis mildeco al ambaŭ ŝiaj okuloj. Ŝi malfermis ilin.

그때, 마른 조개가 몸을 물에 담그면 수분을 흡수하듯이 두 눈에 부드러움이 감돌면서 눈을 열었다.

"Zusiô!" la krio elŝprucis el ŝia buŝo. Ili firme

ĉirkaŭbrakis unu la alian.

"즈시오!" 여인의 입에서 외침이 튀어나왔다. 그들은 양팔로 서로 꼭 껴안았다.

Tradukis Esperanten MIYAMOTO Masao
에스페란토 번역 : 미야모토 마사오

LA MESAĜO KOMISIITA
위임받은 메시지

Estis ĉe la regula kunsido de l'Amikoj de Germanujo, aranĝita de certa princo ĉe la te-salono Hosigaoka, kie la oficiroj revenintaj el Eŭropo kutimis laŭvice rakonti sian travivaĵon. La juna oficiro KOBAYASI, kapitano verŝajne promociita antaŭ ne longe, estis atentigita ke tiuvespere estas lia vico rakonti sian, kaj tion lia princa moŝto jam longe atendas, li deprenis la cigaredon de sia buŝo, kaj frapforigante la cindron en la hibaĉon,[59] komencis rakonti:

어떤 왕이 조직한 독일 친구들의 정례모임에서, 유럽에서 돌아온 장교들이 돌아가며 호시가오카 찻집에서 자신의 경험을 이야기하는 행사가 있었다. 진급한 지 얼마 되지 않은 젊은 장교 고바야시 대위는, 그날 저녁 폐하가 오래 기다리셨던 이야기를 할 차례로, 입에 문 담배를 꺼내 재를 화로 속에 털고 다음과 같이 이야기하기 시작했다.

Kun la Saksa Korpuso mi partoprenis la aŭtunan manovron. Kaj kiam ni alvenis al la vilaĝo Lagewitz, estis la tago, en kiu la batalaranĝado estis jam finita

---

59) - hibaĉo: rond- aŭ kvadratforma ujo el ligno, porcelano aŭ metalo ktp, tenanta en si cindron, ĉe kies mezo karba fajro estas metata por servi kiel armigilo en japana ĉambro. Malgranda hibaĉo, facile portebla de unu persono, servas metata apud ĉiu gasto aŭ inter du gastoj, sed grandan ĉirkaŭas pluraj sidantoj, kiel oni ĉirkaŭas fornon.

kaj ni fine atakos la skeletan armeon.

저는 색슨 군단과 함께 가을 군사기동훈련에 참가했습니다. 라게비츠 마을에 도착했을 때는 이미 훈련 준비가 끝나고 드디어 해골 부대를 공격하기로 할 때였습니다.

Difinite, ke niaj malamikoj estas tiuj soldatoj dislokitaj sporade sur la alteta monto, ni estis atakontaj ilin de ĉiuj flankoj, lerte ŝirmante nin per la avantaĝoj de la teraj kavaĵoj, arbaretoj, farmdomoj kaj cetere; tio estis spektakla okazo tiel malofta por la loĝantoj de la ĉirkaŭaĵo, ke ili svarmis tie kaj ĉi tie en amasetoj por rigardi nin.

우리의 적들은 높다란 산에 산발적으로 주둔하고 있는 병정들임을 확인하고 땅 속 참호안, 숲속이나, 농가 등의 이점을 활용하여 능숙하게 아군을 은폐하면서 사방에서 공격하려 했습니다. 이 훈련은 매우 드문 광경이라 주변 지역 주민들은 우리를 보기 위해 여기저기 무리지어 모여들었습니다.

Troviĝis inter ili ankaŭ junulinoj. Kiel pompaj estas iliaj vestoj kun la korsaĵo[60] el nigra veluro, kaj kiel ĉarmaj iliaj malvastrandaj ĉapeloj en formo de renversita telero, garnitaj per herbaj floroj!

그들 중에는 젊은 여성들도 있었습니다. 몸에 검은 벨벳으로 감싼 그들의 상의 드레스는 얼마나 야한지, 야생화로 치장한 뒤집어진 접시 모양의 챙이 좁은 모자는 얼마나 매력적인지!

Dum tiel mi estis okupita per la binoklo, kiun mi

---

60) korsaĵ-o 코르사주, (여자 옷의)상반신(몸통) 부분. ☞ bluzo.

kunportis, rigardante tien kaj tien, mi rimarkis sur la monteto kontraŭ ni unu grupon, kiu estas elstare eleganta.

들고 있던 쌍안경으로 여기 저기를 둘러보다가, 우리 맞은편 언덕에서 유난히 우아해 보이는 한 무리를 발견했습니다.

Nekutiman lazuron prezentis en tiu tago la aŭtuna ĉielo en la komenco de septembro, kaj tiel kristale klara estis la aero, ke la homamaso estis videbla al mi en ĉiuj detaloj.

9월 초의 가을 하늘은 드물게 푸른빛을 띠고 있었고 공기도 너무 맑아 군중들의 세세한 부분까지 볼 수 있었습니다.

Inter ili mi trovis kelkajn junajn mondumulinojn sidantajn sur kaleŝo haltigita. La plej diversaj koloroj de iliaj vestoj estis okulfrapaj kiel arbedo da floroj aŭ aro da brokatoj; la vento delikate flirtigas la zonojn de la starantaj kaj la ĉapelojn de la sidantaj.

그들 중에는 젊은 귀부인 몇 명이 멈춰 서 있는 마차위에 앉아 있는 것을 발견했습니다. 그녀들의 다양한 의상 색깔은 꽃 다발이나 비단 다발처럼 눈에 확 띠었습니다. 바람은 서 있는 이들의 허리에 맨 리본과 앉아 있는 이들의 모자를 묘하게 펄럭이었습니다.

Apud ili sidas sur ĉevalo blankhara maljunulo, kiu kvankam simple vestita en verda ĉasvesto agrafita per kornbutonoj, kaj malhelbruna ĉapo, tamen iel aspektas el alta devneo. Kelkajn paŝojn for de la maljunulo knabino tenas sian blankan ĉevalon, kaj mia binoklo momente fiksiĝis sur ŝi.

그녀들 옆에는 백발의 노인이 말 위에 앉아 있는데, 뿔모양 단추가 달린 녹색 사냥복에 짙은 갈색 모자를 쓰긴 했는데 어쩐지 사연이 있는 것처럼 보였습니다. 노인에게서 몇 걸음 떨어진 곳에 백마를 잡고 있는 한 소녀에게, 순간적으로 나의 쌍안경이 꽂혀버리게 되었습니다.

Kiel gracie tenas sin la nobla figuro vestita en longa ŝtalkolora rajdvesto kaj portanta sur la kapo nigran ĉapelon ĉirkaŭligitan per delikata blanka silko! Ŝi ja restas tute ekster la ekscitiĝo de la homamaso, kiu nun vidas la bravajn ĉasistojn ĵus elkurintajn dise el post la fora arbaro!

은빛 승마복을 입은데다, 머리에는 섬세한 흰 비단으로 묶은 검은 모자를 쓴 고상한 모습이 얼마나 우아하게 보이는지! 그녀는 막 먼 숲에서 달려온 용감무쌍한 병사들을 쳐다보는 군중의 흥분된 시선에서 완전히 벗어나 있었습니다!

- Ne ordinaran vidaĵon vi ĝuas, ĉu ne? - frapis min sur la ŝultro juna blonda oficiro kun longaj lipharoj: leŭtenanto, mia kolego en la sama bataliona stabo, barono nomata von Meerheim, - La tie starantaj estas Grafo Bülow de la Kastelo de Duben, mia konato, estro kaj liaj familianoj.

"특별한 눈요기를 즐기네요. 안 그래요?" 긴 콧수염을 한 젊은 갈색머리 장교가 내 어깨를 두드렸습니다. 그는 중위로, 같은 대대 참모진의 동료이며 이름은 폰 미어하임 남작입니다. "거기에 서 있는 사람들은 두벤 성 뷜로 백작과 내 지인, 상사와 그의 가족들이예요.

Lia kastelo estas destinita kiel gastejo por ni, la stabanoj. Vi do ankaŭ havos okazon konatiĝi kun ili. 그의 성곽은 우리들, 참모장교들을 위한 숙소라서 그들과 친해질 수 있는 기회도 갖게 될 거예요."

Ĝuste kiam li finis la vortojn, li vidis, ke la ĉasistoj ŝoviĝas pli kaj pli premante al nia dekstra alo, kaj li rapide forrajdis. Kvankam kun li mi havas konatecon de ne tre longe, tamen ŝajnas al mi, ke li estas de bona karaktero.
말을 마쳤을 바로 그때 병사들이 우리의 오른쪽 날개를 짓누르며 점점 다가오는 것을 보더니 재빨리 말을 몰고 가버렸습니다. 알고 지낸 지 얼마 되지는 않았지만 성격은 좋은 것 같아보였습니다.

Kiam la atakantoj marŝis ĝis la piedo de la monteto, finiĝis la parto de la manovro por tiu tago, kaj post la kutima juĝado ni rapidas al la gastejo sekvante la Batalionestron.
공격군이 언덕 기슭까지 진군해왔을 때, 그날의 기동훈련은 끝이 났고, 의례적인 평가를 한 후 우리는 대대장을 따라 숙소로 서둘러 갔습니다.

Dum ni marŝis sur la bela konkava ŝoseo serpentumanta inter la tritikaj kampoj kun stumpoj restantaj, ni aŭdis de temp al tempo plaŭdon de akvo, kio indikas, ke ni estas jam proksimaj al la rivero Mulde, kiu fluas malantaŭ la arbaro.

그루터기가 남아 있는 밀밭 사이로 구불구불하고 아름다운 오목한 대로를 걷다 이따금 물이 튀는 소리가 들렸는데, 벌써 숲 뒤를 흐르는 물데 강에 가까이 있었습니다.

La Batalionestro ŝajnas havi la aĝon de kvardek-tri aŭ -kvar jaroj. Lia hararo estas ankoraŭ bruna, sed en lia vizaĝo jam rimarkiĝis sulkoj de la frunto.

대대장은 마흔 서넛쯤으로 보입니다. 머리카락는 아직도 갈색이지만 얼굴에는 이미 이마에 주름이 보입니다.

De simpla karaktero, do vortoŝpara, li tamen havas la kutimon ripeti 'mi persone' post ĉiu dua aŭ tria vorto dum li parolas. Subite sin turninte al Meerheim li parolas: - Supozeble vin atendas via fianĉino?

소탈하고 말수가 적었는데 말을 할 때마다 두세마디마다 '나 개인적으로' 를 반복하는 버릇이 있습니다. 갑자기 미어하임에게 그는 이렇게 말합니다. "아마 귀관의 여자 친구가 기다리고 있는가?"

- Pardonu, Majoro, mi tion ankoraŭ ne havas.
- Ĉu vere? Do min pardonu! Fraŭlinon Ida mi persone prenis por tio.

"죄송합니다, 소령님, 아직 여친이 없습니다."
"정말? 그렇다면 용서해! 본관은 개인적으로 이다 양을 염두에 두고 있었다네."

Dum ili parolis tiel, la vojo kondukis nin antaŭ la kastelon de Duben. Sabla pado inter ambaŭflanke starantaj malaltaj ferstangoj, kiuj ĉirkaŭas ĝardenon, formas longan linion, ĉe kies fino staras malnova pordego el ŝtono.

그렇게 이야기를 나누는 사이, 길은 우리를 두벤 성 앞으로 이끌었습니다. 정원을 둘러싸고 양쪽에 서 있는 낮은 철책 사이의 자갈길은 긴 열을 형성하고 그 끝에는 오래된 돌대문 이 있습니다.

Enirinte tra la pordo mi vidis ĉe la fundo, kie blankaj hibiskoj estas en plena florado, kalkŝmiritan domegon kun tegolita tegmento. La alta pinakla turo el ŝtono, kiu staras en la sudo de la domego, estas konstruita kredeble en imito al la egipta piramido.

문을 열고 들어가니 바닥에 흰 무궁화 꽃이 만발해 있으며, 기와지붕이 있는 석회칠한 새하얀 저택이 보였습니다. 저택 남쪽에 우뚝 솟은 높은 돌탑은 이집트 피라미드를 모방하여 만든 것 같았습니다.

Vesperaj sunradioj falintaj tra la arboj en la ĝardeno, kiuj fajris kiel cinabro, prilumis la sfinksojn kaŭrantajn ambaŭflanke de la ŝtuparo el blanka ŝtono, kiam mi suspreniradis ĝin laŭ la konduko de lakeo en livreo, kiu jam informite pri nia gastiĝo, venis al ni renkonte.

정원의 나무들 사이로 떨어지는 저녁 햇살은 진사辰砂색처럼[61] 타올랐고, 우리 숙소에 대해 소식을 알고 우리를 만나려고 온 종복 상의를 걸친 이의 안내에 따라 올라갔을 때, 햇살은 흰 돌계단 양쪽에 웅크리고 있는 스핑크스를 비쳤습니다.

Kiel estas en la kastelo de la germana nobelo, kiun mi vidos por la unua fojo? Kia la persono de la bela knabino sur ĉevalo, kiun mi vidis en malproksimo? Ĉio ĉi devas esti enigmoj al mi nesolveblaj.
처음 보게 될 독일 귀족의 성城은 어떤가? 내가 멀리서 본 말을 탄 미소녀의 인간됨은 어떤가? 이것 모두는 본인이 풀 수 없는 수수께끼임에 틀림없습니다.

Ni estis kondukitaj al la supra etaĝo, trairante kelke da ĉambroj, kie sur kvar muroj kaj arkaĵoj vidiĝas diversaj bildoj de koboldoj, drakoj kaj serpentoj, staras tie kaj tie longaj kofregoj nomataj "Truhe', kaj pendas sur la kolonoj skulptitaj bestkapoj, antikvaj ŝildoj, batalikoj kaj similaj.
우리는 여러 개의 방을 지나 윗층으로 안내되었습니다. 거기에는 네 벽에 그리고 아치길에 도깨비, 용, 뱀 등의 다양한 형상이 있고, 트루헤라고 불리는 긴 궤짝이 여기 저기에 놓여 있으며, 동물 머리 조각, 고대 방패, 흉벽 등이 기둥에 매

---

61) 진사辰砂 - Cinnabar의 광석으로, 심신(心神)을 안정시키고 경계(驚悸)를 진정시키고 해독(解毒)하는 효능을 가진 약재
- 수은(Hg)과 유황(S)과의 화합물인 진홍색 광물.

달려 있습니다.

Revestita en tre malstrikta nigra surtuto, kredeble lia kutima vesto, Grafo Bülow staris kun la Grafino ĉi tie.
평소 복장으로 믿어지는 매우 헐렁한 검은색 외투를 입은 뷜로 백작이 부인과 함께 이곳에 서 계십니다.

Plezure li manpremis kun la Batalionestro, kiun li jam bone konas, petis lin prezenti min al li, sin prezentis al mi en voĉo kvazaŭ el la fundo de sia koro kaj bonvenigis Meerheim leĝere.
그는 이미 잘 알고 있는 대대장과 반갑게 악수를 하고는, 저를 그에게 소개해 달라고 요청하였으며, 마음속 깊이 우러나오는 목소리로 저에게 자기소개를 한 뒤 미어하임을 가볍게 환영했습니다.

La Grafino estis tiel pezmova, ke ŝi ŝajnis pli maljuna ol la Grafo, sed la kora mildeco brilis sur ŝiaj okuloj. Ŝi venigis al si Meerheim kaj ion al li flustris. Nun la Grafo diris: Vi devas esti lacigitaj. Volu iri ripozi.
백작부인은 움직임이 너무 둔탁해 백작보다 나이가 많아 보이지만, 온유한 마음씨는 눈빛으로 알 수 있었습니다. 그녀는 미어하임을 오게 해 뭔가를 속삭였습니다. 그러자 백작이 말했습니다. "피곤할 텐데, 가서 쉬세요."

Ĉe tio oni kondukis nin al la ĉambroj. Mi kaj

Meerheim estis kondukitaj en unu komunan ĉambron, kiu rigardas al oriento.

그 말에 시종들이 우리를 방으로 안내했습니다. 나와 미어하임은 동쪽을 향한 방 하나를 같이 쓰게 되었습니다.

La ondoj de Mulde lavas la fundamenton de la domo rekte malsupre de la fenestro; la herbaro sur la transa bordo ankoraŭ tenas la freŝan verdon, kaj malantaŭ la herbejo vespera nebulo vualas la kverkan arbaron.

물데의 파도는 창문 바로 밑인 집의 주춧돌에까지 넘실거립니다. 건너편 해변의 초원에는 아직 싱싱한 녹색을 유지하고 있고, 녹색초원 뒤에는 저녁 안개가 참나무 숲을 뒤덮고 있습니다.

La fluo kurbiĝas tie dekstre kaj la bordo elstaras kvazaŭ genuo; du-tri farmdomoj staras, kaj sin levas en la ĉielon nigra rado de muelilo, dum tie maldekstre elpuŝiĝas ĉambro de la domego alte super la akvo.

해류는 거기에서 오른쪽으로 휘어지고, 해안은 무릎처럼 튀어나와 있습니다. 두세 채의 농가가 서 있는데, 방아의 검은 맷돌이 하늘로 솟아 있고, 왼쪽에는 누각이 수면 위로 높이 솟아 있습니다.

Mi rigardis la fenestron de tiu ĉambro, kiu aspektas kvazaŭ balkono. Jen ĝi subite malfermiĝis kaj aperis tri-kvar kapoj de knabinoj premitaj unu ĉe aliaj, kiuj min rigardis, sed ne troviĝis inter ili tiu, kiu rajdis sur la blanka ĉevalo.

나는 발코니처럼 보이는 그 방의 창을 쳐다보았습니다. 갑자기 열리더니 서너 명의 소녀들이 서로 껴안고 나타나 저를 쳐다보는게 아닙니까. 그러나 그들 중에는 백마를 탄 소녀는 보이지 않았습니다.

Meerheim, kiu estis demetinta sian militan uniformon kaj alironta al la ŝranko, min petis : Tio estas la loĝĉambro de la fraŭlinoj.

군복을 벗고 옷장으로 가려던 미어하임이 나에게 요청했습니다. "그곳은 처녀들이 사는 방이요.

Tuj fermu la fenestron, mi petas.

빨리 창을 닫아요."

Vesperiĝis. Dum ni iradis invitite al la manĝoĉambro mi diris al Meerheim :

저녁이 되었습니다. 식당에 초대받아 가고 있는 도중에 나는 미어하임에게 이렇게 말했습니다.

- Kiel multe da filinoj ĉi tie estas!

"여기에 딸들이 많은가 봐요!"

- Iam estis ses, li diris - sed unu edziniĝis al Grafo Fablis, mia amiko, kaj nun restas kvin.

"원래 여섯 명이 있었지만 한 명은 내 친구인 파블리스 백작과 결혼했고 지금은 다섯 명이 남아있어요."

Ĉu vi diras pri la Fablis, Ŝtatministro?

"파블리스 국무장관에 대해 말하는 건가요?"

- Jes, la edzino de la ministro estas fratino de la mastro de ĉi tiu domego; mia amiko estas la heredonto de la Ministro.

"네, 장관의 아내는 이 저택 주인의 누이입니다. 내 친구는 장관의 후계자가 될거고요."

La kvin fraŭlinoj sidis ĉe la tablo, ĉiuj belege tualetitaj kaj ĉiu superante en beleco la aliajn. Sed altiris al si mian atenton unu pli aĝa, vestita en ĵaketo kaj jupo ambaŭ nigraj.

Kun miro mi rigardis ŝin kaj trovis, ke ŝi estas neniu alia ol tiu fraŭlino, kiun mi vidis rajdanta sur la blanka ĉevalo.

다섯 명의 젊은 여성이 식탁에 앉아 있었습니다. 모두 아름답게 단장하고 있으며 모두 다른 이들의 미를 능가합니다. 그러나 검은색 재킷과 치마를 입은 나이든 아가씨가 내 눈길을 끌었습니다. 나는 놀란 눈으로 그녀를 바라보았고 그녀가 다름 아닌 바로 아까 백마를 타고 가던 젊은 여성임을 알게 되었습니다.

La ceteraj fraŭlinoj estis scivolaj pri la japano.

나머지 여성들도 일본인에 대해 호기심이 많았습니다.

- En nigra ŝtofo kun nigraj laĉoj, li rememorigas nin

pri oficiro el Braunschweig, - diris unu el ili sekvante la vortojn de Grafino, kiu faris komplezon al mi pri la surhavita milita uniformo.

"검정색 끈이 달린 검정색 천에, 그는 우리에게 브라운슈바이크에서 온 장교를 생각나게 합니다." 백작부인이 내 군복에 대해 칭찬을 해주셨는데, 그 말을 따라 그들 중 한 명이 말했습니다.

- Ne tiom! - refutis la plej juna fraŭlino kun rozkolora vizaĝo, naive, sed ne kaŝante iom da mokemo, kaj ĉiuj, apenaŭ detenante sin de ekrido, mallevis la ruĝiĝintajn vizaĝojn super la telerojn plenajn de supo, sed la fraŭlino en la nigraj vestoj eĉ ne movetis siajn palpebrojn.

"별로!" 순진한 분홍색 얼굴을 한 막내 아가씨가 순진하게 그러나 약간의 우롱을 숨기지 않고 반박해서, 모두 터져 나오는 웃음을 간신히 참으며 수프가 가득 찬 접시 위에 붉어진 얼굴을 숙였습니다. 하지만 검은 옷을 입은 아가씨는 눈썹 하나도 움직이지 않았습니다.

Tamen ŝi sin turnis al la plej juna kun riproĉa rigardo, kiam post momentoj, tiu ĉi parolis kredeble por kompensi la delikton[62] ĵus faritan: - Sed li plaĉus al Ida, ĉar li portas uniformon tute nigran.

그러나 그녀는 책망하는 표정으로 막내를 돌아보았고, 잠시

---

62) delikt-o 〈법률〉 경범죄, 나쁜 행실, 비행, (가벼운)위법(違法). ※ krimo(犯罪) 보다는 가벼운 위법행위: 규모가 작은 절도, 사기, 욕설 따위. ~ulo 경범죄인.

후 막내가 방금 저지른 잘못을 만회하기 위해 그럴듯하게 말했습니다. "하지만 이다는 그를 마음에 들어합니다. 왜냐하면 완전히 검은 제복을 입고 있기 때문입니다."

Tia ŝia rigardo ŝajnas ĉiam sopiri al malproksimo, sed kiam ĝi estas direktata al la okuloj de aliaj, ĝi malkaŝas sian koron pli elokvente ol la vortoj. La ĵusan riproĉan rigardon ŝajne akompanis rideto. -
그런 그녀의 모습은 언제나 먼 곳을 동경하는 것 같아보이지만, 그것이 다른 사람들의 시선을 향할 때, 말한마디 보다 더 웅변적으로 자신의 마음을 드러내는 것이라고 봅니다. 방금 전 꾸짖는 눈길에 미소가 함께 보이는 것 같습니다.

- Nun mi komprenis per tiuj vortoj de la plej juna fraŭlino, ke ĝuste ŝi estas tiu Ida, kiun la Batalionestro imagis fianĉino de Meerheim.
나는 이제 막내 아가씨의 말을 듣고 그녀가 바로 대대장이 미어하임의 약혼녀로 상상했던 바로 그 이다라는 것을 알아차렸습니다.

Sub tia kompreno mi vidis, ke ĉiu parolo kaj ĉiu konduto de Meerheim atestas lian amon kaj respekton al la fraŭlino. Sendube, do ili estas ligitaj sub aprobo de Gegrafoj Bülow.
그러한 이해하에 나는 미어하임의 모든 말과 모든 행동은 젊은 여자에 대한 그의 사랑과 존경을 증명한다고 보았습니다. 따라서 의심할 여지 없이 그들은 뷜로 백작부부의 승인하에 묶여있습니다.

Ida, altstatura kaj svelta, havis nigran hararon sola el la kvin junaj fraŭlinoj. Escepte de la elokventa rigardo, nenio ĉe ŝi superas en beleco la ceterajn; ĉiam ŝi iom sulkigis la brovojn. Ĉu pro la nigra vesto, ke ŝi aspektas tiel pala?

키가 크고 날씬한 이다는 다섯 명의 젊은 여성 중 검은 머리를 가진 유일한 사람이었습니다. 유려한 미소를 제외하고 그녀의 아름다움은 나머지 사람에 미치지 못합니다. 항상 그녀는 약간 눈살을 찌푸렸습니다. 그녀가 창백해 보이는 것은 검정색 드레스 때문일까요?

Post la vespermanĝo ni eniris en la apudan ĉambron, kiu formas malgrandan salonon kun multaj molaj seĝoj kaj sofoj, kies piedoj estas tre mallongaj.

저녁 식사 후에 우리는 다리가 매우 짧고 푹신한 의자와 소파가 많이 있는 작은 거실로 만들어 놓은 옆 방으로 갔습니다.

Oni prezentis ĉi tie kafon. Kelnero alportis kelke da pokaletoj da fortaj alkoholaĵoj, sed neniu krom la mastro emis preni. Nur la Batalionestro prenis unu, kaj per unu tiro ĝin eltrinkis dirante: - Mi persone preferas Chartreuse!

이곳에서 커피가 나왔습니다. 시종이 독한 술 몇 잔을 가져왔지만 주인 외에는 아무도 가지려 하지 않았습니다. 대대장만이 한 잔을 가져갔고, 단숨에 잔을 비우고는 "저는 개인적으로 샤르트뢰즈를 더 좋아합니다!"하고 말했다.

Tiam mi aŭdis en la malluma angulo malantaŭ mi strangan voĉon krianta "Mi persone, mi persone." Surprizita mi turnis min kaj trovis ĉe angulo de la ĉambro grandan ferkaĝon, en kiu papago imitis la jam ofte aŭditajn vortojn de la Batalionestro.

그때 내 뒤의 어두운 구석에서 "나 개인적으로, 나 개인적으로" 라고 외치는 이상한 목소리가 들렸습니다. 깜짝 놀라 뒤를 돌아보니 방 한구석에서 앵무새가 대대장이 하는 말을 흉내 내는 철제 큰 새장을 발견했습니다.

- Kia maldeca birdo! - riproĉis la fraŭlinoj kaj la Batalionestro mem laŭte ekridis.

"이 무례한 새가!" 소녀들이 꾸짖자 대대장 자신도 큰 소리로 웃어버렸습니다.

La mastro kaj la Batalionestro foriris al alia ĉambreto por fumi kaj babili kune pri pafĉasado. Do mi ridetante demandis al la plej juna fraŭlino, kiu rigardis min kun emo ekparoli al la ekzota gasto:

집주인과 대대장은 다른 작은 방으로 가서 담배를 피우고 총사냥에 대해 이야기를 나눴습니다. 그래서 나는 이국적인 손님에게 말을 걸고싶어 나를 바라보는 막내 아가씨에게 미소를 지으며 물었습니다.

- Ĉu al vi apartenas tiu saĝa birdo?

"그 똑똑한 새가 네 것이니?

Ne, ĝi ne estas ies propraĵo, sed mi mem ankaŭ ĝin amas.

"아니요, 누구의 소유물은 아니지만, 나 자신도 그 녀석을 좋아합니다.

Ĝis antaŭ kelka tempo ni havis multe da kolomboj, sed ĉiujn ni disdonis, ĉar, tro dresitaj,[63) ili emis nin ĝene alkroĉiĝi, kion Ida forte abomenis, - ŝi respondis : Sole la papago restas ankoraŭ, pro la bonŝanco, ke ĝi malamas la fratinon, ŝi daŭrigas, kaj aldonas klinante sin al la papago: "Ĉu ne vere, ĉu ne vere?"

얼마전까지만 해도 비둘기가 많았는데, 너무 길들여져서 짜증나게 우리에게 달라붙는 경향이 있고, 이다 언니가 이를 매우 싫어해서 우리는 그것들을 모두 나눠 주었습니다." 대답하더니 "아직 앵무새만 여전히 남았습니다, 언니를 미워하는 행운 때문에," 그녀는 계속해서 앵무새에게 목을 숙이고 다음과 같이 덧붙입니다. "그렇지 않니, 그렇지 않니?"

Kaj ĉe tio la papago, kiu, laŭ ŝi, malamas ŝian fratinon, malfermis sian kurbitan bekon kaj ripetis: "Ĉu ne vere, ĉu ne vere?"

그러자 언니를 미워하는 앵무새가 휘어진 부리를 벌리고는 "그렇지 않니, 그렇지 않니?" 라고 되풀이했습니다.

---

63) - dres-i [타](동물을)길들이다. ˜isto 조련사(調練師) ☞ eduki, ekzerci,

Dume Meerheim alproksimiĝis al Ida kaj ion al ŝi petis.

Ŝi ne emis akcepti tion, sed ĉar ankaŭ la Grafino instigis ŝin, la fraŭlino eksidis antaŭ la fortepiano. Rapideme la servisto starigis kandelojn dekstre kaj maldekstre.

한편 미어하임은 이다에게 다가가 무언가를 요청했습니다. 그녀는 그것을 받아들이고 싶지 않았지만, 백작부인이 그녀를 부추겼기 때문에, 피아노 앞에 앉았습니다. 시종은 재빨리 양초를 좌우에 세웠습니다.

- Kiun muziknoton vi prenos? demandis Meerheim ironte al la tableto apud la muzikinstrumento. Sed Ida respondis: - Mi ne bezonas ĝin.

"어떤 악보를 할건가요?" 미어하임은 악기 옆에 있는 탁자로 가면서 물었습니다. 그러나 이다는 다음과 같이 대답했습니다. "필요없어요."

Jen kun ektuŝo de la fingropintoj malrapide metitaj sur la klavaron, ekleviĝis metaleca sonoro, kaj kun kreskanta rapido de la fingromovo, ia koloro de matena nebulo iom post iom aperis sur ŝiaj palpebroj.

천천히 건반 위에 올려진 손끝의 터치와 함께 금속성 소리가 나고, 그리고 손가락의 움직임이 빨라짐에 따라 그녀의 눈가에 일종의 아침 안개 같은 색깔이 서서히 나타났습니다.

La fluo de Mulde verŝajne ekhaltas por momento,

kiam ŝiaj fingroj kuras malrapide, kiel se oni fingrumus rozarion el kristalo ; la pramajstroj de la kastelo, kiuj fortimigis la vojaĝantojn, devis esti ekvekitaj el la paca dormo, kiam ŝiaj fingroj tiel arpeĝas subite, kiel se kunsonorus interpuŝite ĉiuj sabroj kaj lancoj sur la muro.

물데Mulde의 흐름은 마치 크리스탈 묵주를 만지는 것처럼 그녀의 손가락이 천천히 움직일 때 잠시 멈출 것입니다. 그녀의 손가락이 마치 성벽 위의 모든 칼과 창이 일제히 울리는 것처럼 아르페지오를 연주했을 때, 겁에 질려 여행자들을 쫓아냈던 성의 나룻배 선장들은 평화로운 잠에서 깨어났을 것입니다.

El la pintoj de la delikataj fingroj certe devis elŝpruci la koro de la kompatinda knabino, kiu supozeble ĉiam enfermita en la maldika brusto, ne havas la okazon sin montri per vortoj.

늘 좁은 가슴에 갇힌 가엾은 소녀의 마음이 말로 표현할 기회가 없어 가녀린 손가락 끝에서 분명 튀어 나왔을 것입니다.

Mi sentas nur, ke la ondoj de muziksono naĝigas la kastelon de Duben kaj portas nin ĉiujn kun ĝi, jen flose, jen subakve.

나는 음악소리의 파도가 두벤 성을 헤엄치며 때로는 떠다니고 때로는 물속으로 우리 모두를 실어 나르고 있다는 느낌뿐입니다.

Nun la muziko atingis sian kulminon, kaj ŝajnis, kvazaŭ plengorĝe plorkrius la diversaj spiritoj de kordoj sin kaŝantaj en la muzikilo, ĵus elplendintaj ĉiu pri sia senfina aflikto, kiam, strange, sono de fluto ekaŭdiĝis ekster la kastelo ŝanceliĝe akompananta la fortepianon de la fraŭlino.

이제 음악이 절정에 이르렀고, 마치 악기 속에 숨어 있던 현악기의 다양한 영혼들이 각자의 끝없는 고통을 한탄한 채 목 끝에서 통곡하는 것 같았고, 이상하게도 피리 소리가 성 밖에서 울려 퍼질 때, 젊은 아가씨의 피아노에 서툴게 맞추려 했습니다.

Absorbita de sia ludo, Ida ne rimarkis tion dum iom da tempo.

자신의 연주에 몰두한 이다는 한동안 이것을 알아차리지 못했습니다.

Ŝajnis tamen, ke la sono fine ŝin trafis. La tonoj subite konfuziĝis, kaj farante tian sonon, kia kvazaŭ dispecigus la keston de la muzikilo, ŝi ekstaris kun mieno pli pala ol kutime.

그러나 그 소리가 마침내 그녀를 때린 것 같았습니다. 선율이 갑자기 흐트러지며 악기 상자가 산산조각 나는 듯한 소리를 내더니, 그녀는 평소보다 더 창백한 표정으로 자리에서 일어났습니다.

La fraŭlinoj rigardis sin reciproke, kaj ekmurmuris :
- Jen li havas, la Leporlipa!

아가씨들이 서로 바라보며 중얼거리기 시작했습니다. "여기 있구나, 그 언청이!"

Dume la fluto jam eksilentis. Grafo, la mastro, venis el la kabineto kaj petis mian indulgon, dirante: - Freneza improvizado de Ida estas fenomeno tute kutima por ni, sed ĝi certe vin mirigis.

그 사이에 피리 소리는 조용해졌습니다. 주인인 백작이 방에서 와서 나에게 관용을 청하며 말했습니다. "이다의 미친 즉흥 연주가 우리에겐 아주 정상적인 현상이지만 당신을 놀라게 했을 것입니다."

La interrompita sono ankoraŭ aŭdiĝis en miaj oreloj, kiam mi sorĉita revenis al mia ĉambro; kaj obsedite de ĉio, kion mi ĵus spertis en tiu vespero, mi ne povis ekdormi. Mi trovis maldormantan ankaŭ Meerheim, kiu kuŝis sur lito apud mi.

진정되지 않은 채 내 방으로 돌아왔을 때 끊어진 소리가 여전히 내 귀에 들렸습니다. 그리고 그날 저녁에 내가 겪은 모든 일에 사로잡혀 잠을 잘 수 없었습니다. 나는 내 옆 침대에 누워 있던 미어하임도 깨어있는 것을 발견했습니다.

Tre scivola, tamen iel hezitema, mi nur mallonge demandis: Ĉu vi scias, kiu blovludis la strangan fluton?

매우 궁금하지만, 다소 주저하며, 다음과 같이 짧게 질문했습니다. "누가 이상한 피리를 연주했는지 아나요?"

La Barono sin turnis al mi: Oni ja havas historion pri la fluto.

남작은 내 쪽으로 몸을 돌렸습니다. "실제로 피리에 관한 역사가 있어요.

Bone, mi ĝin rakontos al vi, ĉar io min ne lasas ekdormi hodiaŭ.

좋아요, 오늘은 왠지 제가 잠들지 않을 것이기에 말씀 드릴게요."

Ni forlasis la litojn ankoraŭ ne varmiĝintajn, eksidis vizaĝo kontraŭ vizaĝo ĉe tableto sub la fenestro.

우리는 아직 따뜻해지지 않은 침대를 나와, 창문 아래 작은 탁자에 얼굴을 마주 하고 앉았습니다.

Dum ni fumis, la sama fluto denove aŭdiĝis ekster la fenestro, jen haltante, jen daŭrante, kvazaŭ provus pepeti juna ido de najtingalo. Meerheim, post tusoj, ekparolas : - La afero okazis antaŭ ĉirkaŭ dek jaroj. Kompatinda orfo vivis en la vilaĝo Blösen, proksime de ĉi tie. Apenaŭ ses- aŭ - sepjara, li jam perdis la gepatrojn pro epidemio tiam vastiĝinta.

우리가 담배를 피우고 있는 동안, 어린 나이팅게일 새끼가 짹짹거리는 것처럼 창밖에서 멈췄다가, 이어졌다가, 다시 피리 소리가 들렸습니다. 미어하임은 기침을 한 후 다음과 같이 말합니다. "약 10년 전에 있었던 일이예요. 이 근처의 블뢰센 마을에 불쌍한 고아가 살고 있었어요. 겨우 여섯 살이나 일곱 살밖에 안 된 고아는 당시 유행했던 전염병으로 이미 부모를 잃었죠.

Neniu prizorgis lin, ĉar li aspektis tre abomena pro sia leporlipeco. En senhelpe premanta malsato, iun tagon, li venis al la kastelo petonte iom da sekiĝinta panpeco.
그의 언청이가 매우 끔찍해 보였기 때문에 아무도 그를 돌보지 않았어요. 굶주림에 힘없이 억눌린 어느 날 그는 마른 빵 한 조각을 구하러 성으로 왔어요.

Tiam Ida estis ĉirkaŭ dekjara. Ŝi lin kompatis kaj havigis al li manĝon. Ŝi krome donis al li ludilan fluton, kiun ŝi okaze posedis.
그때 이다는 약 10살이었죠. 그녀는 그를 불쌍히 여겨 음식을 주었어요. 자기가 가지고있던 장난감 피리도 주었어요.

"Provu ĝin blovludi!" ŝi diris. Sed la leporlipeco ne lasis la orfon ĝin teni firme en la buŝo. "Oni kuracu al li la malbelajn lipojn!" plorpetis Ida insiste. La patrino Grafino akceptis la kompateman peton de la infano kaj aranĝis, ke kuracisto ilin kunkudrigu.
'한번 불어봐!' 하고 말했어요. 그러나 언청이 입술은 고아가 그것을 그의 입술에 딱 붙어있게 해주지 않았죠.
'그의 추한 입술을 치료하게 해주세요!' 이다는 흐느끼며 끈질기게 호소했어요. 어머니 백작부인은 아이의 동정어린 요청을 허락해 의사가 붙여 꿰매주도록 주선했어요.

De tiam la orfo restis en la kastelo, kaj paŝtis ŝafojn. Li neniam forlasis la donitan ludilfluton, sed poste eĉ faris mem elskrapante el ligno fluton, per kiu li ekzercadis sin sen gvidanto, ĝis li fine sukcesis ludi melodiojn.

그때부터 그 고아는 성에 남아 양떼를 돌보게 되었죠. 그는 얻은 장난감 피리를 한 번도 놓지 않았어요. 그러나 후에는 나무를 패어내 자기 손으로 피리를 만들어서는 그것으로 지도자 없이 연습해오다 마침내 멜로디를 연주하기에 이르게 된거죠.

En la somero de la antaŭlasta jaro, kiam mi ĉi tien venis havante forpermeson, la tuta familio de la kastelo rajdis longan vojon. La blanka ĉevalo portanta Idan kuris en eminenta rapideco, kaj mi sola ĝin sekvis. Ĉe malvasta vojturno, al ŝi renkonte venis ĉaro plenŝarĝita per granda amaso da fojno. La timigita ĉevalo eksaltis kaj la princino apenaŭ sukcesis sin teni sur la selo.

전전해 여름, 내가 휴가로 여기에 왔을 때, 성의 온 가족이 말을 타고 먼 길을 갔어요. 이다를 태운 백마가 놀라운 속도로 달렸는데, 나는 혼자 그 뒤를 따라갔죠. 좁은 갈림길에서 큰 건초 더미를 실은 수레가 그녀를 마주치게 되었어요. 겁에 질린 말이 펄쩍 뛰었는데, 공주는 가까스로 안장에 앉아 있을 수 있었죠.

Ne atendante min, kiu estis tuj alkuronta, la juna paŝtisto, kun ekkrio de surprizo, alkuris al ŝi kvazaŭ saltegante, firme ektenis la ĉevalon ĉe la enbusaĵo, kaj ĝin kvietigis.

달려오려는 저를 기다리지 않고, 어린 양치기는 깜짝 놀라 펄쩍 뛰듯 달려와 말의 고삐를 단단히 잡고는, 말을 진정시켰어요.

Per tio eksciinte, ke la knabo ĉiam ŝin sopire sekvas je certa distanco, kiam ajn li estas libera de paŝtado, la princino gratifikadis lin per servistoj, sed ŝi ial ne permesis al la knabo ŝin vidi.

그 일로 인해 그 소년은 양떼를 돌보지 않을 때면 항상 일정한 거리를 두고 그녀를 따라다닌다는 것을 알게 되었고, 공주는 그를 하인으로 대접했지만, 어떤 이유에서인지 소년이 자기 보는 것을 허락하지 않았어요.

Ankaŭ la knabo komencis mem eviti ŝin rimarkinte ŝian abomenon kontraŭ li, pri kio li sin certigis per tio, ke ŝi eĉ ne alparolis lin, kiam li hazarde ŝin renkontis.

소년 역시 자신에 대한 그녀의 혐오감을 눈치채고 그녀를 피하기 시작했고, 그녀가 우연히 자기를 만났을 때에도 말조차 걸지 않았다는 사실로 자신을 확신시켰죠.

Li tamen ne ĉesas ŝin gardi je kelka distanco. Li ofte ligis sian boaton sub la fenestro de la ĉambro, en kiu ŝi amis loĝi, kaj pasigis noktojn en la fojno.

그러나 그는 그녀를 약간 떨어진 데서 지켜보는 것을 멈추지 않았어요. 그는 종종 그녀가 지내기 좋아하는 방 창문 아래에 보트를 묶어놓고 건초더미에서 밤을 보내기도 했어요."

Kiam mi enlitiĝis post lia rakonto, la vitro de la orientaj fenestroj jam komencis ricevi la lumeton de krepusko kaj ne plu sonis la fluto.
그와 이야기를 마치고 잠자리에 들었을 때는, 동쪽 창문의 유리에 이미 황혼의 빛이 들기 시작하고 더 이상 피리 소리가 나지 않았습니다.

Mi vidis la grafidinon Ida en mia sonĝo. En la sonĝo mi vidis, ke subite nigriĝis la ĉevalo, sur kiu ŝi rajdas. Mi kun miro ĝin rigardis, kaj trovis ĝin homa vizaĝo kun leporlipoj.
저는 백작부인의 딸 이다를 꿈에서 보았습니다. 꿈에서 저는 그녀가 타고 있던 말이 갑자기 검은색으로 변하는 것을 보았습니다. 저는 그 모습을 놀라 바라보고 언청이 입술의 사람 얼굴을 발견하게 되었습니다.

La sonĝanta cerbo vidis tion ordinara afero, ke ŝi rajdas sur tia ĉevalo.
꿈에서 뇌는 그녀가 그런 말을 타고 있는 것을 흔한 일이라고 보았습니다.

Sed kion mi prenis por la grafidino, havas nun kapon de sfinkso, kiu duone malfermas siajn senpupilajn okulojn, kaj kion mi vidis ĉevalo, estis nun leono, kiu obeeme staras kun la antaŭaj kruroj tenataj unu ĉe la alia.

Sur la sfinksa kapo sidas la papago kaj faras al mi ofendon, min rigardante kun rikano.

그러나 제가 공작부인 딸이라고 여긴 것은, 동공 없는 눈을 반쯤 뜨고 있는 스핑크스의 머리를 가지고 있다는 것이고, 제가 말처럼 보았던 것은 이제 앞다리를 모으고 서로 복종자세로 서 있는 사자였습니다. 스핑크스의 머리에 앉아있는 앵무새는 저를 비웃으며 쳐다보고 욕까지 해댔습니다.

Frue mi ellitiĝis. La matenaj sunradioj antaŭ la malfermita fenestro koloriĝas la arbaron sur la alia bordo; venteto desegnas delikatajn figurojn sur la surfaco de Mulde, ĉe kies bordo troviĝas grupo da ŝafoj en la herbejo.

나는 일찍 일어났습니다. 열린 창문 앞 아침 햇살은 다른 해변의 숲을 물들입니다. 산들바람이 물데의 표면에 잔잔한 파문을 그립니다. 그 해변의 초원에는 양떼가 보입니다.

Knabo de neordinara etstaturo en verdeta mallonga kitelo, kiu atingas apenaŭ ĝis makulitaj genuoj, faras al si amuzon fajfante per vipo en sia mano kun brunaj haroj lasitaj sen ordo.

얼룩반점이 있는 무릎까지 겨우 닿는 초록빛이 도는 짧은 작업복을 입고 키가 작달막한 소년은 갈색 머리를 빗지도 않은 채 손에 채찍을 들고 휘파람을 불며 즐거운 시간을 보내고 있습니다.

La matenan kafon en tiu tago ni prenis en la ĉambro.

우리는 그날 아침 방에서 모닝 커피를 마셨습니다.

Mi estis ironta ĉirkaŭ tagmezo kun la Batalionestro al la kunvenejo de la ĉasistoj en la loko nomata Glimma, por esti akceptita en la festeno de la reĝo, kiu venis por vidi la manovron.
나는 대대장과 함께 글리마라는 곳의 병사들의 모임 장소로, 작전을 보러 온 왕의 연회에 초청돼 정오무렵에 갈 참이었습니다.

Mi estis jam prete vestita en parada uniformo, kiam la Grafo, nia gastiganto, pruntis al ni sian kaleŝon kaj akompanis nin ĝis la supro de la ŝtuparo.
나는 이미 퍼레이드 정복을 입었고, 우리 호스트인 백작께서 우리에게 자기 마차를 빌려주고 우리를 계단 위까지 동행했습니다.

Ĉar mi estis fremda oficiro, mi estis speciale invitita al la kunveno ekskluzive por generaloj kaj koloneloj, kaj Meerheim restis en la kastelo.
나는 외국 장교이기에, 장성들과 대령들만을 위한 연회에 특별히 초청을 받았고, 미어하임은 성에 남아 있었습니다.

La kunvenejo, kvankam en provinco, estis multe pli bela ol mi imagis, havis sur la tablo multvalorajn vazojn, kiel purarĝentajn telerojn, mejsenajn[64]

64) - mejsena: de la nomo de la Saksa urbo Meissen, konata pro produkto de belaj porcelanaĵoj.

porcelanojn kaj similajn, kiuj estis portitaj el la reĝa palaco.

그 연회장은 지방이라고는 하지만, 상상했던 것보다 훨씬 화려했고, 식탁에는 왕궁에서 가져온 순은접시들 하며, 고급 도자기 등 귀한 그릇들이 진열돼 있었습니다.

Oni diras, ke la porcelanoj tie imitas tiujn de Oriento, sed la koloroj de herbfloroj tute ne similas al niaj. Tamen la dresdena palaco havas, mi aŭdis, Ĉambron de Porcelanoj, kie estas kolektitaj plej diversaj specoj de vazoj, ĉinaj kaj japanaj.

그곳의 도자기는 동양의 도자기를 모방했다고 합니다. 그러나 야생화의 색깔은 우리 것과는 전혀 닮지 않았습니다. 다만 드레스덴 궁전에는, 제가 들은 바로는, 중국제와 일본제, 아주 다양한 모형의 꽃병을 수집해 놓은 도자기실이 있다고 합니다.

La reĝon mi vidis por la unua fojo. Blankhara maljunulo kun milda fizionomio,[65] li tre lertis en gastakcepto, verŝajne tial ke li estis postnepo de la Reĝo Johano, kiu onidire tradukis la Divina Commedia de Dante.

나는 처음으로 왕을 보았습니다. 상냥한 외모의 백발노인, 그는 손님 접대에 매우 능숙했는데, 아마도 그가 단테의 신곡을 번역했다고 알려진 요한 왕의 후예였기 때문일 것입니다.

- Pro la nuna konatiĝo mi ŝatus vin revidi en la

---

65) - fizionomi-o 인상(人相) ~isto 관상가(觀相家), 인상학자

japana vicambasadorejo, kiam ĝi estos instalita en nia lando, - li diris afable.

"지금 알게 된 것을 기화로 우리 나라에 설치된다면 그 때 일본 부副대사관에서 다시 보기를 바랍니다." 하며 친절하게 말씀하셨습니다.

Kredeble li ne sciis, ke por tia ofico oni postulas specialan karieron - en nia lando, kaj nura malnova konateco ne sufiĉas por esti elektita imperia sendito.

그분은 아마도 그러한 사무에 특별한 경력이 필요하다는 것을 몰랐을 것입니다. 우리 나라에서는, 그리고 단순한 과거 지인만으로는 황실 사절로 뽑힐 수 없습니다.

La maljuna generalo en kavalira uniformo distingita per imponaj trajtoj inter pli ol cent tridek oficiroj tie kunvenintaj, estis Grafo Fablis, ŝtatministro.

그곳에 모인 백삼십 명이 넘는 장교들 사이에서 인상적인 모습으로 드러나는 기사복 차림의 늙은 장성은 국무장관인 파블리스 백작이었습니다.

Kiam mi revenis al la kastelo en la vespero, mi aŭdis gajan ridon de knabinoj jam de ekster la ŝtona pordo. Dum ni estis haltigantaj nian veturilon, al ni alkuris la plej juna fraŭlino jam intimiĝinta kaj min konsilis: Miaj fratinoj ludas kroketon.

저녁에 성으로 돌아왔을 때, 석문 밖에서 소녀들의 명랑한 웃음소리가 들렸습니다. 우리가 차를 세우려 할 때, 이미 친해진 막내 아가씨가 우리에게 달려와 제게 권고했습니다.
"언니들이 크로켓 경기를 하고 있어요.

Ĉu vi ankaŭ ne volas aliĝi?
같이 하고 싶지 않으세요?"

Mi ŝin sekvis turnante la dorson al la Batalionestro,
kiu diras: - Ne perdu la favoron de la fraŭlinoj. Mi
persone ŝanĝos la veston kaj havos ripozon.
저는 그녀를 따라가며 대대장에게 등을 돌렸더니, 그 분께서
는 이렇게 말했습니다. "젊은 여성의 호의를 버리지 말아요.
나는 옷 갈아입고 혼자서 쉴게요."

En la ĝardeno sub la piramido la fraŭlinoj estis
ĝuste en la mezo de la ludo.
피라미드 아래 정원에는 젊은 처녀들이 한창 게임에 몰두하
고 있었습니다.

Sur la herbejo, tie kaj tie, oni renverse starigas
arkojn el ferdrato, tra kiuj oni devas pasigi per
flankensvingo de frapileto la kvinkolorajn pilkojn
premitajn sub la pinto de ŝuo.
풀밭에, 여기 저기에 철사로 만든 아치들이 거꾸로 세워져있
는데, 그 사이로 구두창끝에 눌린 오색 공들을 채를 옆으로
흔들며 통과시켜야 합니다.

Lertaj homoj ne perdas eĉ unu frapojn el cent, sed
mallertaj foje erare frapas sian piedon kaj

embarasiĝas.
숙련된 사람은 백 번에 한 번도 놓치지 않지만, 서투른 사람
은 때로는 실수로 발을 잘못 차서 난처하게 됩니다.

Ankaŭ mi malligis mian sabron[66] kaj aliĝis al la
ludo, sed ĉiu frapo mia domaĝe pelis la pilkon en
necelitan direkton.
저도 칼을 풀고 경기에 참가했지만, 애석하게도 한 번 칠 때
마다 공이 생각지도 않은 방향으로 튀어나가게 되었습니다.

Kiam la fraŭlinoj unuvoĉe ekridegis, revenis Ida
metante siajn fingrojn ĉe unu el la kubutoj de
Meerheim, sed nenia signo de intimeco montriĝis
sur ŝia vizaĝo.
젊은 여성들이 일제히 웃음을 터뜨렸을 때, 이다는 미어하임
의 팔꿈치 하나에 손가락을 대고 돌아왔습니다. 그러나 얼굴
표정이 그다지 다정해 보이지는 않았습니다.

Meerheim sin turnis al mi kaj parolis: - Ĉu la
festeno estis por vi interesa?
미어하임이 나를 돌아보며 말했습니다. "연회는 재미있었나
요?"

Sed ne atendante mian respondon, li alpaŝis al la
grupo kaj petis: - Lasu min aliĝi.

---

66) - sabro . Longa hakarmilo, kun unutranĉa iom kurba klingo:
  kavaleria ~o, ~obato . ☞ spado , rapiro , jatagano , kriso
  . 검, 사벨, 군도(軍刀). ~i (tr) Frapi per ~o: ĵus Grafo vizaĝon
  lian ~is plate G (per la plato de la ~o).

하지만 그는 내 대답을 기다리지 않고 팀에 다가가서는 "나도 팀에 들어가지." 하고 청했습니다.

La fraŭlinoj rigardis unu la alian kaj ekridis.
- Ni estas jam teditaj de la ludo, - ili diris.
- Ĉu vi estis kun nia fratino? Kie vi dume estis?
처녀들은 서로 쳐다보며 웃기 시작했습니다.
"우리는 이미 게임에 지쳤습니다." 그들이 말했습니다.
"우리 언니랑 있었어요? 그동안 어디 계셨어요?

Kaj li respondis: Ni ĝisiris la lokon, kie oni ĝuas vastan perspektivon.
그리고 그는 이렇게 대답했습니다. "우리는 넓은 시야를 즐길 수 있는 곳까지 갔어요.

Sed la piramido ĉion superas por tio.
그러나 피라미드는 그 모든 것을 능가합니다.

Ĉu iu el vi ne volas konduki Sinjoron KOBAYASI al la supro de la turo por montri al li la pejzaĝon kun la fumo de trajno for trans la muelilo?
고바야시 씨를 탑 꼭대기로 데려가 물레 너머 연기가 자욱한 기차의 풍경을 보여주고 싶지 않은가요?

Morgaŭ li forveturos kun nia Bataliono al Mutschen.
내일 그는 무투첸으로 향하는 우리 대대와 함께 떠날 것입니다."

Estis tute ekster mia atendo, ke dum la plej juna fraŭlino ne faris sian kutiman unuan ekparolon, Ida responde sin proponis: - Do mi!

막내 아가씨가 평소 먼저 발언을 하지 않는 데, 내 예상을 훨씬 뛰어 넘어, 이다는 이에 대한 응답으로 제안했습니다. "그러면 제가!"

- Ruĝo ekregis ŝiajn vangojn ĉe tiuj vortoj, ĉar ŝi estis laŭnature vortŝparema. Ŝi tamen jam ekiras kaj min invitas; kun miro mi ŝin sekvis.

그 말에 그녀의 뺨은 홍조를 띠게 되었습니다. 왜냐하면 그녀는 천성이 과묵했기 때문입니다. 그러나 이미 가고 있으며 나를 초대합니다. 나는 놀라 그녀를 따라갔습니다.

Malantaŭ mi la junaj fraŭlinoj ĉirkaŭas Meerheim kaj lin instigas: - Rakontu al ni ion interesan antaŭ la vespermanĝo.

내 뒤에서 젊은 여성들이 미어하임을 둘러싸고 그를 부추깁니다. "저녁 식사 전에 재미있는 이야기를 들려줘요."

Nenio estis suspektinda en tio, ke Ida senĝene sin proponis por min konduki, ĉar ĉe la flanko alfrontanta al la ĝardeno, la turo havas kave faritan ŝtuparon, kiu kondukas ĝis la supro platigita kaj oni facile povis observi, kiu iras laŭ la ŝtuparo, aŭ kiu staras sur la supro.

이다가 무심코 나를 안내해주겠다고 제안한 사실에는 의심의 여지가 없는 것은, 정원이 내다보이는 쪽 탑에는 평평한 꼭대기까지 이어지는 움푹 들어간 계단이 있어 누가 계단을 내려가고 있는지, 누가 꼭대기에 서 있는지 쉽게 관찰할 수 있기 때문입니다.

Preskaŭ kurante ŝi alproksimiĝis al la suprenirejo de la turo, kaj al mi sin turnis. Ankaŭ mi rapidis por ŝin atingi, kaj, mi la unua metis la piedon sur la ŝtonan ŝtuparon.
그녀는 거의 달리다시피 탑으로 오르는 입구에 다가가 나에게 몸을 돌렸습니다. 나도 서둘러 그녀에게 다가가 돌계단에 가장 먼저 발을 디뎠습니다.

Fine ni alvenis al la supro, post plurfojaj ripozoj, kiujn mi prenis kun ŝi, vidante, ke ŝi supreniranta post mi, ŝajnis pene iranta kun spirego.
마침내 우리는 몇 번을 쉬어 정상에 도착했습니다. 나는 그녀와 함께 올라갔고, 그녀가 나를 따라 올라오면서 숨이 가빠 매우 힘들게 걷는 것처럼 보였습니다.

Ĉi tie la turo estas pli vasta ol mi supozis, ĉirkaŭita de fera balustrado kun granda elhakita ŝtono en la mezo.
여기 탑은 내가 상상했던 것보다 더 넓고, 중앙에 큰 돌을 깎아 놓고 철책 난간으로 둘러싸여 있습니다.

For de la malsupra mondo, ĉe la supro de la turo, mi nun sidas vidalvide kun la knabino, kiu ial tiel forte kaptis mian koron jam kiam mi por la unua fojo, la tagon antaŭe, vidis ŝin de malproksimo sur la supro de la monteto en Lagewitz, kaj mi vidas ŝin en sonĝo kaj pensadas en realo, kvankam nek pro vulgara scivolemo nek pro ia amora sento.

하부 세계를 떠나 탑 꼭대기에서 나는 지금 그 전날 라게비츠 언덕 꼭대기에서 멀리서 보고 처음으로 내 마음을 사로잡은 그 소녀와 마주 앉아 있습니다. 그리고 비록 천박한 호기심이나 어떤 사랑의 감정 때문은 아니지만 나는 그녀를 꿈에서 보고 현실에서 생각합니다.

Senkompare bela povas esti la aspekto de la saksa ebeno, kiun oni povas admiri ĉi tie, sed kiel ĝi povus superi la koron de la knabino, supozeble havantan en si densan arbaron kaj profundan abismon.

여기에서 감탄할 수 있는 색슨 평야의 모습은 비교할 수 없을 정도로 아름답지만 그 안에 울창한 숲과 깊은 심연이 있다고 생각되는 소녀의 마음이야 어떻게 뛰어 넘을 수 있겠습니까.

Kiam la fraŭlino fikse kroĉis la rigardon de la esprimplenaj pupiloj sur mian vizaĝon, eksidinte sur la elhakita ŝtono en la mezo de la supro, verŝajne por kvietigi la suferon de la brusto, kun vizaĝo prilumita de la blindiga brilo de la vespera suno, dum ankoraŭ ne paliĝas la ruĝa koloro, kiun ĝi ricevis de la supreniro de la kruta alta ŝtonŝtuparo, ŝi aspektis, malgraŭ siaj ne speciale rimarkindaj trajtoj en ĉiutaga vivo, eĉ pli bela ol kiam ŝi la tagon antaŭe ludis la mirindan fantazion, kaj, mi ne scias kial, ŝi iel similis al la ŝtona surtomba statuo farita de iu skulptisto.

젊은 여인이 아마도 가슴의 고통을 달래기 위해 꼭대기 한가운데에 깎은 돌 위에 앉아 눈부신 저녁 햇살에 비친 얼굴로 표정이 풍부한 눈동자의 시선을 내게 고정했을 때, 가파르고 높은 돌계단을 오를 때 받은 붉은 색은 아직 가시지 않았음에도, 보통 때는 눈에 띄는 모습은 아니였지만 전날 멋진 환상을 연기했을 때보다 훨씬 더 아름다워 보였습니다. 그리고 어째서인지는 모르겠지만, 어딘지 모르게 어느 조각가가 만든 묘지 석상과 닮았습니다.

- Mi havas peton al vi, diris ŝi en urĝigita tono, ĉar mi vidas vin bonanima. Certe vin surprizas, ke mi faras tion, malgraŭ ke mi vidis vin nur unuafoje hieraŭ kaj ankoraŭ nehavis ŝancon por interparoli.

"당신에게 부탁이 있다"고 긴급한 어조로 그녀가 말했습니다. "왜냐하면 당신이 고운 마음씨가 있다는 것을 보았기 때문입니다. 어제 처음 뵙고 아직 이야기할 기회가 없었음에도 내가 이런 짓을 해서 분명 놀라셨을 것입니다.

Sed mi neniam ŝanceliĝas facile. Sendube vi estos invitita al la reĝa palaco kaj vizitos ankaŭ la domegon de la ŝtatministro, kiam post la manovro vi venos al Dresdeno.

그러나 나는 결코 쉽게 흔들리지 않습니다. 의심의 여지없이 당신은 왕궁에 초대될 것이고 또한 당신이 작전훈련을 마치고 드레스덴에 올 때 국무장관의 저택을 방문할 것입니다."

Interrompante sian parolon, ŝi elprenis fermitan
leteron el sia sino, kaj ĝin transdonis al mi dirante:
- Mi petas vin transdoni tion ĉi sekrete al la
ministredzino. Nur sekrete!
그녀는 말을 중단하고는, 가슴에 간직한 편지를 꺼내 저에게
건네며 말했습니다. "이것을 장관 부인에게 은밀히 전달해
주시기 부탁드립니다. 오직 비밀리에요!"

La ministredzino estas ŝia onklino; ŝia fratino
edziniĝita estas ĉe tiu sinjoro, mi aŭdis.
장관 부인은 그녀의 숙모입니다. 그녀의 언니가 그 신사와
결혼하게 되었다고 들었습니다.

Kial do necesus havi helpon de fremdulo, kiun ŝi
vidas nur la unuan fojon? Sekreta enpoŝtigo sufiĉus,
se ŝi dezirus, ke neniu en la kastelo tion rimarku.
Ĉu do ne estas pro ŝia freneziĝo tia stranga
zorgemo?
그렇다면 처음 보는 낯선 사람의 도움이 필요한 이유는 무엇
입니까? 만약 그녀가 성 안에 아무도 이 사실을 눈치채지 않
는다면. 비밀 우편으로라도 충분할 지도 모를 일입니다. 그런
묘한 배려가 그녀의 광기 때문은 아닙니까?

Tamen tio restis nur momenta ŝajno. Ŝiaj okuloj,
kiuj elokvente parolas, ŝajnas kvazaŭ kompreni eĉ
kion oni ne esprimas per parolo.

그러나 이것은 일시적인 모습에 불과했습니다. 유창하게 말하는 그녀의 눈은 말로 표현되지 않는 것까지도 이해하는 것 같았습니다.

Kredeble vi jam aŭdis, - ŝi daŭrigas kvazaŭ por sin pravigi, - ke la Grafedzino Fablis estas mia onklino. Ankaŭ unu el miaj fratinoj estas ĉe ŝi.
"당신은 아마 이미 들었을 것입니다." 그녀는 자신을 정당화하는 것처럼 계속합니다. "백작부인 파블리스가 내 숙모라는 것을. 제 언니도 그곳에 있습니다.

Sed mi volas vin peti, ĉar mi deziras, ke eĉ ŝi ne rimarku tion.
하지만 그녀도 눈치채지 못하게 하고 싶으니까 당신에게 부탁하고 싶은 겁니다.

Certe sufiĉus la poŝta servo, se mia zorgo koncernus nur ĉi-tieulojn.
여기 사람들에 대한 조심성뿐이라면 분명히 우편 서비스로 충분할 것입니다.

Sed vi komprenu, ke eĉ tio ne estas facile atingebla por mi, kiu nur malofte eliras sola.
하지만 그마저도 혼자 외출을 거의 하지 않는 나에게는 쉽지 않은 일이라는 것을 이해해 주셔야 합니다."

Havis sencon ŝiaj vortoj, kaj mi akceptis ŝian peton.
그녀의 말은 일리가 있어서, 나는 요청을 받아들였습니다.

Kiam vespera vaporo leviĝis el la rivero kaj nebuliĝis la lumradioj de la subiranta suno, kiuj montriĝas kiel ĉielarkoj penetrantaj tra la arbareto proksima al la kastelpordo, ni malsupreniris la turon kaj ĝin forlasis.

강에서 저녁 김이 올라오고 석양의 광선이 안개가 껴서 성문 근처의 숲을 뚫고 지나가는 무지개처럼 나타났을 때, 우리는 탑에서 내려와 그곳을 떠났습니다.

La fraŭlinoj, kiuj estis elaŭskultintaj la rakonton de Meerheim, nin ricevis, kaj ni kune eniris la manĝoĉambron lumigitan por la vespero. Ĝojo lumigis la mienon de Meerheim, ĉar tute kontraste al la antaŭa tago, Ida plezure lin traktis tiun vesperon.

미어하임의 이야기를 듣던, 젊은 아가씨들이 우리를 맞아들여 저녁이라 불을 켠 식당으로 함께 들어갔습니다. 기뻐서 미어하임의 얼굴은 밝게 빛났습니다. 전날과 완전히 대조적으로, 이다가 그날 저녁 그를 기쁘게 대했기 때문입니다.

La sekvintan matenon ni forlasis la kastelon por La aŭtuna manovro daŭris ankoraŭ ĉirkaŭ kvin tagojn plu, nia Bataliono revenis al Dresdeno, kaj mi volis viziti la domegon de Seestrasse, por plenumi tion, kion mi promesis al la filino de la Grafo von Bülow, fraŭlino Ida, sed laŭ la loka kutimo, estas kompreneble malfacile vidi altrangan personon antaŭ vintro, la sezono de la sociaj interrilatoj.

다음 날 아침 우리는 가을 작전을 위해 성을 떠나 약 5일 더 머물렀고, 우리 대대는 드레스덴으로 돌아와, 뷜로 백작의 딸인 이다 양에게 약속한 것을 이행하기 위해 저는 세스트라세 저택을 방문하고자 했습니다. 그러나 현지 관습에 따르면 사회적 관계가 왕성한 계절인 겨울이 오기 전에, 고위층 인사를 만나뵙는다는 것은 물론 어렵습니다.

Kaj kutima vizito de regimenta oficiro estas akceptata nur en la ĉambro apud la vestiblo, por ke li simple enskribu sin sur la listo de vizitantoj.

그리고 연대 장교의 의례적인 방문은 방문객 목록에 간단하게 등록할 수 있도록 현관 옆 방에서만 허용되고 있습니다.

La jaro finiĝis dum mi estis okupita per la regimentaj devoj, kaj glacipecoj en la formo de lotusaj folioj ekflosis sur la verdaj ondoj de Elbe ĉe degelo de neĝo, kiam oni havis luksan novjaran festenon ĉe la reĝa palaco.

연대 임무 수행 중 한 해를 마감하고, 왕궁에서 화려한 설날 축제를 보낼 때, 눈이 녹아내려 엘베 강의 푸른 파도에는 연꽃 잎 모양의 얼음 조각이 떠 있었습니다.

Pasante sur glitige vakspolurita mozaiko, mi alpaŝis proksimen antaŭ la reĝo, kaj riverencis al li staranta en belega oficiala vesto.

미끄럽도록 밀랍으로 칠해진 모자이크를 지나, 저는 왕 앞에 가까이 다가갔습니다. 그리고 화려한 정복 차림의 왕에게 절을 하였습니다.

Du-tri tagojn post tio, oni min invitis al la societa vespermanĝo fare de la Grafo von Fablis, Ŝtatministro, kaj mi profitis la okazon, kiam la gastoj, post salutoj de la vicambasadoroj de Aŭstrio, Bavario, Usono kaj ceteraj, metis sian kuleron al la glaciaĵo, por alpaŝi al la Grafino, kaj mi sukcesis transdoni al ŝi kun konciza klarigo pri la cirkonstancoj la mesaĝon komisiitan de Ida.

그로부터 2~3일 후, 저는 국무장관 파블리스 백작의 사교 만찬에 초대받았습니다. 그리고 저는 오스트리아, 바이에른, 미국 등의 공사들로부터 인사를 받은 후 사람들이 아이스크림에 숟가락을 갖다 대는 틈을 타서 백작부인 옆으로 다가가, 상황에 대한 간결한 설명과 함께 이다가 위임한 메시지를 전달할 수 있었습니다.

En la mezo de januaro mi ricevis aŭdiencon de la reĝino, kune kun la oficiroj kaj aliaj, kiuj estis dume promociitaj aŭ nove investitaj, kaj mi en ceremonia uniformo vizitis la palacon.

1월 중순에 여왕님으로부터 그 동안 승진했거나 새로 부임한 장교들과 함께 알현을 초대받아 정복을 입고 왕궁을 방문했습니다.

Dum en unu ĉambro mi atendis starante en rondo kun la aliaj, venis en la ĉambron la reĝino en akompano de la ceremoniestro kaduka kaj kurbita.

제가 어느 방에서 다른 사람들과 동그랗게 서서 기다리고 있는 데, 늙고 등이 구부정한 의식장의 인도에 따라 왕비께서 나타나셨습니다.

Al la reĝino la ceremoniestro prezentis ĉiun el ni, al kiu aparte ŝi donas vortojn kaj lasis kisi ŝian mandorson senigitan de la ganto.
의식장은 여왕에게 우리 각자를 소개했으며, 여왕은 각각에게 말을 건내고는 장갑을 끼지않은 손등에 키스를 허용했습니다.

Nigrahara kaj malaltstatura en vesto brunkolora, ŝi estis ne tre belaspekta, sed ĉion ĉi kompensis ŝia milda voĉo, per kiu ŝi kompleze demandas, ekzemple: - Ĉu vi ne estas parenco de tiu, kiu montris elstaran meriton en la milito kun la francoj?
검은 머릿결의 작은 키에 갈색 옷을 입은 왕비는 그렇게 아름다워 보이지는 않았습니다. 그러나 이 모든 것은 그녀의 부드러운 목소리로 커버되었습니다. 그녀는 예를 들어 다음과 같이 정중하게 묻습니다. "귀관은 프랑스와의 전쟁에서 뛰어난 공로를 이룩한 분의 친척이 아닙니까?"

- ĉe kio ĉiu certe sentus sin feliĉa.
그것에서 모든 이들이 분명히 행복을 느꼈을 겁니다.

La ceremonia korteganino, kiu akompanis ŝin ĝis sur la sojlon ĉe la eniro al la interno, restis tie staranta kun ventumilo en sia dekstra mano.

그녀와 함께 내부 입구의 문지방까지 동행했던 무도회의 궁녀는 오른손에 부채를 들고 서 있었습니다.

Ŝia figuro senkompare bela, kadrita de la sojloj kaj la kolonoj, faris per si kvazaŭ pentraĵon.
문지방과 기둥으로 액자틀을 이룬 속에 그녀의 비할 데 없이 아름다운 모습은 그 자체로 한편의 그림을 연상케했습니다.

Ravita mi ŝin rigardis, kaj ŝi estis neniu alia ol Ida mem. Ho kiu en la mondo aranĝis, ke ŝin mi trovu tie!
매혹적인 그녀를 저는 쳐다보았는데 그녀는 다름 아닌 이다 자신이었습니다. 오, 제가 거기에서 그녀를 찾도록 도대체 누가 주선했습니까!

La fenestroj de la reĝa palaco etendiĝanta trans Schlossgasse estis en brilega lumigado precipe en tiu vespero, kiam mi rigardis ilin de sur la ferponto trans Elbe, en la centro de la ĉefurbo.
슐로스가세를 가로질러 뻗어 있는 왕궁의 창문들은, 특히 그날 저녁 내가 수도의 중심인 엘베를 가로지르는 철교량위에서 그것들을 바라봤을때 너무도 찬란하게 빛났습니다.

Havante la honoron interalie esti invitita al tiu balo, mi iris trapasante tra la vicoj da kaleŝoj plenokupantaj la Bulbardon Aŭgusto.
무엇보다도 그 무도회에 초대되는 영광을 누리고, 저는 아우구스트 대로를 차지하고 있는 줄지은 마차들을 지나쳐 갔습니다.

Jen nobelino eliris el la kaleŝo ĵus alveninta al la vestiblo; ŝi transdonis sian felŝalon al sia lakeo por ĝin lasi en la kaleŝo, kaj kun la bele aranĝita orhararo kaj la blindige blanka nuko malkaŝitaj tuj malaperis internen, eĉ ne rigardante la per sabro armitan gardiston, kiu malfermis al ŝi la pordon de la kaleŝo.

현관에 막 도착한 마차에서 귀족 부인이 내렸습니다. 그녀는 하인에게 모피 숄을 건네면서 마차에 놔두라고 했습니다. 그리고 예쁘게 치장한 금빛 머리칼과 눈부시게 하얀 목덜미를 드러낸 그녀는 마차 문을 열어주는 사브르 무장경비원도 쳐다보지도 않고 곧바로 안으로 사라졌습니다.

Profitante la intertempon, kiam ankoraŭ nek ekmoviĝas ŝia kaleŝo, nek alvenas alia, kiu atendis sian vicon, mi pasis antaŭ la gvardianoj ambaŭflanke starantaj kun lanco en la mano kaj ursfela helmo sur la kapo, kaj rapide supreniris la marmoran ŝtuparon kovritan per ruĝa tapiŝo en la mezo.

그녀의 마차가 아직 움직이기 시작하지 않았거나 그의 차례를 기다리는 다른 사람들이 도착하지 않았을 때 틈새를 이용하여, 저는 손에 창을 들고 머리에 곰가죽 투구를 쓴, 양쪽에 서 있는 근위병들의 앞을 지나갔습니다. 그리고 중앙에 빨간 양탄자가 깔린 대리석 계단을 재빨리 올라갔습니다.

Viroj en livreo el flava drapo borderita per verdo kaj blanko, kaj en malhelpurpura pantalono, staras tie kaj tie ambaŭflanke sur la ŝtuparo en plena senmoveco kun la kapo antaŭen klinita.

Estis kutimo en malnova tempo, ke ĉiu el la starantoj tie portu en sia mano kandelingon, sed tion oni ne faras nun, kiam gaslampoj lumigas la koridoron kaj ŝtuparon.

녹색과 흰색으로 옷단을 장식한 노란 제복에 짙은 자주색 바지를 입은 남자들이 머리를 앞으로 구부린 채 조금도 움직이지 않고 계단 양쪽 여기 저기에 서 있습니다. 옛날에는 거기 서 있는 사람마다 손에 촛대를 들고 다니는 풍습이 있었지만 가스등이 복도와 계단을 비추게 된 지금은 그렇지 않습니다.

El la ĉambrego sur la supro de la ŝtuparo, la lumo de la kandeloj de la lustrego konservantaj malnovan stilon, etendas siajn ondojn ĝis tia foro, ke prilumante la sennombrajn ordenojn kaj epoletojn, kiel ankaŭ la ornamaĵojn de la sinjorinaj vestoj, ĝi reflektiĝis ĉe la grandaj speguloj metitaj inter la olepentritaj portretoj de la reĝoj de sinsekvaj generacioj. Vido tute konvena al tia sceno.

계단 꼭대기에 있는 대형방에서, 샹들리에 촛불의 불빛은 옛 스타일을 유지하면서 빛의 파도를 멀리까지 비춰보내어 수많은 장식과 견장, 여성복의 장식품들을 비추고, 그것들은 여러 세대 왕들의 유화 초상화 사이에 놓인 큰 거울에 비쳐질 것입니다. 그런 장면에 완전히 어울리는 광경.

Kiam la bastono kun la ora tufo, kiun portas la ceremoniestro, frapis la pargeton kaj laŭte sonoris, subite senbrue malfermiĝis la velurtegita pordo, kaj tiam fariĝis per si vojo en la mezo de la ĉambrego.

의식장이 들고 다니는 금술 지팡이가 쪽모이 세공 마루를 치며 크게 울렸을 때, 갑자기 벨벳으로 덮인 문이 소리 없이 열리고, 큰 방 한가운데에 길이 생겼습니다.

Kaj la familio de la reĝo kun la sekvantaro trapasis inter vicoj da sinjorinaj nukoj malkovritaj el la dekoltita robo ĝis la mezo de la dorso; ore broditaj kolumoj de militaj oficiroj; altaj hartuberoj kaj aliaj, dum staras kliniĝinte ĉiuj geinvititoj, kies nombro, onidire, atingas sescent.

그리고 600명에 이르는 모든 손님들이 고개를 숙이고 서 있는 동안 왕실 가족과 수행원은 로우 컷 드레스에서 등 한가운데까지 노출된 귀부인의 목덜미, 그 밖의 금실로 박은 군 장교의 옷깃, 금발을 높이 틀어올리는 등의 행렬 사이를 통과했습니다.

Du ĉambelanoj portantaj sur la kapo grandan buklan perukon de malnova stilo iras la unuaj antaŭ iliaj reĝa kaj reĝina moŝtoj, heredantoj de Saksujo kaj Meiningen, kaj iliaj edzinoj, la princoj de Weimar kaj Schönberg, kiujn sekvas kelkaj ĉefaj korteganinoj.

머리에 고대 스타일의 큰 곱슬 가발을 쓰고 있는 두 명의 시종들이 작센과 마이닝겐의 상속자인 왕과 왕비보다 앞서 갔습니다. 그리고 주요 궁녀들을 동반한 바이마르와 쇤베르크의 왕자들과 아내들이 뒤따랐습니다.

Ne senmotiva montriĝis al mi la onidiro, ke malbelaj estas la korteganinoj de la saksa palaco. Ne sole malbelaj estis ĉiuj, sed multaj el ili jam transirintaj siajn tagojn: kelkaj eĉ sulkiĝintaj kaj tiel malgrasaj, ke oni povus kalkuli la ripojn sur la brusto, kiun pro ceremonio, ili malgraŭvole lasas ne kaŝita.

색슨 왕궁의 궁녀들이 못생겼다는 소문은 제게 이유가 없지 않았습니다. 그들은 모두 못생겼을 뿐만 아니라 그들 중 많은 사람들이 이미 나이가 들었고 일부는 주름이 생기기까지 했고 마른 탓에 연회를 위해 자신의 의지와는 관계없이 숨기지않고 내버려 둔 가슴의 갈비뼈를 셀 수 있을 정도였습니다.

Dum mi rigardas ilin de sub la klinita frunto, la parado estis baldaŭ forpasonta sen la figuro, kiun mi esperis trovi.

Ĝuste en tiu momento alpaŝis per nobelecaj paŝoj ankoraŭ juna korteganino. Rigardante kun duona espero, mi ne estis trompita; jen Ida, kiu nun venas!

고개를 숙인 이마 아래에서 그들을 바라보았을 때, 퍼레이드는 제가 찾고자 했던 모습 없이 곧 사라져 버릴 것이었습니다. 바로 그 순간 젊은 궁녀가 고상한 발걸음으로 다가왔습니다. 혹시 하는 마음으로 올려다보니 역시나 여기에 지금 이다가 오고 있습니다!

Kiam la reĝa familianaro alvenis al la fundo de la
ĉambrego, kaj ilin ĉirkaŭis vicambasadoroj el aliaj
landoj aŭ ties sinjorinoj, la muzikbando de la
tiraljora[67] regimento, atendinta sur la galerio,
ektamburis kaj samtempe komenciĝis polonezo.[68]
왕실 가족들이 대 연회실 마루에 도착하자 다른 나라에서 온
공사들이나 그 부인들에게 둘러싸여 있었고, 갤러리에서 기
다리고 있던 저격연대의 밴드가 드럼을 연주하고 동시에 폴
로네스라는 춤이 시작되었습니다.

Simpla danco, en kiu la dancantoj, prenante ĉiu per
sia dekstra mano fingrojn de sia kunulino, rondiras
la ĉambron. La reĝo en milita kostumo iras la unua
kondukante la ruĝvestitan Sinjorinon Meiningen.
무용수들이 오른손으로 파트너의 손가락을 잡고 방을 도는
간단한 춤입니다. 군복을 입은 왕이 먼저 붉은 옷을 입은 마
이닝겐 부인을 이끌고 갑니다.

Kun la reĝino, vestita per flavsilka robo kun trenaĵo,
faras paron la Princo de Meiningen. Kiam la vico de
ĉirkaŭ kvindek paroj finis la rondiron, la reĝino
eksidis sur la seĝo garnita per krona blazono, kaj
sidigis apud si vicambasadoredzinojn, dum la reĝo
transiris ĉe la tableton en la ĉambro je la alia
flanko.

---

67) tiraljor-o 〈군사〉 저격병(狙擊兵)
68) polonez-o 폴로네스(폴란드의 옛 춤)

마이닝겐의 왕자는 옷자락을 끌고 노란색 실크 드레스를 입은 여왕과 짝을 이룹니다. 약 50쌍의 부부가 순회댄스를 마쳤을 때 왕비는 왕관 문장으로 장식된 의자에 앉고, 왕이 옆방의 테이블로 가는 사이 공사의 부인들을 옆자리에 착석케 했습니다.

Nun komenciĝis efektiva balo. Oni lerte rondiras en la mallarĝa spaco en la mezo, ĉirkaŭ kiu premiĝas amaso da gastoj, kaj mi vidis, ke ili plejparte estas junaj oficiroj en paro kun korteganinoj. Mi demandis min, kial mi ne vidas Meerheim, sed tuj mi konvinkiĝis, ke oni ĝenerale ne invitas oficirojn escepte de la gvardiaj.

이제 본격적인 무도회가 시작되었습니다. 많은 손님들이 둘러싸고 있는 한가운데 좁은 공간을 그들은 능숙하게 돌고, 저는 대부분 궁녀와 짝을 이루는 젊은 장교들을 보았습니다. 미어하임은 왜 못 봤는지 궁금했는데, 금세 근위병 외에는 일반적으로 장교를 초대하지 않는다는 것을 알게 되었습니다.

Kvazaŭ ĉe favorata aktoro en teatro, mi kun streĉa atento observis, kiel lerte dancas fraŭlino Ida.

극장에서 좋아하는 배우를 살피듯, 저는 이다가 얼마나 춤을 잘 추는지 강렬한 관심을 가지고 지켜보았습니다.

Jen vestita en helblua robo sen la ornamo krom natura rozo portata kun branĉeto sur la brusto, ŝi lertamove rondiras en la mallarĝa spaco, formante per la trenaĵo belegan cirklon perfektan. Kaj superbrils super la pezaj kostumoj de la vantaj nobelinoj, de kiuj ĉiumove ruliĝas rosoj de brilo da diamantoj.

가슴에 가지째 꽂은 들장미를 제외하고는 장식이 없는 하늘색 드레스를 입고, 그녀는 좁은 공간을 능란하게 돌아다니며 끄는 옷자락과 아름다운 완벽한 원형을 그려냅니다. 그리고 움직일 때마다 다이아몬드의 너울거리는 이슬방울이 변변치 않은 귀족 여성들의 무거운 의상 위에 번쩍거렸습니다.

Kun la paso de tempo la kandeloj iom post iom mallumiĝis mordite de karbona gaso; kandellarmoj pendas jam longe, kaj oni vidis sur la planko ŝtofpecojn ŝiritajn kaj florpetalojn falintajn.

시간이 지남에 따라 양초는 탄산가스에 질식해 점차 어두워졌습니다. 촛농은 오랜 시간 매달려 있었고, 찢어진 천 조각과 바닥에 널브러져있는 꽃잎들을 보았습니다.

Kiam la paŝoj vizitantaj la bufedon en la antaŭĉambro estis aŭdataj des pli frekventaj, mi vidis, ke iu kvazaŭ preterpasis antaŭ mi kaj turnis al mi sian vizaĝon kun la makzelo apogita sur duone malfermita ventumilo. Jen Ida, kiu min alparolas: - Kredeble vi plu ne rekonas min?

앞방의 요리를 늘어놓은 식탁에 들어가는 발소리가 점점 빈번해질 때, 저는 누군가가 제 앞을 지나가다가 반쯤 펼친 부채에 턱을 대고 자기 얼굴을 제게 돌리는 모습을 보게 되었습니다. 저에게 말을 건 이다입니다.

"물론 더 이상 저를 못 알아보겠어요?"

- Kial ne? - mi respondis kaj akompanis ŝin kelkajn paŝojn. - Ĉu vi jam vidis, - ŝi diris, tiun Ĉambron de Porcelanoj? Oni tie kolektas orientajn vazojn kun bildoj de plantoj, birdoj, bestoj kaj ceteraj. Neniu estus pli kompetenta ol vi por ilin klarigi al mi. Mi petas! - kaj mi ŝin sekvis.

"왜 아닙니까?" 저는 그녀에게 대꾸하고는 몇 걸음 동행했습니다. "벌써 봤지요?" 그녀가 말했습니다, "그 도자기의 방에서? 식물, 새, 동물 등을 형상화한 동양화 화병이 소장되어 있더군요. 당신보다 더 잘 설명할 수 있는 사람은 없을 것입니다. 부탁합니다!" 그래서 저는 그녀를 따라갔습니다.

Tie sur marmoraj bretoj aranĝitaj sur la kvar muroj premiĝas sennombraj vazegoj diverslandaj, kolektitaj de la reĝoj de generacio al generacio, kiuj interesiĝas pri belarto.

그곳의 사면벽에 정돈되어 있는 대리석 선반에는 미술에 관심이 많은 왕들이 대대로 수집한 여러 나라의 수많은 큰 화병들이 쌓여 있습니다.

Jen lakte blankaj; jen lazurŝtone bluaj; jen ankaŭ brilante brokataj kaj tiel plu, kiuj ĉiuj belegas kvazaŭ reliefiĝintaj el la ombra fono. Sed la gastoj alkutimiĝintaj al la kortega vivo, tute ne atentas ilin en tiu vespero, kaj mi apenaŭ vidis iun ekhalti tie, krom de tempo al tempo la vizitantoj al la antaŭĉambro.

여기에 유백색乳白色, 여기엔 청금석 청색, 여기 빛나는 황금 사黃金絲 등, 모두 그늘진 배경에서 눈에 띄는 것처럼 아름답습니다. 그러나 궁정 생활에 익숙한 손님들은 그날 저녁에 그것들에 관심을 기울이지 않았습니다. 저는 앞 방을 이따금 방문하는 사람들을 제외하고는 아무도 거기에서 멈춰 서 있는 것을 거의 보지 못했습니다.

La grafidino eksidis sur kanapo tegita per helskarlata[69] ŝtofo kun arabeskoj elteksitaj en malhela samkoloro, tordante sin por flankenfaldi la trenaĵon de la helblua robo, kies elegantaj falbaloj, eĉ tuj post dancado, estis neniom deformiĝintaj, kaj ŝi ekparolis, oblikve montrante per pinto de sia ventumilo florvazon en la meza breto: - Jam forpasis la jaro, en kiu mi pro hazardo komisiis al vi la leteron. Mi ne scias, kiel vi pensas pri mi, kiu ne havis okazon vin danki pro tio.

백작 부인의 딸은 짙은 색으로 모두 짠 아라베스크 무늬가 있는 연한 주홍색 천으로 덮힌 소파에 몸을 비틀고 앉아, 춤을 춘 후에도 우아한 늘어진 커튼 모양이 전혀 변하지 않은 연한 파란색 드레스의 옷자락을 옆으로 접고 부채의 끝으로 가운데 선반에 있는 꽃병을 비스듬히 가리키며 말하기 시작했습니다. "우연히 당신에게 편지를 의뢰한 그 해가 벌써 지나갔습니다. 고맙다는 인사를 전할 기회가 없었던 저를 어떻게 생각하실지 모르겠습니다.

---

69) - skarlat-o 진홍색(眞紅色).

Miaflanke mi tamen neniam forgesas vin, kiu min elsavis el la fundo de ĉagreno. En la lasta tempo mi legis kelke da libroj temantaj pri la japanaj moroj, kiujn mi al mi havigis.

그러나 저의 입장에서는 깊은 슬픔에서 저를 구해 주신 당신을 결코 잊지 않습니다. 최근에 들어 저는 제 자신을 위해 습득한 일본식 매너에 관한 몇 권의 책을 읽고 있습니다.

En ili oni skribas kun mokemo, ke en via lando la geedzoj estas parigataj per la volo de siaj gepatroj, kaj la veran amon ili do ne havas.

거기에는 당신 나라에서는 배우자가 그 부모의 뜻대로 되어 그들은 진정한 사랑이 없다고 조롱하며 쓰여있습니다.

Tamen tia estas supraĵa opinio ne rimarkanta, ke similaj kazoj ankaŭ en Eŭropo ne mankas.

그러나 이는 유럽에서도 유사한 사례가 있음을 인식하지 못하는 피상적인 견해라고 봅니다.

La vera avantaĝo devas esti en tio, ke la longaj rilatoj ĝis la fianĉiĝo permesas al ili kompreni unu la alian profunde, por eldiri jes aŭ ne.

진정한 이점은 약혼까지의 긴 관계를 가짐에 따라, 예 또는 아니오를 말할 수 있게 서로를 깊이 이해할 수 있게 허용해 주는 것입니다.

Kiel senracie estas en la mondo de nobeloj, kie laŭ kutimo paro estas difinita de superulo jam en la juneco por geedziĝi, kaj ne nur havas nenian rimedon rifuzi se ili ne akordiĝas, sed estas geedzigitaj ĝuste kiam la malŝatemo kreskinta dum ĉiutaga intervido atingas la plejalton.

관례에 따라 젊은 한쌍의 결혼을 윗사람이 미리 결정해버리는 귀족 세계는 얼마나 비합리적인지 모릅니다.

조화를 이루지 못하더라도 거절할 방법이 없을 뿐 아니라, 일상적인 성관계에서 커진 혐오감이 최고조에 달했을 때 결혼합니다.

Meerheim estas via amiko. Se mi lin mallaŭdus, certe vi por li pledus.

미어하임은 귀관의 친구입니다. 제가 그를 비난한다면, 분명히 당신은 그를 변호할 테지요.

Certe mi ankaŭ ne estas ja blinda por ne vidi lin honesta kaj belaspekta. Sed eĉ bruleto da amo ne ekĝermas en mia koro malgraŭ longdaŭraj amikaj interrilatoj.

그가 정직하고 잘 생긴 점을 보지 않을만큼 확실히 저는 장님이 아닙니다. 그러나 오랜 우정에도 불구하고 저의 마음속에는 사랑의 불꽃이 싹트지 않습니다.

Pro respekto al la volo de la gepatroj pri la ligiteco, mi ne ĉiam ignoras la proponitan brakon. Sed kiam ni estas solaj, min ekregas absoluta malespero kaj malgraŭvole mi ekĝemas tiel malfacile, ke io ekflamas en la kapo.

인연으로 묶인 부모님의 뜻을 존중하기 위해, 저라고 부모님께서 내주신 팔을 항상 무시하지는 않습니다.

하지만 우리만 있을 때 절대적 절망이 저를 압박하고, 저의 의지와 달리 저의 머리속에 무언가 튀는 불꽃이 힘들어 한숨이 납니다.

Ne demandu kial. Kiu tion scius? Amanto ja amas nur ĉar li amas, oni diras. Same, pri la malŝato, mi pensas.

이유는 묻지 마세요. 누가 알겠습니까? 연인은 사랑하기 때문에 사랑한다고 말합니다. 동시에, 싫어하는 경우도 마찬가지라고 생각합니다.

Iam mi volis malkaŝi mian malfacilon al la patro, kiam li estis en bona humoro.

한때 저는 아버지께서 기분이 좋으실 때 저의 어려움을 말씀드리고 싶었습니다.

Sed tuj li antaŭvidis tion, kion mi estis eldironta kaj interrompis: "Al tiu, kiu naskiĝis en nobla familio tute ne permesita estas kaprica konduto kiel ĉe la vulgaraj.

그러나 아버지는 즉시 내가 말하려는 것을 내다보고 끼어들었습니다. '귀족 가정에서 태어난 사람은 저속한 사람들처럼 변덕스런 행동은 절대 허용되지 않는다.

La digno de sango viktimigas la dignojn de la homo. Ne pensu, ke mi, kvankam maljuna, perdis humanan koron.

핏줄의 존엄은 인간의 존엄을 희생시킨다. 내가 늙었다고하지만 인간적인 마음을 잃었다고 생각하지 마라.

Rigardu la portreton de mia patrino tie sur la muro. Ĉe ŝi la koro estis tiel severa kiel la trajtoj. Ŝi neniam lasis min esti ventanima kaj mi tute malhavis la plezuron de la vivo, sed dank'al tio mi povis teni la honoron de la familio, kiun ne makulis eĉ guto da malnobla sango dum la daŭro de centoj da jaroj."

저기 벽에 걸려있는 할머니의 초상화를 봐라. 그분의 심장은 그녀의 외모만큼이나 엄격했다. 그분께서는 결코 나를 모자라게 놔두지 않았고 나는 삶의 즐거움을 전혀 가지지못했지만 그 덕분에 수백 년 이어지는 동안에도 한 방울의 천한 피에 물들지 않은 가문의 명예를 지킬 수 있었다.'

La milda tono de la vortoj de la patro kontraŭ lia kutima parolo militisteca plene renversis mian planon plendi; mi kuraĝis eldiri nenion, kion mi intencis, kaj mi malgraŭvole retenis min senkuraĝigita.

그분의 습관적인 군인 투의 거친 말투에 반한 아버지의 부드러운 어조는 불평하려는 저의 계획을 완전히 뒤집어 버렸습니다. 저는 감히 제 의도를 말하지 않고, 제 자신도 모르게 마음만 약해져 그만두었습니다.

Nenia utilo kompreneble, se mi plendus al la

patrino, kiu neniel kapablas protesti kontraŭ la patro.
아버지에게 항의할 능력이 전혀 없는 어머니에게 제가 하소연해도 당연히 소용없습니다.

Eĉ se naskita nobela familiano, tamen homo mi estas.
비록 귀족으로 태어났지만, 그래도 저는 인간입니다.

Kiel mi povus akcepti la fieron pro deveno kaj sango, kiujn mi trovis senvalora superstico!
가문과 혈통이 가치없는 미신임을 발견했으니 그 자랑을 어떻게 받아들일 수 있겠습니까!

Sin fordoni al senfiera amo certe estus ago hontinda al nobelino. Sed kiu ja devus min deteni, se mi volos forlasi tian kutimon?
자랑거리없는 사랑에 자신을 내주는 것은 분명 귀족에게 부끄러운 일입니다. 하지만 그런 관습을 저버리고 싶다면 누가 저를 말릴 것입니까?

En katolika lando oni en tia situacio preferas esti monakino.
Sed tio ne estas esperebla ĉi tie en Saksujo, la lando de protestantoj.
가톨릭 국가에서는 그러한 상황에서 수녀가 되는 것을 선호합니다. 그러나 여기 개신교의 땅인 작센에서는 그런 일은 예상되지 않습니다.

Plej certe mia tombo estus la kortego, kie regas ĝentileco sed ne koro, kiel en la vivo en katolika monakinejo.

가장 확실한 것은 예절이 지배하는 궁궐이 제 무덤은 될 것이지만 가톨릭 수녀원 생활에서의 삶같은 마음은 아닙니다.

Mia familio devenis el unu el la gloraj en tiu ĉi lando. Ĝi plie ĝuas duoblan parencecon kun Grafo Fablis, ŝtatministro.

우리 가족은 이 나라에서 가장 명예로운 후예들 중 한 가문에서 이어져왔습니다. 또한 국무장관인 파블리스 백작과도 이중적 혈연 관계에 있습니다.

Facile do la afero solviĝus per formala procedo.

따라서 이 문제는 공식 절차를 통해 쉽게 해결될 것입니다.

Tamen mi ne uzis tion, ĉar mi vidis, ke ne sole la patro estos neniel konvinkita, sed mi mem de naskiĝo abomenas kaj ĝoji kaj malĝoji kun aliaj, kaj esti priparolata diversmaniere de aliaj.

그러나 저는 그것을 사용하지 않았습니다. 왜냐하면 저는 어떤 식으로든 확신을 갖게 될 사람이 아버지 혼자만이 아니라는 것을 보았기 때문입니다. 하지만 저는 태어날 때부터 다른 사람들과 함께 기뻐하고 슬퍼하며, 다른 사람들에 의해 다양한 방식으로 이야기가 이뤄지는 것이 질색입니다.

Se mi al iu komunikus mian deziron kaj alia jam

ekscius tion, tuj tria min admonus kaj kvara min persvadus.

제 소원을 누군가에게 전한다면 다른 사람은 이미 알았차렸을 것이고 바로 세 번째 사람은 저를 훈계하고 네 번째 사람은 저를 설득할지도 모를 일이지요.

Kiaj ĝenoj por mi! Des pli domaĝe, se tia supraĵulo kia Meerheim supozus, ke lin evitas Ida pro malŝato al li, kvazaŭ la afero dependus de li sola!

저에게 얼마나 괴로운 문제인가! 마치 일이 그에게만 달려 있는 것처럼 이다가 그를 싫어하기 때문에 피하고 있다고 미어하임과 같은 겉치례적인 사람이 추측한다면 그럴수록 더욱 안타깝습니다!

Longe pezis sur mi la ĉagreno, kiel trovi taŭgan rimedon eniri en la servon de la kortego, sen ke oni rimarku mian deziron.

제 부탁이라고 남에게 알리지 않고 궁궐에 들어가 적절한 수단을 어떻게 찾을지 오랫동안 고통이 저를 짓눌렀습니다.

Vi restas nur kelkan tempon en nia lando kaj sekve nin preterrigardus kvazaŭ vojflankajn ŝtonojn aŭ arbojn.

당신은 짧은 기간 동안 우리 나라에 머물기 때문에 길가에 나뒹구는 돌덩이나 나무따위처럼 우리들을 그냥 지나쳐버릴지도 모릅니다.

En vi mi tamen trovis personon de vera sincero kaj

do mi sekrete komisiis al vi mian leteron al Sinjorino Fablis, kiu min amas simpatie.

그러나 저는 당신이 진실한 분임을 발견해서 저를 동정同情 적으로 사랑해 주는 파블리스 여사에게 쓴 편지를 비밀리에 당신에게 맡겼습니다.

Ŝi la aferon tenis en sekreto kaj ne komunikis eĉ al siaj familianoj, kaj skribante al mi, ke mi provizore plenigu vakantan oficon de korteganino, ŝi venigis min por poste restigi tie sub la preteksto, ke tio estas volo de lia Reĝa Moŝto.

그녀는 그 문제를 비밀로 하고 가족들에게도 말하지 않았고, 임시로 공석인 궁녀 자리를 채우라고 저에게 편지를 썼습니다. 그녀는 이것이 그의 왕전하의 뜻이라는 구실로 저를 그 이후에 그곳에 머물도록 하려고 오게 했습니다.

Meerheim, estante tia viro, kiu flosas sur la ondoj de la mondo sed ne scias naĝi, ne bezonus atendi siajn blankajn harojn por min forgesi.

미어하임, 세상의 파도에 떠돌지만 헤엄칠 줄도 모르는 그런 남자 미어하임은 흰 머리가 저를 잊게 만들 때까지 기다릴 필요가 없었을 것입니다.

Kompatinda estas nur la knabo, kiu haltigis miajn fingrojn ludantajn sur la kordoj, kiam vi pasigis la nokton ĉe ni.

당신이 우리 집에서 밤을 보냈을 때 피아노를 치는 내 손가락을 멈추게 한 그 소년만 애처로울 뿐입니다.

Oni al mi diris, ke ankaŭ post mia foriro li ĉiuvespere alligis la boaton al la bordo malsupre de mia fenestro por tie kuŝi.
제가 떠나온 후에도 그는 매일 저녁 내 방 창문 아래 해안에 배를 정박해놓고 거기에 누워 있다고 들었습니다.

Rimarkinte, ke la pordo de la ŝafejo restas fermita en iu mateno, oni iris al la riverbordo kaj trovis, ke nur ondoj lulis la malplenan boaton, kaj sole la fluto restis sur la fojno.
어느 날 아침 양우리의 문이 닫혀 있는 것을 보고, 그들은 강둑에 갔고 파도만이 빈 배를 흔들고 있는 것을 발견했는데, 건초 위에는 피리만 남아 있었습니다."

Kiam ŝi eldiris ĉion ĉi tion, serena sono de la horloĝo anoncis: la noktomezon. Jen la horo de granda paŭzo en la balo, kaj tiu por enlitiĝi por la reĝino.
그녀가 이 모든 말을 했을 때, 고요한 시계 소리가 한밤중을 알렸습니다. 이는 무도장에서 큰 휴식 시간이고 왕비를 위해 잠자리에 들게하는 시간입니다.

Rapideme Ida ekstaris, kaj dum miaj lipoj tuŝis al la fingro de ŝia dekstra mano al mi etendita, amase preterpasis la ĉambron la gastoj rapidantaj al la vespermanĝo preparita en angulo de la salono por inspekti la revuon.

이다는 재빨리 일어섰고, 내게 뻗은 그녀의 오른손 손가락에 저의 입술이 닿았을 때, 잡지를 보는 홀 구석에 마련한 저녁 식사를 하러 달려가는 하객들은 일제히 방을 지나갔습니다.

Ŝia figuro miksita inter ili foriĝis iom post iom, kaj nur la hela bluo de ŝia ceremonia vesto vidiĝis de temp' al tempo tra spacoj inter la ŝultroj, por postlasi al mi memoron.
그들 사이에 뒤섞인 그녀의 모습이 조금씩 사라지고 때때로 그녀가 입은 의상의 밝은 파란색만이 어깨 사이로 보여 기억에 남습니다.

Tradukis Kikunobu MATUBA
에스페란토 번역 : 기쿠노부 마쓰바 번역

LA FAMILIANOJ DE ABE
아베 일족

Printempe en la jaro de Kanoto-mi[70], la dekoka jaro de Kan'ei,[71] HOSOKAWA Tadatosi, Subo de la Kvara Suba Rango, Sakon'eno-Syôsyô kaj Ettyû-no-kami, preparis sin por vojaĝi al Edo por la denova dujara deĵora restado apud la ŝoguno, akompanante la printempon kiu trenas sin marŝante de sudo al nordo, kaj postlasante la sakurfloraron de sia feŭda teritorio Higo, kiu ekfloras pli frue ol aliaj lokoj ĉirkaŭaj, eskortata antaŭe kaj malantaŭe de brilantaj procesioj de la sekvantaro de la granda daimio de kvincent kvardek mil kokuoj.

간에이寬永 18년, 신사년辛巳年 봄, 호소카와 다다토시, 종4위하從4位下[72] 좌근위소장左近衛少将[73] 겸兼 에튜 번주藩主[74]는 쇼군 휘하에서 다시 2년간 주재駐在 봉직奉直[75] 차

---

70) Kanoto-mi / 辛巳年, - La jaro de Kanoto-mi: Laŭ japana kalendaro klasika, oni diferencigas ĉiujn el sinsekvaj sesdek jaroj per nomoj faritaj kombine el dek kalendaraj signoj kun rilato al la ĉielo, kaj dekdu signoj kun rilato al la horoj kaj la tero. Kanoto-mi estas unu el tiuj sesdek kombinoj. - 가노토미의 해: 일본의 古典曆에 따르면 연속된 60년은 하늘과 관련된 10개의 달력과, 시간과 땅과 관련된 12개의 기호를 조합하여 만든 이름으로 구분됩니다. Kanoto-mi는 그 60개의 조합 중 하나.
71) Kan'ei / 寬永, - la dekoka jaro de Kan'ei : t.e. 1641.
72) 우리나라 조선조朝鮮朝 종4품從4品과 유사한 관직명官職名
73) Sakon'e-no-syôsyô: nominala titolo kortega, laŭvorte: generalmajoro de la sinistra suverena gvardio.akon'no-syôsyô: 명목상의 궁정 직위 : 재난담당 근위대 소장. 일본호칭日本呼稱
74) Ettyû-no-kami: provincestro de Ettyû, tiutempe nur nominala. 명목상의 에튜 지역 총통, 일본호칭日本呼稱 월중수越中守

次 에도행 여정을 준비하였다. 남에서 북으로 이어 올라가는 봄을 따라, 주변 다른 어느 곳보다 벚꽃개화가 이른 히고의 봉건영지를 뒤로 하고, 오십사 만석 거대巨大 다이묘의 화려한 일행대열은 선두와 후미의 호위속에 화려한 행진이 이어졌다.

Dume malsano ekatakis lin subite. Medikamentoj preskribitaj de la kuracisto tute ne sukcesis efiki, kaj tagon post tago la malsano fariĝis nur pli grava.
그러던 중 갑자기 다다토시는 병에 걸렸다. 전의가 처방한 약은 전혀 효과가 없어, 날이 갈수록 병은 더 심각해져갔다.

Al Edo ekrapidis kuriero kun anonco de prokrasto de la dato de ekiro.
출발일 연기를 보고할 전령이 에도로 달려갔다.

La ŝoguno de Tokugawa estis Iemitu, la Tria, glorata pro sia saĝo.
도쿠가와 쇼군將軍은 지혜가 뛰어나다는 칭송을 받고있는 3대 이에미쓰였다.

Li estis maltrankvila pri la sorto de Tadatosi, kiu distingis sin per granda merito pereiginte AMAKUSA Sirô Tokisada, la ĉefon de la ribelantoj, okaze de la granda ribelo de Simabara.
쇼군은, 시마바라의 대 반란 때, 반란군 괴수 아마쿠사 시로

---

75) 일본표현日本表現 참근參勤 지역다이묘는 의무적(볼모)으로 일정기간 쇼군 휘하에 체재하는 제도

도키사다를 멸하는 큰 공을 세운 다다토시의 안위를 걱정했다.

La dudekan de marto li preparigis komunikon al li kun subskriboj de MATUDAIRA Izu-no-kami, Bungo-no-kami kaj ABE Tusima-no-kami.
3월 20일 그는 마쓰다이라 이주 번주, 분고 번주, 아베 쓰시마 번주의 이름으로 위로문을 준비시켰다.

Li ordonis la akupunkturiston nomatan Isaku forvojaĝi de Kioto malproksimen al Higo.
침술사 이사쿠에게 교토에서 먼 히고까지 떠나도록 명령을 하달했다.

Tuj poste la dudekduan de marto, li sendis samurajon nomatan SOGA Matazaemon kiel komisiiton kun komuniko same subskribita de tri ministroj.
그 직후 3월 22일, 사무라이 소가 마타자에몬을, 세 번주들이 함께 서명한 위로문을 소지해, 통상위임자로 파견했다.

Tio estis senprecedence komplezega traktado al daimio flanke de la ŝoguno.
쇼군의 입장에서, 이러한 조치는 다이묘에 대한 전례없는 일이었다.

Post kiam la almilito al Simabara venke kvietiĝis tri jarojn antaŭe en la dekkvina jaro de Kan'ei, li mem favordonacis al li gruon kaptitan en falkoĉasado kaj ankaŭ aldonan terenon al lia loĝejo en Edo, kaj tiel li ĉiam esprimadis sian plej sinceran komplezemon.

3년 전 간에이 15년에 시마바라와의 전쟁을 승리로 진압한 후, 쇼군은 매사냥에서 잡은 학을 직접 그에게 보냈고 또한 에도에 있는 그의 거소에 추가로 토지를 하사했는데, 그런 식으로 항상 최상의 진정어린 호의를 베풀었다.

Do estas tute nature, ke por konsoli lin, li aranĝis fari ĉion, kion nur permesis precedenco, eksciinte pri lia nuna grava malsano.

그러다보니 현재 그의 중병을 알게 된 후 위무하기 위해 전 례없는 모든 조치를 취한 것은 아주 당연한 일이었다.

Antaŭ ol tiaj procedoj estis faritaj flanke de la ŝoguno, en la domego de Tadatosi ĉe Hanabatake en Kumamoto lia malsano pli graviĝis, kaj fine li forpasis en la horo de Saru la deksepan de marto en sia kvindeksesjara aĝo.

쇼군이 그러한 시혜를 집행하기도 전에 구마모토의 하나바타 케에 있는 다다토시의 대저택에서 병은 더 위중해져 마침내 56세인 3월 17일 신시申時에 세상을 뜨고 말았다.

Lia edzino estis la filino de OGASAWARA Hyôbudayû Hidemasa, kiun la ŝoguno adoptis kiel sian filinon kaj edzinigis al li. Ŝi estis kvardekkvinjara en tiu ĉi jaro. Ŝi estis nomata Osen-no-kata.

아내는 오가사와라 효부 대인인 히데마사의 딸로, 쇼군이 자신의 딸로 입양하여 결혼시켰다. 올해 마흔다섯살이고 오센 노카타라고 불렸다.

Lia heredanta filo Rokumaru estis festinta sian adoleskiĝon ses jarojn antaŭe. Li estis favorita de la ŝoguno per donaco de unu ideografa litero 'Mitu' el la nomo Iemitu[76], kaj nomis sin Mitusada.
후계자 아들 로쿠마루는 6년 전에 성인식을 치뤘다. 쇼군의 총애로 이에미쓰라는 이름에 한자漢字 '미쓰' 한 글자를 하사 받았고, 스스로 미쓰사다라 이름지었다.

Li estis investita kiel Subo de la Kvara Suba Rango,[77] Zizyû kaj Higo-no-kami. Li estis nun deksepjara. Li estis en deĵora restado en Edo kaj reiris ĝis Hamamatu en Provinco Tôtômi.
Sed aŭdinte la sciigon de la morto de sia patro, li ekiris returnen.
종4계하從4階下[78]의 품계를 하사받고 시종侍從 겸 히고 번 주로 임명되었다. 막 열일곱 살이었다. 에도江戸 주재 봉직 기간이었는데, 도토미 번藩[79]의 하마마츠로 다시 갔다. 그러

---

76) 참고 : 쇼군의 이름 이에미투에서 한 글자
77) Subo de la Kvara Suba Rango: unu el la japanaj kortegaj rangoj, kiuj konsistis el ok rangoj konsistantaj el supera kaj suba rangoj, el kiuj ĉiu estis dividita en supero kaj subo.
78) 네 번째 하위 계급의 하위: 일본 궁정 위계의 하나로서 상급과 하급 으로 구성된 8개의 위계로 구성되며, 각 위계는 상급과 하급으로 나뉜 다.
79) 일본에는 天皇(王)이 존재하지만 실질적으로는, 쇼군(將軍)이라는 최강 사무라이에게 국가 통치를 일임, 쇼군이 실제 일본 전 영토의 최고권 력자였다. 그런데 당시에는 사무라이들은 활동지역에서 득세하게되면 그곳에 근거지로, 세력을 확장 지배력을 행사하고, 그중 최고실력자가 수장이 되어 나라를 선언하게 된다. 그렇게 세운 나라들은 지금의 일

던 중 아버지의 부음을 접하고 다시 되돌아갔다.

Pli poste li ŝanĝis sian nomon al Mituhisa. Turutiyo, la dua filo de Tadatosi, estis sendita jam en sia infanaĝo al Templo Taisyôzi sur Monto Tatutayama. 훨씬 후에 미쓰히사로 이름을 바꾸었다. 다다토시의 둘째 아들 쓰루치요는 어린 시절 이미 다쓰다야마 산山 다이쇼지 사원으로 보내졌다.

Li fariĝis disĉiplo de Taien-osyô, kiu devenis el Templo Myôsinzi en Kioto, kaj nun nomis sin Sôgen. Matunosuke, la tria filo, estis adoptita de la familio de NAGAOKA, kiu estis ligita per malnova parenceco al la familio de HOSOKAWA.
Katutiyo, la kvara filo, estis adoptita filo de NANZYOO Daizen, samurajo de la familio de HOSOKAWA.
교토 묘신지 사원 출신 다이엔 오쇼의 문하생門下生이 되었다. 그리고 지금은 자신을 쇼겐이라고 불렀다. 셋째 아들인 마쓰노스케는 호소카와 가문과 오랜 혈연으로 연결된 나가오카 가문에 입양되었다. 가쓰치요, 넷째 아들은 호소카와 가문의 사무라이 난죠 다이젠에 입양, 양자가 되었다.

본 전 영역과는 대비가 안되지만 그들 나라들은 경우에 따라 지금의 현 정도의 영토에 불과할지라도 연대하게되면 무시할 수 없는 세력이 되어 대형 나라 일지라도 그들 작은 나라들을 함부러 좌지우지 하지못한다. 춘추전국시대였다. 여기에서 provinco 라고 한 것은 당시의 그런 나라를 일컸는데, 이를 번藩으로 번안하였다. 한편 그 번의 수장을 번주藩主라고 적는다. 그 지역의 왕의 위상이기도 하지만 호칭을 전체 국가의 천황(의 아들을 王이라 칭)의 호칭을 감안하여 번藩의 주主, 번주藩主로 함.

Filinojn li havis du. Huzihime, la unua filino, estis la edzino de MATUHIRA Tadahiro. Takehime, la dua filino, poste estis la edzino de ARIYOSI Tanomo Hidenaga.

가쓰치요는 딸이 두 명 있었다. 첫째 딸 후지히메는 마쓰히라 타다히로의 아내였다. 둘째 딸, 다케히메는 나중에 아리요시 타노모 히데나가의 아내가 되었다.

Tadatosi naskiĝis kiel la tria filo de Sansai kaj havis tri pli junajn fratojn.

다다도시는 산사이의 셋째 아들로 태어났고 3명의 남동생이 있었다.

Ili estis Nakatukasatayû Tatutaka, la kvara filo, Gyôbu Okitaka, la kvina kaj Nagaoka Sikibu Yoriyuki, la sesa.

그들은 넷째 나가투카사 대인 다쓰다카, 다섯째 교부 오키타카, 여섯째 나가오카 시키부 요리유키였다.

Li havis ankaǔ pli junajn fratinojn: Tarahime, kiu edziniĝis al INABA Kazumiti kaj Manhime, kiu edziniĝis al KARASUMARU Tyûnagon Mitukata.

어린 여동생들이 있었다. 이나바 가즈미치와 결혼한 다라히메, 가라스마루 튜나곤 미쓰카타와 결혼한 만히메.

Nenehime, kiu naskiĝis el tiu ĉi Manhime, poste venis al Mituhisa, la heredanta filo de Tadatosi, kiel la edzino.

이 만히메에게서 태어난 네네히메는 나중에 미츠히사에 와서, 다다토시의 상속자 아들의 아내가 되었다.

Pli aĝajn li havis du fratojn kiuj nomis sin NAGAOKA, kaj du fratinojn kiuj edziniĝis al du familioj de MAENO kaj NAGAOKA.

나가오카라고 이름을 정한 형이 두 명에, 마에노와 나가오카의 두 가정과 결혼한 누나가 두 명 있었다.

La retiriĝinta Sansai Sôryû ankoraŭ vivis, kaj havis aĝon de sepdeknaŭ. Inter tiu Mitusada, la heredanta filo, estis en Edo[80] kaj iuj aliaj estis en Kioto aŭ en aliaj malproksimaj provincoj.

은퇴한 산사이 쇼류는 여전히 살아있었고, 나이는 일흔아홉 살이었다. 그 중 상속자 미쓰사다는 에도에, 일부는 교토나 다른 먼 지방에 있었다.

Sed malsame al tiuj, kiuj lamentis ricevinte poste la sciigon, la lamentado kaj ĉagreniĝo de ĉiuj homoj kiuj troviĝis en la domego en Kumamoto estis aparte akraj. Por raporti al Edo senprokraste ekvojaĝis MUTUSIMA Syôkiti kaj TUDA Rokuzaemon.

그러나 부음을 접하고 한탄하는 이들과 구마모토 저택에 있던 모든 사람들의 탄식과 고통은 남달리 마음이 아렸다. 무쓰시마 쇼기치와 쓰다 로쿠자에몬은 에도에 보고차 즉시 출

---

80) Edo : nuna Tokio, sidejo de la ŝoguno. ŝoguno : ĉefo de la japana feŭda registaro.

발했다.

La dudekkvaran de marto la servo de la sepa tago
post la morto estis okazigata. La dudekokan de
aprilo, oni levis la ĉerkon, kiun ĝis tiam oni
konservis en la tero, forpreninte la planktabulojn de
la tokonomo[81] de la loĝĉambro de la domego, kaj
laŭ la instrukcioj el Edo oni kremaciis la kadavron
en Templo Syûun'in en Vilaĝo Kasuga en
Subprovinco Akita, kaj enterigis ĝin en la monto
ekster Pordego Kôraimon.

3월 24일, 사후 칠일 날 설법이 거행되었다. 4월 28일, 그
들은 저택 거실의 도코노모에서 마루판을 떼어내고 그때까지
땅 속에 보관되어 있던 관을 들어 올리고 에도의 지시에 따
라 시신은 아키다군 가스가 별장에 있는 슈운인 절에서 화장
하여 고라이몬 성 밖의 산에 매장했다.

En la vintro de la sekvinta jaro, sub la maŭzoleo
establiĝis Templo Myôgezi de Gokokuzan, kaj
Keisitu-osyô, kiu estis el la sama skolo kun
Takuan-osyô, venis el Templo Tôkaizi de Sinagawa,
Edo, kaj fariĝis la ĉefo de tiu ĉi templo.

이듬해 겨울에는 능 아래에 고고쿠잔의 묘게지 사원이 건립
되고, 에도 시나가와 도카이지 절에서 다쿠안 오쇼와 같은
학파인 게이시쓰오쇼가 나와 이 절의 주지가 되었다.

---

81) tokonomo: alkovo en japana ĉambro kun pli alta planko,
   sur kies muro oni pendigas kakemonon. 족자(簇子).

Pli poste, kiam li retiriĝis en la ermitejon Rinryûan en la templo, Sôgen, la dua filo de Tadatosi kiu tiam estis bonzo, fariĝis la heredanto, nomante sin Tengan-osyô. Per budaana postmorta nomo, oni alnomis Tadatosi Myôgeinden-daiun-sôgodaikozi.

더 후에 쇼겐사 린류안 은퇴원에 은거할 때, 당시 승려였던 다다토시의 둘째 아들이 상속인이 되어 자신을 덴간 오쇼라고 명명했다. 열반후 다다토시 묘게인덴 다이운 소고다이코지라는 법명을 받았다.

Ke li estis kremaciita en Syûun'in, estis laŭ la testamento de li mem. Iun tagon antaŭe li eliris por galinulĉasado. Li ripozis en tiu ĉi Syûun'in kaj trinkis teon. Tiam, li okaze rimarkis ke lia barbo estis malorda kaj demandis la ĉefon de la templo, ĉu oni havas razilon.

슈운인에서 화장된 것은 유언대로였다. 어느날 뜸부기 사냥을 나가기 하루 전 날. 이 슈운인에서 쉬고 차를 마셨다. 그러다가 우연히 자신의 수염이 지저분해진 것을 알게되고는 주지에게 면도칼이 있냐고 물었다.

Li verŝis akvon en lavpelvon kaj prezentis ĝin al li kune kun razilo. En bona humoro li lasis sin razi de la paĝio. Dume li diris al la ĉefo "Nu, per tiu ĉi razilo vi eble razis multajn kapojn de mortintoj." La ĉefo multe ĉagreniĝis ne sciante kiel respondi.

주지는 대야에 물을 채워 면도칼과 함께 주었다. 좋은 기분으로 시동더러 자신의 면도를 하게 맡겼다. 그러는 동안 주지에게 말했다. "글쎄, 이 면도칼로 죽은 사람의 머리를 많이 깎았지요." 주지는 어찌 대답해야 할지 몰라 매우 당황했다.

De tiu okazo li estis intima kun la ĉefbonzo de Syûun'in, kaj tial li elektis tiun ĉi templon kiel sian kremaciejon. Ĝuste en la mezo de la kremaciado, inter la grupo de la samurajoj de la sinjoro akompanantaj la ĉerkon, ekaŭdiĝis voĉoj kriantaj "Ha, la falkoj, la falkoj!"
그때부터 슈운인의 주지와 친밀해졌으며, 그래서 이 사원을 화장장으로 택했다. 화장하는 도중에 관을 모신 번주藩主의 무사들 사이에서 "아, 저 매를 봐, 매!" 하는 소리가 들렸다.

Du falkoj flugadis cirkulire super verdfolia sakurarbo kliniĝanta kvazaŭ ombrelo super la ŝtona putrandaĵo, sub la ĉielo nebrile blua limigita de arbareto de kriptomerioj[82] en la korto de la templo.
양산처럼 비스듬히 기울어진 녹색잎 벚나무 위, 절 마당 삼 나무숲으로 반짝이지 않고 푸르스름하게 각을 이룬 하늘아 래, 돌담 우물가장자리 상공을 매 두 마리가 원을 그리며 날 고 있었다.

Dum oni rigardis tion mirante, la du falkoj malsupren ĵetis sin rapide, unu tuj sekvante la alian tiel ke la beko tuŝis la voston de la alia, kaj eniris en la puton sub la sakurarbo.
사람들이 그것을 놀란 듯 바라보는 사이, 매 두 마리가 재빨

---

82) kriptomeri-o 삼(杉)나무.

리 급습해, 한 마리가 다른 한 마리의 바로 뒤를 따라 부리가 다른 한 마리의 꼬리에 닿도록 하여, 벗나무 아래 우물 속으로 들어가버렸다.

El kelkaj homoj kiuj disputadis ion kelkmomente antaŭ la pordego de la templo, du viroj elkuris, venis apud la puton, metis la manojn sur la ŝtona randaĵo de la puto, kaj rigardis internen.
사원 정문 앞에서 잠시 옥신각신하던 몇 사람들 중, 남자 두 사람이 달려나와 우물턱 돌 가장자리에 손을 대고 안을 살펴 보았다.

Tiam la falkoj estis jam profunden subakviĝintaj ĝis la fundo, kaj la akva surfaco brilanta kiel spegulo en densaĵo de filikoj estis jam ebena kiel antaŭe.
그때쯤 매는 이미 물속 깊숙이 가라앉아버렸고, 거울처럼 번쩍이는 물표면은 이미 예전처럼 잔잔해 졌다.

La du viroj estis la falkistoj. La falkoj kiuj mortis subakviĝinte profunden en la puto estis la du nomitaj Ariake kaj Akasi, kiujn Tadatosi amegis.
그들 두 남자는 매사냥꾼이었다. 우물에 깊이 빠져 죽은 매는 다다토시가 극진히 사랑을 베풀어 그 두 마리에게 아리아케와 아카시라는 이름을 지어주었다.

Kiam tiu ĉi fakto estis rekonita, aŭdiĝis voĉoj inter la homoj flustrantaj. "Do, ankaŭ la falkoj ja akompanis la morton de la sinjoro!" Tio estis pro tio, ke estis neniu inter la samurajaro kiu ne pensis pri la mortakompano, ĉar jam estis dekkelkaj kiuj morte akompanis la sinjoron, de ĝuste la tago de lia forpaso ĝis antaŭ du tagoj, kaj precipe, du tagojn antaŭe harakiris ok samtempe, kaj la tagon antaŭe ankaŭ unu.

이 사실이 알려지자 사람들 사이에서 속닥이는 소리가 들렸다. "그렇다면, 매 역시 번주와 함께 죽음을 따라간거야!" 그것은 사무라이 중에 순장을 생각하지 않는 사람이 없다는 것을 의미한다. 그 번주가 죽은 바로 그 날부터 이틀 전까지, 이미 죽음을 따라간 사람이 십 수 명이었고, 특히 이틀 전에는 8인이 할복했고 그 전날에도 1인이 그리했다.

Neniu scias pro kia malatento la du falkoj liberigis sin de la manoj de la falkistoj, kaj pro kio ili enĵetis sin en la puton kvazaŭ postflugante nevideblan ĉasaĵon. Sed troviĝis neniu, kiu volis esp'lori pri tio.

두 매가 어떻게 그리 허술하게 매사냥꾼의 손에서 벗어났는지 아무도 모른다. 그런 연유로 그들은 보이지않는 사냥물을 뒤쫓아가는 것처럼 우물에 몸을 던졌던 것이다. 그러나 그것에 대해 조사하려는 사람은 아무도 없었다.

La falkoj estis favoratoj de la sinjoro, kaj ili mortis en la tago de la kremacio, enirinte ĝuste en la puton de Syûun'in, la kremaciejo.

매들은 번주가 좋아했던 것들로, 화장장인 슈운인의 우물에 들어가 화장 당일 죽었다.

Vidi nur tiun fakton estis tute sufiĉe por ke oni faru konkludon, ke la falkoj mortis akompanante la sinjoron. Tie restis neniu loko por serĉi motivon alie, pro dubo pri tiu fakto.

그 사실만 보아도 매가 번주와 함께 죽었다는 결론을 내리기에 충분했다. 그 사실에 대한 의심 때문에 다른 동기動機를 찾을 곳이 남아 있지 않았다.

La servo de la kvardeknaŭa tago de la sepsemajna funebro estis finita en la kvina de majo. Ĝis tiam la servado estis farata de Sôgen, same ankaŭ de la bonzoj de Kiseidô, Konryôdô, Tenzyuan, Teisyôin, Huzian kaj aliaj temploj.

5월 5일에 7주간 애도의 사십구일제祭가 끝났다. 그때까지 제사는 소겐, 동시에 기세이도, 곤료도, 텐쥬안, 테이쇼인, 후지안 및 그외 사찰들의 스님들이 집전했다.

Nun jam estis la sesa de majo, kaj ankoraŭ iuj mortakompanis post aliaj.

지금 벌써 5월 6일, 그리고 여전히 어떤 이들은 다른 사람들을 잇따라 순장83)했다.

Jam ne parolante pri la mortakompanantoj mem kaj iliaj gepatroj, gefratoj, edzinoj kaj gefiloj, eĉ tiuj, kiuj havis neniun rilaton kun ili, pensadis pri nenio alia ol nur pri la mortakompano, mensforeste farante la preparon por gastigado por la

---

83) 순장殉葬 - 한국식표현, 일본에서는 순사殉死라 함

akupankturisto kiu venas de Kioto kaj la sendito de la ŝoguno kiu venas de Edo.

순장자들 본인, 그리고 그들의 부모, 형제, 아내, 자녀, 심지어 그들과 관련이 없는 사람들까지 순장 이외에는 아무 말도 하지 않고, 교토에서 온 침술사와 에도에서 온 쇼군 사절의 접빈 준비에 정신없이 일했다.

Oni ne kolektis akorojn per kiuj oni kovras la tegmentorandojn ĉiujare okaze de la festo de la kvina de majo, kaj plie eĉ la familioj kiuj havis filon, kiu festas la unuafojan kvinan de majo, restis tute silentaj kvazaŭ forgesinte ke la filo estas naskita.

그들은 매년 5월 5일 축하연때, 지붕 가장자리를 덮을 창포를 모아놓지 않았다. 그리고 더욱이 5월 5일을 처음 맞이하는, 아들 둔 가족들은 마치 아들의 출생을 잊은 것처럼 침묵을 지켰다.

Por la mortakompano estis reguloj spontane fariĝintaj, ĉar kiam kaj kiamaniere ili estis faritaj, oni ne scias.

순장자를 위한 규칙은 자연적으로 만들어졌다. 왜냐하면 언제 어떻게 만들어졌는지 알 수 없기 때문이다.

Ne estis permesite, ke iu ajn faru mortakompanon arbitre laŭ sia volo, kiom ajn li amu kaj estimu la sinjoron.

아무리 번주에게 애정을 드리고, 존경을 표한다해도, 누구든

자기가 원한다고 순장의 소망이 허락되는 것은 아니었다.

Tute same kiel por la akompano al Edo por la
deĵora restado en la tempo de paco kaj por la
akompano al kampejo en la tempo de milito, ankaŭ
por la akompano al la Monto de la Mortintoj kaj al
la Rivero de la Lando Postmorta, estis nepre
postulate ricevi permeson de la sinjoro.
평화시 주재 봉직차 에도행 호위와, 전쟁시 주둔지 호위와
똑같이, 또한 망자의 산과 사후세계의 강에 호위하기 위해서
는 반드시 번주의 허락을 받아야 했다.

Se oni mortas sen la permeso, tio estas senutila kaj
vana morto, kiun oni nomas hunda morto. Por la
samurajo grava estas la reputacio. Do li ne faras
hundan morton. Brave estas morti en batalo
ensaltante en malamikan tendaron.
사람이 허락없이 죽으면 그것은 쓸모없고 헛된 죽음이라며,
그것을 개죽음이라고 한다. 사무라이에게는 명성이 중요하다.
그래서 그들은 개죽음을 하지 않는다. 적진에 뛰어들어 전투
에서 죽음을 맞는 것이 용감하다.

Sed, se oni sekrete marŝas malobeante la militan
ordonon kaj mortas, tio ne faras meriton. Tute
same, se oni mortakompanas senpermese, ankaŭ tio
estas hunda morto. Malofte okazis, ke iu faris tian
sinmortigon kaj oni ne rigardis tion hunda morto.
그러나 군령을 어기고 몰래 행군하다가 죽으면 그것은 가치

있는 행동이 아니다. 마찬가지로, 허락 없이 죽음을 맞이하는 것 역시 개죽음이다. 누군가가 그런 자해를 하고 개죽음으로 간주되지 않는 경우가 가끔 있었다.

Tio venis el tio, ke ekzistis implicita[84] interkonsento inter la sinjoro kaj la samurajo kiu ĝuis lian favoron, kaj estis tute same ĉu li ricevis la permeson aŭ ne ricevis.
이는 번주와 총애를 받는 사무라이 사이에 암묵적인 합의가 있었고, 허락을 받든 안 받든 마찬가지였다는 사실에서 비롯된 것이다.

La mahajanaj[85] instruoj kiuj aperis post la nirvano de Budao ne havis lian permeson. Sed oni kredas, ke Budao al kiu nenio estis nekonata tra la tutaj estinto, estanto kaj estonto jam anticipe permesis tion, konvinkiĝinte ke tiaj instruoj nepre aperos.
부처님의 열반 후에 나타난 대승의 가르침은 부처의 허락을 받지 않았다. 그러나 과거와 현재, 미래를 통틀어 전지전능하신 부처님께서 이미 이를 허락하셨고, 반드시 그런 가르침이 나타날 것이라고 확신하였다고 한다.

---

84) implic-i [타] 내포하다, 함축하다, 넌지시 비추다, 암시하다. ˜ita 함축된, 암시된. mal ˜i (암시하지 않고)명확하게 표현하다.
85) mahajan-o 〈불교〉 대승(大乘)
대승 (大乘) 1. 중생을 제도하여 부처의 경지에 이르게 하는 것을 이상으로 하는 불교. 그 교리, 이상, 목적이 모두 크고 깊으며 그것을 받아들이는 중생의 능력도 큰 그릇이라 하여 이렇게 이른다. 소승을 비판하면서 일어난 유파로 한국, 중국, 일본의 불교가 이에 속한다. • 2 대승의 교리를 기본 이념으로 하는 불교. 삼론(三論), 법상(法相), 화엄(華嚴), 천태(天台), 진언(眞言), 율(律), 선종(禪宗) 따위가 있다.

Ke oni povas mortakompani senpermese estas same kiel prediki la instruojn de la mahajano, kvazaŭ Budao mem predikus per sia sankta ora buŝo.

죽은 자의 허락없이 순장할 수 있다는 것은 대승의 가르침을 설하는 것과 같으며, 마치 부처님이 자신의 거룩한 금의 입으로 설법하시는 것과 같다.

Kiamaniere do la la rimedo per kiu NAITOO Tyôzyûrô Mototugu, unu el tiuj, kiuj mortakompanis nunfoje, petis al la sinjoro.

그렇다면 이번에는 순장자들 중에 한 사람, 나이토 됴쥬로 모토쓰구는 번주에게 어떤 방식으로 요청했을까.

Li okupis sin kutime per servoj ĉirkaŭ la skribtablo de Tadatosi.
Tiel li ĝuis lian specialan favoron, kaj flegadis lin neniam forlasante lian malsanliton.

보통 다다토시의 책상 주위에서 의례적으로 소임을 다했다. 그리하여 특별한 호의를 얻게 되었고, 병상을 떠나지 않고 간호했다.

Kiam Tadatosi konvinkiĝis ke resaniĝo estas tute neesperebla, li ordonis al Tyôzyûrô "Kiam mia lasta horo estos proksima, pendigu apud mia lito la kakemonon kun grandaj literoj 'Huzi'."

다다토시는 회복이 완전히 희망이 없다고 확신했을 때 됴쥬로에게 명령했다. "마지막 시간이 다가오면 내 침대 옆에 큰 글자로 '후지'라고 쓴 족자를 걸어두거라."

La deksepan de marto lia stato fariĝis pli grava, kaj
li diris "Pendigu la kakemonon!" Tyôzyûrô ĝin
pendigis. Tadatosi ekrigardis ĝin, kaj fermis siajn
okulojn dum kelka tempo.
3월 17일 건강상태는 더 심각해져 "족자를 걸어라!"라고 말
했다. 됴쥬로가 그것을 걸었다. 그것을 바라보던 다다토시는
잠깐 동안 눈을 감았다.

Tiam li diris "Pezas miaj kruroj !" Tyôzyûrô
suprenfaldis senbrue la suban parton de la litkovrilo.
Kiam li fiksis rigardon sur Tadatosi frotante liajn
krurojn, ankaŭ tiu fikse redonis sian rigardon.
그때 "내 다리가 무거워!"라고 말했다. 됴쥬로는 조용히 이불
아랫자락을 위로 접어올렸다. 다리를 비비고 있는 다다토시
에게 눈길을 고정하자 그 역시 시선을 되돌려 고정했다.

"Mi, Tyôzyûrô, havas peton al vi!"
"Kion do?"
"저, 됴쥬로가 주군께 부탁드릴 말씀이 있습니다!"
"무엇이냐?"

"Ŝajnas al mi ke via malsano troviĝas en tre grava
stato. Sed mi preĝas ke via plena resaniĝo estu eĉ
unu tagon pli frua danke al la providencoj de la
dioj kaj la budaoj kaj la efikoj de la bonaj
medikamentoj. Malgraŭ tio, povas okazi eventuala

hazardo. En okazo ke tia hazardo sin trudus, ordonu sekvi vin al ĉi tiu Tyôzyurô."

"번주님의 병세가 매우 심각한 상태인 것 같습니다. 그러나 신과 부처님의 섭리와 좋은 약재로 하루라도 빨리 쾌차하시기를 기원하옵니다. 그럼에도 결국 사단이 날 수도 있을 것이온데 그리된다면 이 됴쥬로도 번주님을 따라 갈수 있게 명하여 주시옵소서."

Tiel dirante li levis lian piedon ĝentile, kaj respekte tenis ĝin almetante al sia frunto. Ambaŭ liaj okuloj estis plenaj de larmoj. "Tion vi ne devas!" diris Tadatosi, kaj turnis sin flanken duone turniĝante en la lito, kvankam ĝis tiam li rigardis al Tyôzyûrô vizaĝon kontraŭ vizaĝo.

그렇게 말하고는 주군의 발을 공손하게 들고, 존경심으로 다리를 잡아 자신의 이마에 대놓았다. 두 눈에서는 눈물이 넘쳐흘렀다. "그러지 않아도 돼!" 다다토시가 말했다. 그때까지 됴쥬로와 얼굴을 마주보다 말고 침대에서 반쯤 돌아서 한쪽 켠으로 몸을 돌렸다.

"Ne diru tiel, sinjoro, mi petegas!" ankoraŭfoje Tyôzyûrô tenis lian piedon respekte.

"그런 말씀 마십시요, 번주님!" 다시 한 번 됴쥬로는 주군의 발을 정중하게 잡았다.

"Ne, ne!" diris Tadatosi kun sia vizaĝo ankoraŭ deturnita.[86] "Estas ja impertinenta,[87] vi senspertulo!

---

86) deturni . turni al alia flanko, direkto:

Pli bone sindetenu!" diris iu el la ĉeestantaro.
Tyôzyûrô estis deksepjara ĉijare.
"아니, 아니야!" 다다토시는 여전히 얼굴을 돌린 채 말했다.
"정말 무례하구나, 이 버릇없는 것아! 조심하는 게 좋어!" 임
석자 중 누군가가 말했다. 됴쥬로는 올해 나이 열일곱이었다.

"Mi petegas!" li diris per voĉo kvazaŭ barita ĉe la
gorĝo, kaj li longe ne lasis la piedon almetitan al
sia frunto, kiun li respekte levis la trian fojon.
"제발 부탁드립니다!" 목청이 막힌 듯한 목소리로 말했다. 그
리고 주군의 이마에 발을 대고 세 번이나 조심스럽게 들어올
린 상태로 오래 두지는 않았다.

"Obstinulo!" La voĉo estis ŝajne kolera kaj
riproĉanta, sed kune kun tiu ĉi vorto Tadatosi
kapjesis dufoje.
"고집스런 녀석!" 그 목소리는 분명히 화를 내고 꾸짖는 것
같았지만 그 말과 함께 다다토시는 두 번 고개를 끄덕였다.

"Ha'!" diris Tyôzyûrô, kaj ĉirkaŭprenante la piedon
per ambaŭ brakoj li ekkuŝis surventre malantaŭ la
lito.
"옛!" 됴쥬로는 말했다. 그리고 두 팔로 발을 껴안고 침대 뒤
에 엎드려 눕게 했다.

Kaj dum kelka tempo li restis senmova. En tiu

---

87) impertinenta . Maldece aŭ arogante malrespekta:
무례・불손한, 버릇없는, 건방진, 당돌한.

momento lia koro pleniĝis de malstreĉiĝo de la forto kaj trankvileco de la animo, kvazaŭ li estus alveninta la loko kien li devis alveni trairante tre malfacilan pasejon.

그리고 한동안 움직이지 않았다. 그 순간 마음은 마치 도달 해야 할 곳에 매우 어려운 길을 거쳐 도달한 듯 안도감과 영혼의 평온으로 가득 차 있었다.

Li konsciis pri nenio alia, kaj ne rimarkis ke liaj larmoj verŝiĝis sur la tatamo el okulo.

다른 아무것도 모르고 있었고, 눈에서 다다미 위로 눈물이 흘러내리는 것도 눈치채지 못했다.

Li estis ankoraŭ senspertulo, kaj neniam distingis sin per elstaraj meritoj.

아직 미숙했고, 뛰어난 공적으로 자신을 부각시키지 않았다.

Sed Tadatosi estis ĉiam favora al li kaj servigis lin proksime de si. Li ŝatis sakeon.

그러나 다다토시는 언제나 좋아해서 가까이에 두었다. 됴쥬 로 술을 좋아했다.

Li faris foje eraron, pri kiu oni atendus riproĉon pri malĝentileco, se tion farus iu alia per sono.

다른 사람이 소리내어 행동한다면 무례한 행동에 대해 질책 을 받을만한 실수를 곧잘 저질렀다.

Sed Tadatosi nur ridetadis dirante "Tion faris la

sakeo, sed ne Tyôzyûrô."
그러나 다다토시는 "술이 그랬지, 됴쥬로가 그런 건 아니여"
라고 웃으며 말했다.

Do li, kiu estis obsedita de la ideo, ke li devas
redoni la bonon kaj kompensi la kulpon, pli kaj pli
firme kredis, de kiam la malsano de Tadatosi fariĝis
senespera, ke la vojo de la redono kaj la kompenso
troviĝas nenie alie ol en la mortakompano.
그래서 선을 갚고 잘못을 배상해야 한다는 생각에 사로잡혀
있어서 다다토시의 병이 절망적으로 된 이후로 돌아오는 길
과 배상의 길은 순장 이외에는 다른 어떤 것으로도 찾을 수
없다고 점점 더 굳게 믿게 되었다.

Sed se iu esploros detale interne de lia menso, tiu
trovos, ke paralele apud lia sento ke li devas
mortakompani laŭ sia propra iniciativo, ekzistis
ankaŭ sento preskaŭ en sama forteco, ke li estas
neeviteble devigata mortakompani, ĉar oni sendube
kredas ke li nepre devas tion fari, tio estas, ke li
antaŭeniras renkonte al la morto apogante sin sur
aliaj.
그러나 누군가가 마음 속을 자세히 들여다본다면, 자신의 뜻
에 따라 순장을 해야한다는 느낌과 병행해서 필연적으로 죽
을 수밖에 없다는 느낌도 거의 같은 강도로 자리하고 있었
다. 왜냐하면 반드시 그렇게 해야 한다고, 즉 다른 사람에게
기대어 죽음을 맞이하러 나아간다는 것이 의심할 여지가 없
기 때문이다.

Dirite el kontraǔa flanko, li estis maltrankvila ke li estus submetita al terura malhonorigo, se li restus ne plenumanta la mortakompanon.

그 반대의 입장에서 말하자면, 만약에 순장을 이행하지않고 남아 있다면, 지독한 굴욕을 당하지 않을까 걱정했을 것이다.

Kvankam li havis tian malfortecon, li ne havis eĉ ereton da timo antaǔ la morto. Tial la deziro peti de la sinjoro permeson pri la mortakompano okupis la tutan vaston de lia volo, suferante nenies malhelpon.

그런 약점이 있기는 했지만, 죽음에 대한 두려움이 모래알만 큼도 없었다. 그래서 번주에게 순장 허락을 구하고 싶은 소 망은, 그 누구의 방해도 받지 않고 자기 의지의 전체 영역을 차지한 것이다.

Post kelka tempo li sentis, ke la kruroj de la sinjoro, kiujn li tenis per ambaǔ siaj manoj, streĉiĝis kaj estis iom etenditaj.

잠시 후 두 손으로 잡고 있던 영주의 다리가 팽팽하게 되더 니 어느 정도 늘어나는 것을 느꼈다.

Li do pensis ke li refoje sentas laca kaj peza, kaj komencis froti ĝentile ankoraǔfoje kiel antaǔe.

그래서 다시 피곤하고 몸이 무겁게 느껴진다고 생각해서 예 전처럼 다시 한 번 조심스레 문지르기 시작했다.

En tiu ĉi momento li ekrememoris en la koro pri siaj maljuna patrino kaj edzino. Li rememoris ke la familio postlasita de la mortakompaninto ĝuas grandan favoron de la familio de la sinjoro.

이 순간 마음속으로, 연로하신 자신의 어머니와 아내를 기억했다. 순장자가 남기고 간 가족이 번주의 유가족으로부터 큰 은혜를 받고 있음을 기억했다.

Kaj li pensis ke li povas morti trankvile, lasante sian familion en trankvila situacio. Kaj samtempe sur lia vizaĝo etendiĝis serena humoro.

그리고 자신이 고히 죽어서 가족을 평화로운 상황에 남겨둘 수 있다고 생각했다. 그리고 동시에 얼굴에 차분한 기분이 들었다.

Matene la deksepan de aprilo Tyôzyûrô iris antaŭ sian patrinon kun sia vesto ŝanĝita, unuafoje konfesis pri sia mortakompano kaj diris adiaŭ. La patrino tute ne surpriziĝis.

4월 17일 아침, 됴쥬로는 옷을 갈아입고 어머니 앞에 가서, 처음으로 순장에 대해 고백했다. 그리고 작별인사를 했다. 어머니는 전혀 놀라지 않았다.

Tio estis ĉar, kvankam nenion ili eldiris unu al la alia, ankaŭ la patrino jam delonge komprenis, ke hodiaŭ estas la tago kiam ŝia filo harakiros.[88] Se eventuale li dirus ke li ne harakiros, ŝi estus

---

88) harakir-i [자] (일본의 봉건적 전통에 의해) 할복자살하다.

sendube konsternita.

서로가 아무 말도 하지 않았지만 어머니도 아들이 할복하는
날이 오늘이라는 사실을 오래전부터 알고 있었기 때문이다.
결국 할복을 하지 않겠다고 말했다면 틀림없이 아연실색을
했을 것이다.

Ŝi alvokis en la ĉambron sian bofilinon prenitan nur
ĵus antaŭe, kiu estis en la kuirejo, kaj demandis nur
ĉu la aranĝo estas preta.

어머니는 조금 전에 부엌에 있던 며느리를 방으로 불러 준비
가 되었는지만 물었다.

Ŝi tuj ekstariĝis kaj alportis persone el la kuirejo
tasetojn kaj telerojn antaŭe preparitajn.

며느리는 즉시 일어나서 부엌에서 미리 준비된 찻잔과 접시
를 식구들 각자 앞에 가져 왔다.

Ankaŭ ŝi sciis jam de antaŭe same kiel la patrino,
ke ŝia edzo harakiros hodiaŭ.

며니리 또한 어머니처럼 남편이 오늘 할복할 것이라는 사실
을 벌써 전부터 알고 있었다.

Ŝia hararo estis bele kombita, ŝia vesto ŝanĝita al
pli bona ol la kutimaj vestoj.

머리를 단정하개 빗었고, 평소 옷보다 더 좋은 옷으로 갈아
입었다.

Tute same la patrino kaj ankaŭ la bofilino montris

streĉajn kaj seriozajn mienojn. Sed nur la bofilino havis la okulrandojn ruĝajn, kaj estis videble ke ŝi ploris dum ŝi estis en la kuirejo.

Kiam la tasetoj kaj teleroj estis prezentitaj, Tyôzyûrô alvokis Saheizi, sian pli junan fraton.

마찬가지로 어머니와 며느리도 긴장되고 진지한 표정이었다. 그러나 며느리의 눈언저리는 붉어졌는지라, 부엌에서 울고 있는 것이 분명했다. 찻잔과 접시를 내어놓자 됴쥬로는 동생 사헤이지를 불렀다.

La kvar interŝanĝis tasetojn senvorte. Kiam la tasetoj rondiris inter ili, ekparolis la patrino.

네 사람은 말없이 찻잔을 교환했다. 찻잔이 그들 사이를 돌자 어머니가 말을 꺼냈다.

"Tyôzyûrô! Jen la sakeo, kiun vi amas. Ĉu vi ne emus trinki iom pli?"

"됴쥬로! 이것은 네가 좋아하는 술이다. 더 마시지 않을래?"

"Ho jes, estas tute kiel vi diras," diris li, kaj plurfoje levis la taseton plezure kun rideto sur la vizaĝo.

"예, 어머니 말씀대로"라고 말하며 흐뭇한 미소를 지으며 잔을 몇 번이나 들어올렸다.

Baldaŭ poste li diris al sia patrino "Mi ebriiĝis agrable. Ŝajnas ke la sakeo pli bone efikis al mi ol kutime, eble pro tio ke mi zorgadis pri io kaj alio dum la lastaj kelkaj tagoj. Mi petas vian pardonon

kaj prenos iometon da ripozo."
얼마 지나지 않아 어머니에게 "저 기분좋게 취했습니다. 평소보다 술이 더 잘 맞았던 것 같습니다. 아마도 지난 며칠간 이것저것 고민을 했기 때문일 것일테지요. 죄송하지만 좀 쉬겠습니다."

Tiel dirinte, li ekstaris kaj eniris en sian ĉambron. Li tuj etendis sin en la mezo de la ĉambro kaj komencis ronki. La edzino eniris la ĉambron senbrue post li. Kiam ŝi elprenis kapkusenon kaj ŝovis ĝin sub lian kapon, li nur murmuris "Hu-un" kaj turnis sin en la lito, kaj ankoraŭ daŭrigis la ronkadon.
그렇게 말하고는 일어나 자기 방으로 갔다. 즉시 방 한가운데에 몸을 쭉 뻗고 코를 골기 시작했다. 아내는 뒤를 따라 소리없이 방으로 들어갔다. 베개를 꺼내 남편 머리 밑에 밀어넣자, "후-운"이라고 중얼거리고 침대에 몸을 돌린 채 여전히 코를 골았다.

Dum ŝi rigardis fikse la vizaĝon de sia edzo, subite ŝi ekstariĝis kvazaŭ konfuzita, kaj iris en sian ĉambron. Ŝi ja decidiĝis ke ŝi ne devas ekplori.
남편의 얼굴을 가만히 바라보다가, 갑자기 당황한 듯 자리에서 일어나 자기 방으로 들어갔다. 울어서는 안 된다고 작심했다.

En la domo estis tute silente. Ĝuste kiel la patrino kaj la edzino implice komprenis la decidon de la mastro, tiel ankaŭ la subuloj kaj la servistinoj komprenis tion. Do el la kuirejo same ankaŭ el la stalo aŭdiĝis eĉ ne unu rido.

집안은 완전히 조용했다. 어머니와 아내가 번주의 결정을 암묵적으로 이해한 것처럼, 부하들과 하녀들도 그것을 이해했다. 그래서 그런지 부엌에서도 마구간에서도 웃음 소리가 한 번도 들리지 않았다.

La patrino en sia ĉambro, la edzino en sia ĉambro, kaj la frato en sia ĉambro, ĉiuj estis silente absorbitaj en sia meditado.

자신의 방에 계시는 어머니, 자기 방에 있는 아내, 자기 방에 있는 아우 할것없이 모두들 조용히 명상에 젖었다.

La mastro dormis en la loĝĉambro ronkante. Apud la fenestro plenlarĝe malfermita estis pendanta davalio,[89] sub kiu pendis ventotintilo. Ĝi tintis kviete de tempo al tempo post silentado.

집주인은 코를 골며 거실에서 잤다. 활짝 열린 창문 옆에는 다발리고사리가 걸려있고, 그 밑에 풍경이 걸려있다. 풍경은 조용하다가도 이따금 딸랑거렸다.

---

89) davalio: speco de filiko, el kio oni faras bulon interbudaismo. implikante ĝiajn rizomojn por pendigi ĉe tegmentorando kiel ornamon en somero. Davallia mariesii.
- 다발리(davali): 고사리의 일종으로, 공을 불교 간에 만드는 것입니다. 여름에 장식으로 지붕 가장자리에 매달리기 위해 뿌리줄기를 엮는다. 다발리아 마리시. - davali/o   G. (Davallia el ~acoj) de 34 sp-oj de tropikaj k subtropikaj filikoj el la Malnova Mondo, pluraj pororname kultivataj.

Sube de ĝi staris alta ŝtono kun la supro kavigita, servanta kiel lavvazo.

그 아래에는 목욕통으로 사용하는 위가 움푹 파인 높다란 큰 돌이 놓여 있다.

Sur ĉerpilo el kurbigita splito renverse metita sur ĝi, haltis libelo kaj ne moviĝis kun siaj flugiloj montoforme pendantaj.

그 위에 뒤집어 놓인 구부러진 쪼개진 부분에서 나온 국자 위에 잠자리가 멈췄다. 날개가 산모양으로 매달린 채로 움직이지 않았다.

Pasis unu horo. Pasis du horoj. La tagmezo jam pasis.
Pretigon de la manĝo la edzino jam ordonis al la servistino.

한 시간이 지났다. 두 시간이 지났다. 정오가 넘었다. 아내는 이미 하녀에게 식사를 준비하라고 일렀다.

Sed ŝi ne ĉu la patrino volus aŭ ne volus manĝi, kaj ŝi volis iri al ŝi demandi, sed hezitis. Ŝi ja hezitis timante, ke oni eble pensos ke nur ŝi sola pensas pri io kia la manĝado.

그러나 며느리는 어머니께서 식사를 드실지 안 드실지 몰라서 어머니에게 가서 여쭤보고 싶었다. 그러나 망설였다. 이런 판국에 먹는 것에만 챙기는 사람이라고 하실까봐 망설였다.

Ĝuste tiam venis SEKI Koheizi, al kiu estis antaŭe

komisiite plenumi la kajŝakon.90) La patrino alvokis la bofilinon. Si humile metis ambaŭ manojn sur la tatamon senvorte kaj atendis ŝian ordonon. La patrino diris: "Tyôzyûrô diris ke li prenos iometon da ripozo.

바로 그때, 이전에 개착介錯을 해주도록 의뢰한 세키 고헤이지가 왔다. 어머니는 며느리를 부르셨다. 며느리는 아무 말도 하지않고 겸손하게 다다미 위에 두 손을 놓고 하명을 기다렸다. 어머니는 이렇게 말씀하셨다. "됴쥬로는 조금 쉬겠다고 했다.

Ŝajnas tamen, ke jam pasis sufiĉe da tempo. Cetere, ĵus alvenis Sinjoro SEKI. Ĉu ne estus pli bone veki lin?"

그런데 꽤 많은 시간이 흘렀던 것 같다. 그건 그렇고, 세키 씨가 방금 도착했다. 깨우는 게 좋지 않겠어?"

"Jes, tute kiel vi diras. Pli bone ne tro malfruiĝi," diris la bofilino, tuj ekstariĝis kaj iris veki sian edzon.

"네, 말씀대로 하겠습니다. 너무 늦지 않는 것이 좋겠습니다." 며느리가 즉시 일어나 남편을 깨우러 갔다.

Veninte en lian ĉambron ŝi refoje rigardadis fikse lian vizaĝon same kiel antaŭe kiam ŝi ŝovis la kapkusenon al li.

---

90) kajŝaki: helpi harakiranton fortranĉante lian kapon kiam li entranĉas sian ventron. 할복자가 배를 베었을 때 그의 머리를 잘라서 도와주는 것 〈介錯 개착〉

Dum kelkaj momentoj ŝi hezitis alparoli lin, ĉar ŝi pensis ke ŝi nun vekas lin por lasi lin morti.

며느리가 방에 들어와서 베개를 밀어 넣었을 때와 마찬가지로 다시 한 번 얼굴을 쳐다보았다. 잠시 동안 말걸기를 주저했는데, 지금 깨우면 죽게 한다고 여겼기 때문이었다.

Lia vizaĝo estis turnita ĉi tien kun la fenestro ĉe sia dorsoflanko, ŝajne ĉar la taglumo kiu venas de la korto estis tro brila eĉ dum lia profunda dormo.

창을 등지고 얼굴을 이쪽으로 돌린 것은 깊은 잠 속에서도 바깥에서 들어오는 햇빛이 너무 밝았기 때문인 것 같다.

"Halo' mia!" ŝi alvokis. Li ne vekiĝis.

"여보!" 하고 불렀다. 남편은 깨어나지 않았다.

Ŝi ŝovis sin al li proksimen kaj metis la manon sur lian elstarantan ŝultron. Do li diris "Ha', aa!" etendis ambaŭ kubutojn, malfermis la okulojn kaj subite levis sin.

가까이 다가가 삐져나온 어깨에 손을 얹었다. 그러자 남편은 "아, 아!" 라고 했다. 양 팔꿈치를 펴고는, 눈을 뜨자 갑자기 몸을 일으켰다.

"Vi dormis tre bone. Mi vekis vin, ĉar patrino timas ke vi tro malfruiĝos. Cetere, alvenis Sinjoro SEKI."

"당신 푹 주무셨어요. 어머니께서 당신이 너무 늦지 않을까 걱정해서 깨웠어요. 그건 그렇고, 세키 씨가 도착했어요."

"Ĉu? Do, ŝajne jam estas tagmezo. Mi tute ne rimarkis ke la tempo pasas, ĉar mi estis ebria kaj ankaŭ ĉe mi restis laco, kvankam mi supozis ke mi dormis nur dum mallonga tempo.

"어? 그럼 벌써 정오가 된 것 같군. 시간이 가는 줄은 전혀 몰랐어, 술도 취했고 피곤하기도 해 잠시 잔다고 생각했지.

Sed, dank'al tio mia humoro fariĝis tute serena. Do mi prenu ĉazukeon,91) kaj tiam mi jam devus iri al Tôkôin. Diru tion al patrino!"

하지만 그 덕분에 마음은 완전히 편안해졌어. 그러니 점심을 먹고 도코인으로 가야 해. 어머니한테 말씀드려!"

La samurajoj ne manĝas ĝissate antaŭ grava momento.
Sed ili ankaŭ ne alfrontas gravajn aferojn malsate. Li intencis efektive dormi nur iomete, sed li agrable trodormis senintence.

사무라이는 중요한 순간이 오기 전에는 배부르도록 많이 먹지 않는다. 그러나 그들은 굶주린 채 중요한 문제를 처리하지도 않는다. 사실 조금 더 자고 싶었지만 생각지도 않게 기분 좋게 푹 잤다.

Li aŭdis ke estas jam tagmezo, do li eldiris ke li prenos manĝon. Nun ĉiuj kvar familianoj sidiĝis antaŭ la manĝotabletoj kiel kutime, kaj prenis

---

91) ĉazukeo: manĝo el rizaĵo miksita kun verda teo. 녹차綠茶를 섞어 쌀로 만든 음식

tagmangôn kvankam tre simplan.
벌써 정오라는 말을 듣고 밥을 먹겠다고 했다. 이제 네 식구
는 여느 때와 같이 식탁에 앉았다. 아주 간단히 차린 점심을
먹었다.

Li preparis sin trankvile, kaj iris akompanate de
SEKI al sia familia templo Tôkôin por harakiri.92)
조용히 자신을 추스리고, 세키와 함께 할복하기 위해 가족
사찰인 도코인으로 갔다.

Estis dekok, inkluzive de Tyôzyûrô, inter la
samurajoj ĉiutage favoritaj de la mastro, kiuj antaŭ
kaj post li ĉiu aparte petis la permeson de la
mortakompano kaj ricevis permeson, same kiel li
petis la permeson respekte tenante la piedojn de
Tadatosi.
번주에게서 날마다 총애를 받는 사무라이들 중에는 됴쥬로를
포함하여 18명이 있었는데, 그들은 그 전후를 통해 각자 순
장 허락을 요청하여 허락을 받았는데, 다다토시의 발을 정성
껏 매만지며 허락을 요청한 것과 같았다.

Ĉiuj estis samurajoj al kiuj tutkore fidis Tadatosi.
그들 모두 다다토시가 진심으로 신임하는 사무라이들이었다.

Tial en sia koro li deziregis restigi ilin por protekto
de sia filo Mituhisa.
그래서 마음속에는 아들 미쓰히사를 보호하기 위해 그들을

---

92) 切腹, Seppuku 割腹

남아있게 하고 싶었다.

Li ankaŭ sentis tre bone ke estas kruele lasi ilin morti kune kun li. Sed, ke li donis al ĉiu el ili la vortojn "mi permesas" sentante kvazaŭ disŝiri sin mem, estis por li konsekvence neeviteble.
또한 그들이 자신과 함께 매정하지만 죽게 내버려두는 것은 괜찮다고 느꼈다. 하지만 전원全員에게 '내가 허락하노라'는 말을 건네는 것은 자신의 마음을 찢는 듯한 느낌이라, 어쩔 수 없는 일이었다.

Li estis konvinkita ke domaĝas sian vivon neniu el tiuj kiujn li servigis al si ligite per intimeco.
친밀한 관계로 자신을 섬기는 이들 중, 어느 누구도 자신의 생명에 유감스럽다고 하지 않은 이는 없다고 확신했다.

Li sciis ankaŭ ke ili sekve tute ne rigardas la mortakompanon dolora. Se kontraŭe li ne permesus la mortakompanon kaj ili vivus plu, kio fariĝus?
또한 그들이 순장을 전혀 고통스럽게 보지 않는다는 것을 알고 있었다. 반면에 순장을 약속하지 않고, 그들이 계속 살아 있다면 무슨 일이 일어날까?

La tuta samurajaro ne interrilatiĝus kun ili rigardante ilin sendankuloj, malkuraĝuloj, kiuj ne mortas kiam ili devas morti.
사무라이들은 모두 그들을 배은망덕하고 죽어야 할 때 죽지 않는 겁쟁이로 보고, 교분을 취하지 않을지도 모를 일이다.

Se estus almenaŭ nur tiel, eble ili ja povus elteni kaj atendi alvenon de la tempo dediĉi sian vivon al Mituhisa.

적어도 이 정도라면 미츠히사에게 목숨을 바칠 때를 견디며 기다릴 수 있을지도 모른다.

Sed, se iuj dirus ke la sendankulojn, la malkuraĝulojn la antaŭa mastro servigis al si mem ne konscia pri tio! Kiam li pensis tiamaniere, li ne povis ne diri "mi permesas."

그러나, 배은망덕자들, 즉 비겁자들더러 전 번주께서 그것으로 자신도 모르는 사이에 자신을 섬기게 했다고 말할 수도 있을 것이다! 그런 생각이 들자 "허락한다"고 말하지 않을 수 없었다.

Kaj tiel li diris "mi permesas" sentante kordoloron pli akran ol la doloro de la malsano.

그래서 질병으로 당하는 고통보다 더 아픈 마음의 고통을 느끼면서 "허용한다"고 말했다.

Kiam fariĝis dekok la nombro de la samurajoj al kiuj li permesis la mortakompanon, li, kiu sin direktadis en paco kaj milito dum longa tempo de pli ol kvindek jaroj kaj havis ĝisfundan konon pri ĉiuj homaj sentoj kaj mondaj aferoj, meditis profunde meze en la suferoj de la malsano rilate la morton de si mem kaj la morton de la dekok samurajoj.

순장을 허락한 사무라이의 수가 열여덟이 되었을 때, 50년이 넘는 오랜 세월 동안 평화와 전투속에서 자신을 인도해주고 모든 인간의 감정과 세상사들에 대하여 깊숙이 알고 있는 다다토시는 질병의 고통 속에서 자신의 죽음과 관련해 18명 사무라이의 죽음에 대해 깊이 생각했다.

Kiuj vivas, tiuj nepre pereos. Apud maljuna arbo kadukiĝanta, kreskas kaj densiĝas juna arbo.
Laŭ la vidpunkto de la junuloj kiuj ĉirkaŭas Mituhisa, la heredantan filon, la aĝuloj kiujn li mem enoficigis jam ne bezonas esti.

살아있는 사람들, 반드시 죽게 돼있다. 시들어가는 고목 옆에 어린 나무가 자라서 커지게 된다. 후계자, 아들 미쓰히사를 둘러싸고 있는 젊은이들의 관점에서 보면, 자신이 임명한 나이든 이들이 더 이상 있을 필요가 없다.

Ili povus kaŭzi eĉ obstrukcon. Li volis igi ilin plu vivi kaj fari saman servon al Mituhisa, kiel ili servis al li mem. Sed por fari tiun servon al Mituhisa, kelkiuj povas esti jam aperintaj kaj atendantaj tutpretaj. Tiuj, kiujn li mem enoficigis, povas esti vekintaj ofendan senton ĉe aliaj dum ili plenumadis sian devon dum jaroj.

그들은 때로는 방해가 될 수도 있다. 그들이 자신에게 한 것과 같이 미쓰히사에게도 똑같이 기여하고 살아가게 하고 싶었다. 그러나 미쓰히사에게 그 일을 처리하기 위해 일부는 이미 나타나서 모든 준비를 기다리고 있을지도 모른다. 친히 임명한 이들이 여러 해 동안 의무를 수행하면서 다른 이들의 기분을 상하게 했을 수도 있다.

Estas certe almenaŭ, ke ili estis celo de ĵaluzaj rigardoj. Se estas tiel, povas esti ke ne estas plene konsiderata opinio, diri al ili nepre plu vivi.
적어도 질시의 대상이었던 것은 확실하다. 그렇다면 그들에게 계속 살라고 말하는 것은 충분히 고려된 의견이 아닐 수도 있다.

Ke li permesis la mortakompanon povas esti bonfaro por ili.
Tiel pensante, li sentis ke li ricevis iom de konsolo.
순장을 허락한 것은 그들에게 유익이 될 수 있는 것. 그렇게 생각하면서 조금이나마 위로를 받았다고 느꼈다.

La dekok samurajoj, kiuj petis permeson de mortakompano kaj ricevis permeson, estis
순장을 신청하고 허가를 받은 18명의 사무라이는
TERAMOTO Hatizaemon Naotugu,
데라모토 하치자에몬 나오쓰구
OOTUKA Kihee Tanetugu, 오쓰카 키히 타네쓰구,
NAITOO Tyôzyûrô Mototugu, 나이토 됴쥬로 모토쓰구,
OOTA Kozyurô Masanobu, 오타 고쥬로 마사노부,
HARADA Zyuzirô Yukinao, 하라다 쥬지로 유키나오,
MUNAKATA Kahee Kagesada, 무나카타 카히 가게사다,
samfamilinoma Kitidayû Kageyosi,
같은 식구 기치다인 가게요시,

HASITANI Itizô Sigetugu, 하시타니 이티조 시게쓰구,
IHARA Zyûzaburô Yosimasa, 이하라 쥬자부로 요시마사,
TANAKA Itoku, 다나카 이토쿠,
HONZYOO Kisuke Sigemasa, 혼조 기스케 시게마사,
ITOO Tazaemon Masataka, 이토 다자에몬 마사다카,
MIGITA Inaba Muneyasu, 미기다 이나바 무네야스,
NODA Kihee Sigetuna, 노다 기히 시게쓰나,
TUZAKI Gosuke Nagasue, 쓰자키 고스케 나가스에,
KOBAYASI Riemon Yukihide,
고바야시 리에몬 유키히데,
HAYASI Yozaemon Masasada kaj
하야시 요자에몬 마사사다 그리고
MIYANAGA Katuzaemon Munesuke.
미야나가 가쓰자에몬 무네스케이다.

La prapatro de TERAMOTO estis TERAMOTO Tarô
kiu loĝis en Teramoto en Provinco Owari.
Naizennosyô, la filo de Tarô servis al la familio de
IMAGAWA.
데라모토의 조상은 오와리 현 데라모토에 살았던 데라모토
다로였다. 다로의 아들 나이젠노쇼는 이마가와 가문에서 일
했다.

La filo de Naizennosyô estis Sahee, kies filo estis
Uemonnosuke. La filo de Uemonnosuke estis
Yozaemon, kiu apartenis al KATOo Yosiakira en la
okazo de la ekspedicio al Koreujo kaj estis merita.
나이젠노쇼의 아들은 사히이고 그의 아들은 우에몬노스케이

다. 우에몬노스케의 아들은 요자에몬으로 가토 요시아키라 소속으로 조선원정 때 공로를 인정받았다.

La filo de Yozaemon estis Hatizaemon, kiu iam laboris sube de GOTOO Mototugu en la okazo kiam la kastelo de Oosaka estis sieĝata.
요자에몬의 아들은 오사카 성이 포위될 때 고토 모토쓰구의 밑에 일했던 하치자에몬이었다.

De kiam li servis al la familio de HOSOKAWA, li ricevis ĉigion[93] de mil kokuoj[94] kaj estis ĉefo de kvindek fusiloj.
호소카와 가족을 섬긴 이후부터 일천一千코쿠의 연봉을 받았고 오십 소총의 수장이었다.

Li harakiris la dudeknaŭan de aprilo en Templo Annyôzi. Li estis kvindektrijara. Por li kajŝakis HUZIMOTO Izaemon.
4월 29일 안뇨지에서 할복했다. 53세였다. 후지모토 이자에몬이 할복보조(介錯)를 맡았다.

OOTUKA estis inspektisto ricevanta cent kvindek kokuojn. Li harakiris la dudeksesan de aprilo. Lia

---

93) ĉigio: jara salajro per rizo donita de daimio al siaj samurajoj. 연봉쌀
94) - kokuo: la feŭdo de la daimio estis prezentita per kvanto de rizo havebla el ĝi kiel jara tributo, mezurita per kokuo, japana unuo de volumeno, precipe de rizo, 〈ĉ. 180 litroj〉. La salajro de samurajo kiun li ricevis de daimio per rizo estis ankaŭ prezentita per kokuo.

kajŝakinto estis IKEDA Hatizaemon.
오쓰카는 150석을 받는 감찰관이었다. 4월 26일에 할복했
다. 개착은 이케다 하치자에몬이었다.

Rilate al NAITÔ, estas jam dirite. Denzaemon, la avo
de OOTA, servis al KATOO Kiyomasa.
나이토와 관해서는 이미 말한 바 있다. 오타의 조부 덴자에
몬은 가토 기요마사를 섬겼다.

Kiam Tadahiro estis senigita je sia feŭdo, vagadis
Denzaemon, kaj lia filo Genzaemon. Kozyûrô estis la
dua filo de Genzaemon, kaj estis servigita kiel knaba
paĝio.95) Li ricevis cent kvindek kokuojn.
다다히로가 영지를 빼앗겼을 때, 덴자에몬은 떠돌아다녔다.
그리고 아들 겐자에몬. 코쥬로는 겐자에몬의 차남으로, 소년
사동使童 역을 했다. 백오십 코쿠를 받았다.

La unua el la mortakompanintoj estis ĉi tiu, kiu
harakiris la deksepan de marto en Templo
Syunzituzi. Li estis dekokjara.
Lin kajŝakis Mozi Genbee. HARADA estis ricevanto
de cent kvindek kokuoj, kaj servis proksime de la
sinjoro.
순장자들 중 첫 번째는 슌지쓰지 사원에서 3월 17일 할복한
이었다. 열여덟 살이었다. 모지 겐비가 개착을 했다. 하라다
는 150석을 받아 번주 가까이서 섬겼다.

---

95) paĝi-o ①방자, 시동(侍童), (侍童), (使喚), (房子), servobubo.

Li harakiris la dudeksesan de aprilo. La kajŝakon plenumis KAMADA Gendayû.

4월 26일에 할복했다. 가마다 겐다유는 할복 개착역을 수행했다.

La fratoj MUNAKATA Kahee kaj samfamilinoma Kitidayû estis posteuloj de MUNAKATA Tyûnagon Uzisada, kaj estis servigitaj en la generacio de ilia patro Seibee Kagenobu.

무나카타 카히 형제와 성씨가 같은 기치대인 형제는 무나카타 츄나곤 우지사다의 후손으로, 그들의 아버지 세이비 가게노부의 대대에 걸쳐 섬겼다.

Ambaŭ ili estis ricevantoj de ducent kokuoj. La duan de majo, la pli aĝa harakiris en Templo Ryûtyôin, kaj la pli juna en Templo Rensyôzi. La kajŝakinto por la pli aĝa estis TAKADA Zyûbee, kaj por la pli juna estis MURAKAMI Itizaemon.

둘 다 200석의 녹봉수혜자였다. 5월 2일, 나이많은 이는 류토인 사원에서 할복했고, 나이 적은 이는 렌쇼지 사원에서 할복했다. 나이많은 이의 개착은 다카다 쥬비가, 그리고 나이 적은 이의 개착은 무라카미 이치자에몬이 했다.

HASITANI devenis el Provinco Izumo, kaj estis posteulo de AMAKO. En lia dekkvarjara aĝo li estis alvokita de Tadatosi, servis kiel apudzorganto kun cent kokuoj kaj provgustumis la manĝon. Iam, depost kiam la malsano fariĝis grava, Tadatosi

dormis kun sia kapo metita sur la genuo de HASITANI.
하시타니는 이즈모 지방 출신으로 아마코의 후손이다. 14세
에 다다토시에게 불려가 백석의 시종으로 지내며 음식시음역
을 했다. 한번은 병이 심각해지자 다다토시는 머리를 하시타
니의 무릎에 얹고 잠을 잤다.

La dudeksesan de aprilo li harakiris en Templo Seiganzi. Ĝuste kiam li estis entrancŏnta sian ventron, nedistingeble aŭdiĝis la tamburo de la kastelo.
4월 26일 세이간지 사원에서 할복했다. 자신의 배를 베려고
할 바로 그때, 성의 북소리가 구분이 어렵게 들렸다.

Li ordonis al sia subulo kiu estis tie akompananta lin, eliri eksteren kaj demandi kioma horo estas. La subulo revenis kaj diris "Nur la kvar lastajn mi aŭdis, kaj mi ne scias kiom da frapoj estis entute."
그곳에 함께 있던 부하에게 밖에 나가 몇시인지 물어보라고
명령했다. 부하가 돌아와서 "저는 마지막 4번만 들었고 모두
몇 번을 두드렸는지 모릅니다." 라고 말했다.

Ridetis la ĉeestantaro kun HASITANI mem la unua. Li diris "Bone, vi ja ridigis min en mia lasta momento." Kaj li donacis sian haorion[96] al la subulo kaj harakiris.
먼저 하시타니와 임석자들은 먼저 미소를 지었다. "좋아, 너

---

96) haorio: mallonga survesto japana. 짧은 덧옷

는 내 마지막 순간에 나를 웃게 만들었다." 라고 말했다. 그리고 자신의 하오리를 선사하고는, 할복했다.

Por li kajŝakis YOSIMURA Zindayû. IHARA ricevis kirimajon[97] de dek kokuoj kaj tripersonan huĉimajon.[98] Kiam li harakiris, lin kajŝakis HAYASI Sahee, subulo de ABE Yaitiemon.
요시무라 진다유가 개착介錯을 했다. 이하라는 10석의 키리마조와 3인분의 후치마이를 받았다. 할복을 할 때, 아베 야이치에몬의 부하인 하야시 사히가 개착을 맡았다.

TANAKA estis la nepo de Okiku, kiu restigis en la mondo "La Historion pri Okiku." Li estis amiko en infaneco de Tadatosi, kiu tiam iradis al Monto Atagosan por lernado.
다나카는 "오키쿠의 역사를" 세상에 남긴 오키쿠의 손자였다. 다다토시의 소꿉친구였으며, 그 후 학업증진을 위해 아다고 산에 갔다.

Li iam dekonsilis Tadatosi sekrete, kiu tiutempe volis bonziĝi.
한때 승려가 되겠다는 다다토시에게 비밀리에 조언한 적이 있다.

---

97) kirimajo: jara salajro donita al mez- kaj malaltklasaj samurajoj per rizo, kiu en efektiveco estis pagita per transkalkulita mono. : 중하급 사무라이에게 쌀로 주는 연봉, 실제로 환산한 돈으로 지불.
98) huĉimajo: salajro por malaltklasuloj pagitaj per rizo po 0.005 kokuo por kapo por tago. huchimayo: 頭當 하루 0.005코쿠로 쌀로 지급하는 하층민의 급여.

Li poste servis kiel apudzorganto kun ducent kokuoj. Li estis kompetenta en aritmetiko, kaj estis tre utila. Depost kiam li maljuniĝis, al li estis permesite sidi sur la krucigitaj kruroj antaŭ la sinjoro ne demetante sian kufon.

나중에 200석의 측근관리인으로 일했다. 산수算數에 능해 쓸 모가 많았다. 늙었을 때 번주 앞에 두건을 벗지 않고 다리를 꼬고 앉는 것이 허용되었다.

Al la nova sinjoro li petis permeson harakiri por akompani la mastron, sed al li ne estis permesite. Do, la deknaŭan de junio li enpikis sian ventron per malgranda vakizaŝo[99], kaj tiam prezentis petskribon.

새 번주에게 번주와 동행하기 위해 할복을 허락해달라고 요청했다. 그러나 허락되지 않았다. 그래서 6월 19일 작은 바키자로 배를 찔렀다. 그리고 신청서를 제출했다.

Tiamaniere al li estis fine permesite. Lin kajŝakis KATOO Yasudayû. HONZYOO devenis el Provinco Tango. HONZYOO Kyûzaemon, la ĉambrozorganto de Lordo Sansai, servigis lin al si tiam vagantan.

이런 식으로 해서 마침내 허락을 받게 되었다. 가토 야스대인이 개착을 했다. 혼조는 단고 출신이었다. 산사이 경의 시종인 혼조 큐자에몬이 그때 떠돌던 혼조에게 일을 맡겼다.

---

99) vakizaŝo pli mallonga el la du glavoj, kiujn samurajoj portis ĉe la talio enŝovante en zono. 短刀

Li arestis perfortanton en Nakatu, kaj estis enoficigita kiel kirimajricevanto de dekkvin kokuoj kaj kvinpersona huĉimajo.

나가쓰에서 강간범을 체포했고, 그리고 15코쿠 키리메이와 5인분 후치마이 수혜자로 임명되었다.

Estis de tiam, ke li nomis sin per la familia nomo HONZYoo. Li harakiris la dudeksesan de aprilo. ITOO estis kirimajricevanto kiu servis kiel familia kasisto.

이때부터 자신을 혼쥬라고 명명하였다. 4월 26일에 할복했다. 이토는 가족재무담당 키리마이 수혜자였다.

Li harakiris la dudeksesan de aprilo. Lin kajŝakis KAWAKITA Hatisuke. MIGITA estis ronino[100] kiu antaŭe servis al la familio de Oo-TOMO, kaj estis servigita al Tadatosi ricevante ĉigion de cent kokuoj.

4월 26일에 할복했다. 가와키다 하치스케가 개착을 했다. 미기타는 이전에 오토모의 가족을 섬기던 무사였다. 그리고 다다토시에게 백석의 치기를 받았다.

Li harakiris la dudeksepan de aprilo en sia hejmo. Li estis sesdekkvarjara. Lin kajŝakis TAHARA Kanbee, subulo de MATUNO Ukyô.

4월 27일 자택에서 할복했다. 64세였다. 마쓰노 우교의 부하 다하라 칸베가 개착을 했다.

---

100) ronino: senmastriĝinta samurajo.

NODA estis filo de NODA Mino, ĉefsamurajo de AMAKUSA, kaj estis alvokita kiel kirimajricevanto. Li harakiris la dudeksesan de aprilo en Templo Genkakuzi. Lin kajŝakis ERA Han'emon.

노다는 아마쿠사의 수석 사무라이 노다 미노의 아들이었다. 그리고 키리마이 수혜자로 불러갔다. 4월 26일 겐가쿠지 사원에서 할복했고 에라 한에몬이 개착을 맡았다.

Rilate TUZAKI estos aparte skribite. KOBAYASI estis kirimajricevanto de dek kokuoj kaj dupersona huĉimajo.

쓰자키에 대해서는 별도로 기록하겠다. 고바야시는 10석의 키리마이 수혜자였고 두사람의 후치마이를 받게 되었다.

Kiam li harakiris, kajŝakis lin TAKANO Kan'emon. HAYASI estis terkulturisto ĉe la vilaĝo Simoda de Nangô, kiun Tadatosi alvokis donante dekkvin kokuojn kaj dupersonan huĉimajon, kaj faris lin ĝardenisto de sia domo en Hanabatake.

할복했을 때, 다카노 간에몬이 개착을 했다. 하야시는 시모다데 난고 마을의 농부였는데, 다다토시는 15코쿠와 2인 후치마이를 하사하면서, 자택 정원사로 삼았다.

Li harakiris la dudeksesan de aprilo en Templo Butuganzi. La kajŝakon plenumis NAKAMITU Hansuke. MIYANAGA estis kuireja oficisto kun dek kokuoj kaj dupersona huĉimajo. Li estis la unua persono kiu petis permeson de la mortakompano al la antaŭa sinjoro.

4월 26일 부쓰간지 사원에서 할복했다. 나카미쓰 한스케가 개착을 맡았다. 미야나가는 10석과 2인용 후치마요를 가진 주방원이었다. 전 번주에게 순장허락을 요청한 첫 번째 사람이었다.

Li harakiris la dudeksesan de aprilo en Templo Zyôsyôzi. Lin kajŝakis YOSIMURA Kaemon. El tiuj personoj, kelkaj estis entombigitaj respektive en sia propra familia templo, sed estis ankaŭ kelkaj, kiuj estis entombigitaj apud la maŭzoleo en la monto ekster Pordego Kôraimon.

죠쇼지 사원에서 4월 26일에 할복했다. 요시무라 가에몬이 개착을 했다. 이들 중 일부는 각각 자신의 사찰에 묻혔지만 일부는 고라이몬 성문밖 산의 능 옆에 묻혔다.

La mortakompanintoj de kirimajricevantoj estis sufiĉe multe-nombraj. Inter ili la konduto de TUZAKI Gosuke estis elstare interesa, do estu aparte priskribita.

키리마이 수혜자의 순장자는 꽤 많았다. 그 중 쓰자키 고스케의 거동이 특히 흥미로웠으므로 별도로 설명해야겠다.

Gosuke estis kirimajricevanto kun dupersona huĉimajo kaj ses kokuoj, kaj estis hundo-tiranto de Tadatosi. Li ĉiam akompanis lin en okazo de falkoĉasado, kaj estis favorata de li pri kampa laboro.

고스케는 2인 후치마이와 6코쿠의 연봉수혜자였고, 다다토시의 개몰이였다. 매 사냥을 할 때 항상 동행했으며, 농장 일로 호감을 얻게 되었다.

Li ricevis permeson de mortakompano petegante al la sinjoro preskaŭ trude. Sed ĉiuj ĉefsamurajoj diris al li "La aliaj estis favorataj per alta salajro kaj pasigis luksan vivon.
번주에게 거의 억지로 순장을 간청하여 허가를 받았다. 그러나 모든 사무라이들은 "다른 사람들은 높은 연봉으로 시혜를 받고 호화로운 생활을 했다.

Kontraŭe, vi estas nenio pli ol nura hundo-tiranto de la sinjoro.
Via intenco estas laŭdinda. Tio estas senkompara honoro, ke la sinjoro donis al vi la permeson. Tio jam sufiĉas. Nur forlasu la intencon morti, kaj volu servi por la bono de la nuna sinjoro."
그에 반해 당신은 번주의 개몰이에 불과하다. 당신의 의도는 칭찬할 만 하다. 번주께서 허락하신 것은 비길데 없는 영광이다. 그것으로 충분하다. 죽을 각오를 버리고, 현재 번주를 위해 봉사하고 싶다고 하라."고 말했다.

Li neniel obeis ilin. Kaj la sepan de majo li eliris al Templo Kôrinzi de Oimawasitahata, kun la hundo, kiun tirante li ĉiam adiaŭi akompanis la sinjoron. Lia edzino elvenis ĝis la pordo por lin kaj diris "Viro vi ja estas! Faru bone, ne estu superata de la

eminentuloj!"
어떤 식으로든 그들에게 순종하지 않았다. 그리고 5월 7일에 항상 번주와 함께 개를 끌고 오이마와시타하타의 코린지 사원으로 갔다. 아내가 문으로 나와 "당신은 참으로 남자입니다! 잘 지내십시오. 고위 인사들에게 뒤지지 마십시오!"라고 말했다.

La familia templo de TUZAKI estis Oozyôin. Sed ĝi havis devenon apartenantan al la sinjora familio, do sindetenante li elektis Templon Kôrinzi kiel la lokon de sia morto. Li eniris la tombejon kaj trovis ke MATUNO Nuinosuke, al kiu li antaŭe komisiis la kajŝakon ĉe la harakiro, jam estis tie kaj atendis lin.
쓰자키의 가문 사원은 오죠인이었다. 그러나 그 사원은 번주 가문에 속해 있어, 신중을 기하여 코린지 사원을 죽음의 장소로 택했다. 묘지에 들어가 보니 이전 할복에 개착을 맡았던 마쓰노 누이노스케가 이미 그곳에 기다리고 있었다.

Li mallevis helbluan sakon kiun li portis sur la ŝultro, kaj elprenis rizaĵujon. Li forprenis la kovrilon. En ĝi estis du rizbuloj. Li metis ilin antaŭ la hundo. Ĝi ne volis tuj manĝi, kaj rigardis lian vizaĝon svingante sian voston. Li diris al ĝi kvazaŭ al homo: "Vi ja estas besto, kaj mi timas ke vi ne komprenas bone.
어깨에 메고 있던 밝은 하늘색 가방을 내리고 쌀자루를 꺼냈다. 덮개를 벗겼다. 그 안에는 주먹밥 두 개가 있었다, 개 앞에 놓았다. 당장 먹고 싶어하지 않고 꼬리를 흔드는 개를 바라보았다. 마치 사람에게 하듯 말했다. "아 이 녀석아, 너는 짐승이야, 네가 잘 알아듣지 못해 유감이다.

Sed la sinjoro, kiu iam bonvolis karesi vin sur via kapo, estas jam forpasinta.
그러나 한때 너의 머리를 쓰다듬어 줄 만큼 애지중지했던 번주께서는 이미 돌아가셨어.

Tial ĉiuj eminentuloj kiuj estis favorataj de li harakiras hodiaŭ kaj akompanas lin. Mi estas nur malaltulo. Sed mia vivo, kiun mi tenis ricevante la salajron de la sinjoro, neniel malsamas de la eminentuloj.
그렇기 때문에 총애를 받았던 모든 고관들이 오늘 순장으로 동행하신다. 나는 하급자일 뿐이다. 하지만 번주님에게서 봉급을 받으며 살아온 내 삶은 고위 관료들과 조금도 다르지 않다.

Ankaŭ sama estas la danko pro la favoro per kiu bonvolis al mi la sinjoro. Tial mi nun harakiras kaj mortas. Kiam mi estos morta, vi estos de nun senhejma hundo. Kia kompatindulo!
번주님께서 내게 베푸신 은혜에 대한 감사도 마찬가지야. 그것이 내가 지금 할복하는 이유다. 내가 죽으면 너는 이제부터 집 없는 개가 될 것이야. 불쌍한 녀석!

Mi ne povas toleri tion. La falkoj kiuj akompanadis la sinjoron ĵetis sin en la puton de Syûun'in kaj mortis. Kiel do? Ĉu vi ne volas morti kune kun mi? Manĝu la rizbulojn, se vi volas vivi ne timante fariĝi senhejma hundo! Ne manĝu, se vi volas morti!"

나는 그것을 참을 수 없어. 번주와 동행한 매들은 슈운인의 우물에 몸을 던지고 죽었다. 그럼 어때? 나랑 죽고 싶지 않아? 집없는 개가 될 두려움없이 살고 싶다면 주먹밥을 먹어! 죽고 싶다면 먹지마!"

Tiel dirante li rigardis la vizaĝon de la hundo. Sed la hundo nur rigardadis lian vizaĝon kaj tute ne volis manĝi la rizbulojn.

그렇게 말하며 개의 면상面相을 쳐다보았다. 하지만 개는 얼굴만 쳐다보고 주먹밥은 전혀 먹고 싶지 않아했다.

"Do, ĉu mortos ankaŭ vi?" diris li kaj rigardis la hundon fikse.

"그럼 너도 죽을래?" 하고 개를 뚫어지라 쳐다보며 말했다.

Ĝi ekbojis unu fojon kaj svingis sian voston.

개가 한 번 짖고는 꼬리를 흔들었다.

"Bone, do mortu kun mi, kompatindulo!"

"좋아, 그럼 나랑 같이 죽어, 이 불쌍한 녀석!"

Tiel dirante li alprenis ĝin al si, elingigis sian vakizaŝon kaj trapikis ĝin per unu ekpuŝo.

그렇게 말하고는 개를 잡고는 자신의 단도를 꺼내 한 번에 찔러 꿰뚫어버렸다.

Li metis ĝian kadavron apud si. Li elprenis el sia sino folion de skribaĵo, etendis ĝin antaŭ si kaj metis ŝtoneton sur ĝi kiel pezilon.

개의 시체를 자기옆에 놓았다. 품에서 편지 한 장을 꺼내어서 자기 앞에 펴고는 그 위에 자갈 하나를 저울추처럼 올려놓았다.

Sur skribpapero laŭlarĝe faldita tiamaniere, kiel li memoris okaze de kunsido de utao okazinta en ies domo, estis skiribita kiel kutima skribo de utao: "Ho, ĉesu, haltu!" la intendantoj diras.

이런 식으로 접힌 종이에 누군가의 집에서 열린 노래 모임 때를 기억하면서 평소와 같이 썼다. 오호 그만해, 멈춰! 집사가 말한다.

Haltigi tamen 멈추게해 하지만
ĉi tiun, min Gosuke 이 사람, 나를 고스케는
neeble estas jam jen! 이미 여기서 할 수 없어!

Ne estis subskribo. Li naive opiniis, ke estas senbezone skribi lian nomon duoble, ĉar en la utao mem estis skribita jam lia nomo. Tio nature konformis al la tradicia kutimo.

서명이 없었다. 자신의 이름을 두 번 쓸 필요가 없다고 순진하게 생각했다. 이름은 이미 노래 자체에 씌어져있기 때문이다. 이는 자연히 전통 관습에 따랐다.

Gosuke, kiu opiniis ke restas jam neniu preterlaso, diris "Mi petas, Sinjoro MATUNO!" Li sidiĝis sur la krucigitaj kruroj kaj nudigis al si la ventron.

더 이상 뒤버릴수 없다고 생각한 고스케는 "제발, 마쓰노 번주님!"라고 말했다. 다리를 꼬고 앉아 배를 드러냈다.

Li prenis pintomalsupre la vakizaŝon makulitan per la sango de la hundo, kaj diris altavoĉe "Kiel faris la Sinjoroj falkistoj? Jen ekiras la hundo-tiranto!"

개의 피가 묻은 단도를 끝자락아래 들고 큰 소리로 말했다. "매를 기르던 사람들은 어떻게 했지? 개몰이가 여기 나갑니다!"

Li ekridis per unu agrabla rido kaj entranĉis sian ventron krucforme. De malantaŭe MATUNO fortranĉis lian kapon.

유쾌한 웃음을 터뜨리며 배를 십자가 모양으로 베었다. 뒤에서 마쓰노가 머리를 잘랐다.

Li estis nur malaltrangulo. Sed preskaŭ samkvantan monhelpon, kiom ricevis poste la postlasitaj familioj de la mortakompanintoj, ricevis la postlasita vidvino. Tio estas, ĉar lia filo jam bonziĝis en sia infanaĝo. La vidvino ricevis kvinpersonan huĉimajon, kaj ankaŭ nove ricevis domon donace.

단지 낮은 계급이었지만 살아남은 과부는 나중에 죽은 동반자의 유족과 거의 같은 재정적 지원을 받았다. 즉, 아들은 어린 시절에 이미 승려로 입적했기 때문이다. 부인은 5인용 후치마이를 받았고, 집을 새 선물로 받았다.

Ŝi estis viva ĝis la tridektrijara datreveno de la morto de Tadatosi. La filo de Gosuke fariĝis Gosuke la Dua.

Kaj de tiam, generacion post generacio, liaj posteuloj servis kiel anoncistoj.

다다토시가 죽은 지 33주년이 될 때까지 살아 있었다. 고스케의 아들이 2대 고스케가 되었다. 그리고 그 이후로 후손들은 대대로 고지기로 일했다.

Ekster tiuj dekok, kiuj mortakompanis ricevinte la permeson de Tadatosi, estis unu kiu nomis sin ABE Yaitiemon Mitinobu.

다다토시의 허락을 받아 순장한 18명 외에, 스스로를 아베 야이치에몬 미치노부라고 칭하는 하나가 있었다.

Komence li apartenis al la familio de AKASI, kaj lia nomo en la infaneco estis Inosuke.

처음에 아카시 가문에 속했으며, 어린 시절 이름은 이노스케 였다.

De frue li servis proksime ĉirkaŭ Tadatosi mem kaj leviĝis al la pozicio de mil cent kelkdek kokuoj.

어려서부터 다다토시 주변에서 가까이 섬기며 천백여 석의 지위에 올랐다.

Okaze de la ekspedicio al Simabara, eĉ tri el liaj

kvin filoj ricevis nove ĉigion de po ducent kokuoj pro merito.

시마바라 원정 때는 다섯 아들 중 세 아들에게도 공로로 200석씩 새 치기를 받았다.

La samurajaro kredis ke tiu ĉi Yaitiemon nepre mortakompanos. Kaj ankaŭ li mem petis permeson de la mortakompano ĉiufoje kiam venis al li la vico de nokta deĵoro. Sed Tadatosi neniel permesis al li.

사무라이대원들은 이 야이치에몬이 반드시 순장할 것이라고 믿었다. 그리고 자신이 야간근무를 할 차례가 될 때마다 순장허락을 요청했다. 그러나 다다토시는 어떤 식으로든 허락하지 않았다.

"Mi estas kontenta pri via bonvolo. Sed pli bone mi deziras ke vi servu viva por Mituhisa." Tiel diris Tadatosi ripetante la samon, kiomfoje li petegis.

"너의 호의에 흡족한다. 하지만 너는 미쓰히사를 위해 살아서 섬기는 것이 더 좋다." 그렇게 다다토시는 허락을 청원했던 것 만큼이나 몇 번이고 같은 말을 되풀이했다.

Ja efektive, Tadatósi havis kutimon ne akcepti lian estis de multe antaŭe. Kiam li ankoraŭ nomis sin Inosuke kaj servis kiel paĝio, li demandis "Ĉu mi servu al vi per manĝo?" do li diris "Ankoraŭ mi ne estas malsata."

사실, 다다토시는 오래전부터 야이치에몬의 청을 잘 받아들이지 않는 습성이 있었다. 여전히 자신을 이노스케라고 부르며 시동으로 일할 때 "식사를 올릴까요?" 라고 물으면. "나, 아직 배 고프지 않아" 라고 말했다.

Se alia paĝio diris tion li diris tion, li diris "Bone, prezentu al mi!" Kiam li vidis la vizaĝon de tiu ĉi viro, li eksentis emon kontraŭi.
다른 시종이 그렇게 말하면, "좋아, 가져와!" 라고 말했다. 이 자의 얼굴을 대하면, 반대로 하고 싶은 충동을 느꼈다.

Do, ĉu li estas riproĉata, oni time pensus. Tio tamen ne okazis.
Lian diligentan servadon superis neniu.
그래서, 비난받을 것이라고 사람들이 떨며 생각했을지도 모른다. 그러나 그런 일은 일어나지 않았다. 부지런히 섬기는 일은 누구에게도 뒤지지 않았다.

Li estis atentema pri ĉio kaj lasis neniun eraron.. Eĉ se iu volus riproĉi lin, neniel tiu trovus kaŭzon riproĉi.
모든 일에 주의를 기울이고 실수를 하지 않았다. 누군가 꾸짖고 싶어도 꾸짖을 이유를 찾을 수가 없었다.

Li plenumis tion senordone, kion aliaj plenumis ordonite.
다른 사람들은 명령이 떨어진 것들만 했는데, 야이치에몬은 명령이 없어도 알아서 일해왔다.

Li faris tion ne sciigante antaŭe, kion faris aliaj

sciigante antaŭe. Sed kion li faris, ĉiam li celis la ĝustan punkton kaj lasis neniun lokon por kritiki.
사전에 일깨워주지 않아도 처리했으며, 다른 사람들은 사전에 알려줘야 했다. 그러나 무엇을 하든지 항상 일에 딱 맞는 요점을 간파했고 비판의 여지를 남기지 않았다.

Fariĝis, ke li nun jam servis nur pro obstino. Ĉe la komenco, kiam Tadatosi ekvidis lian vizaĝon, li nur ekvolis kontraŭi lin sen motivo.
이제 자기 고집으로만 일한다는 것이 밝혀졌다. 처음에, 다다토시는 얼굴을 보면, 아무런 이유없이 반대하고 싶었다.

Sed pli poste li rimarkis ke li diligentas pro obstino, kaj li malamis lin.
그러나 나중에 완고함 때문에 부지런하다는 것을 알고는 못마땅하게 여기다 급기야 미워하기까지했다.

Dum li tiel malamis, Tadatosi, la saĝa, pensadis, rememorante kiamaniere tia fariĝis Yaitiemon, kaj li rimarkis, ke tion al li devigis li mem.
그렇게 미워하면서도 지혜있는 다다토시는 어떻게 그런 야이치에몬이 되었는지 생각해왔고 그리고 자신이 이것을 강요했다는 것을 깨달았다.

Kaj kvankam li ĉiam volis korekti sian kutimon kontraŭi, tio fariĝis por li pli kaj pli malfacile korektebla dum pasis monatoj kaj jaroj.
그리고 늘 반대하는 습관을 고치고 싶었지만, 몇 달, 수 년이 지나면서 이를 고치는 것이 점점 더 어려워지게 되었다.

Por ĉiuj, kiaj ajn homoj ili estu, troviĝas ja iuj kiujn ili ŝatas, kaj troviĝas ankaŭ iuj kiujn ili malŝatas.
누구에게나 어떤 사람이든 좋아하는 사람이 있기 마련이고, 그리고 싫어하는 사람도 있다.

Se ili esploras kial ili ŝatas tiujn kaj kial ili malŝatas tiujn ĉi, okazas foje ke ili ne trovas ian bazon konkrete kapteblan.
왜 이것을 좋아하고 왜 싫어하는지 알아보면, 구체적으로 파악할 수 있는 근거를 찾지 못하는 경우가 있기도 한다.

Estis ja tiamaniere, ke Tadatosi ne ŝatis lin. Sed estas certe, ke tiu Yaitiemon havis ion, kio malhelpis al aliaj intimiĝi kun li.
그런 식으로 다다토시는 야이치에몬을 좋아하지 않았다. 다른 사람들이 친밀해지는 것을 방해하는 무언가가 있었던 것이 분명했다.

Tion oni povas scii de tio, ke li havis tre malmulte da intimaj amikoj. Ĉiuj estimis lin kiel respektindan samurajon. Troviĝis tamen neniu, kiu provis proksimiĝi al li facilkore.
이것은 친한 친구가 거의 없었다는 사실에서 알 수 있다. 모두 존중할 만한 사무라이로 존경했다. 그래서그런지 가볍게 다가가려는 사람은 아무도 없었다.

Se iu okaze provis proksimiĝi al li pro scivolemo, baldaŭ lia pacienco elĉerpiĝis kaj li malproksimiĝis for de li.

누군가 호기심에 다가가려고 하면, 곧 인내심이 바닥났고 멀어졌다.

Pli aĝa viro, kiu ofte alparolis lin kaj helpis lin en ĉiaj okazoj kiam ankoraŭ li nomis sin Inosuke kaj havis fruntan buklon, fine submetiĝis dirante "Ja vere, ĉe tiu ABE oni trovas neniun malatenton, kiun oni povas profiti."

아직도 이노스케라고 불리고 이마앞에 곱슬머리가 있을 때 자주 말을 걸며 온갖 수단으로 도와주던 노인이 마침내 이렇게 말했다. "사실 그 아베에게서 찾아볼 수 있는 부주의는 없어."

Se oni konsideras pri tiaj faktoj, oni komprenas ke estis tute nature ke Tadatosi ne povis ŝanĝi sian kutimon, kvankam li volis.

그러한 사실을 고려한다면, 다다토시가 자신의 습관을 바꾸고 싶어도 바꿀 수 없는 것은 지극히 당연한 것이었다.

Ĉiuokaze, Tadatosi forpasis dum Yaitiemon ne ricevis la permeson de la mortakompano, kiom ajn li petegis.

어쨌든 야이치에몬은 아무리 애원을 해도 순장 허락을 받지 못한 채 다다토시는 세상을 떠났다.

Ĝuste antaŭ la morto de Tadatosi, li diris al li "Mi, Yaitiemon, faris al vi neniun peton ĝis nun. Tio ĉi estas la unusola peto en mia vivo kiun mi faras al vi."

다다토시가 죽기 직전에 야이치에몬이 말했다. "저 야이치에몬은 지금까지 번주님에게 아무 요구도 하지 않았습니다. 이것이 제 인생에서 번주님에게 해야 할 유일한 소원입니다."

Tion dirante li rigardis fikse la vizaĝon de Tadatosi. Ankaŭ Tadatosi rigardis fikse lian vizaĝon kaj diris sentime "Ne, mi petas ke vi servu por Mituhisa!"

그렇게 말하며 다다토시의 얼굴을 빤히 쳐다보았다. 다다토시도 얼굴을 바라보며 주저않고 말했다. "아니, 미쓰히사를 잘 돌봐 주게!"

Li pensadis profunde kaj decidiĝis. Ĉiuj, cent el cent, opinius ke estas tute neeble, ke li postvivu sur sia pozicio kaj intervidadu kun la samurajaro ne mortakompanante en tiu ĉi okazo.

깊이 생각하고 결심했다. 백이면 백 전부 이런 경우에 순장하지 않고 자신의 위치에서 살아남고 사무라이 군대와 상호 작용하는 것은 절대 불가능하다고 생각할 것이다.

Estas neniu rimedo alia, ol ĉu harakiri mem konscia ke tio estas hunda morto, aŭ ĉu roniniĝi kaj forlasi Kumamoto.

할복 그 자체가 개죽음임을 깨닫거나 번주잃은 소속없는 사무라이 무사가 되어 구마모토를 떠나는 것 외에는 다른 방법이 없다.

"Sed mi estas mi. Bone! La samurajo estas tute malsama de la konkubino. Mia starpunkto ne povas esti perdita, eĉ se mi estis malŝatata de la mastro." Tiel li pensis, kaj tagon post tago li servadis kiel kutime.
"하지만 나는 나다. 좋다! 사무라이는 첩과 사뭇 다르다. 내가 번주님에게 미움을 받아도 내 지위는 잃을 수 없다." 그래서 생각했고, 날이면 날마다 평소대로 섬겼다.

Dume alvenis la sesa de majo, kaj mortakompanis ĉiuj dekok samurajoj. Tra la tuta urbo Kumamoto iradis nur la onidiroj pri tio. Tiu mortis dirante tion kaj tion. Ties harakirmaniero estis pli admirinda ol ĉiuj aliaj. Krom tiaj paroloj oni aŭdis nenion.
한편 5월 6일이 되어 사무라이 18명이 모두 순장했다. 구마모토 시내에는 그 일에 대해 소문이 돌고 있었다. 그 사람은 이것 저것 말하다가 죽었다. 순장은 다른 모든 어느것보다 더 감탄할 만했다느니 그런 말 외에는 아무 소리도 들리지 않았다.

Antaŭe li estis malofte alparolita de aliaj per paroloj ne priaferaj. Sed depost la sepa de majo li estis pli soleca, eĉ dum li ĉeestis en la dejorejo de la palaco. Kaj plie, li sciis ke la kundejorantoj rigardas lian vizaĝon afektante ne rigardi.
이전에는 일 이외의 문제로 다른 사람들에게 거의 입에 오르

내리지 않았다. 그러나 5월 7일 이후에는 궁에 주재하는 동안에도 더 외로웠다. 게다가 동료들이 자신의 얼굴을 쳐다보지 않으려고 애쓰고 있다는 것도 알았다.

Li sciis ke ili rigardas senbrue deflanke kaj dedorse. Li ne povis toleri la malagrablon. Sed li pensis, ke li vivas ne pro domaĝo pri sia vivo.
그들이 옆과 뒤에서 떠들지않고 지켜보고 있다는 것을 알고 있었다. 불쾌함을 참을 수 없었다. 하지만 자신의 삶을 후회하지 않고 살고 있다고 생각했다.

Li pensis ke eĉ tiuj, kiel ajn malbone ili juĝas pri li, certe ne povas diri ke li domaĝas sian vivon.
남들이 자기를 아무리 나쁘게 여긴다해도, 자기 인생을 애석해 한다고 말할 수는 없다고 생각했다.

Li mortos ĝuste en tiu ĉi momento antaŭ ĉies rigardo, se nur tio estas permesata.
그것이 허용된다면, 모든 사람의 눈 앞에서 바로 이 순간에 죽을 것이다.

Tiel li pensis, kaj eniradis la deĵorejon arogante kun sia nuko rekte tenata, kaj eliradis la deĵorejon arogante kun sia nuko rekte tenata.
그렇게 생각하고 목을 곧게 편 채 당당하게 일터에 들어갔고, 목을 곧게 편 채 당당하게 일터에서 나왔다.

Pasis du, tri tagoj, kaj tiam komenciĝis atingi al liaj

oreloj nepardonebla onidiro.

2~3 일이 지나자 귀에 도저히 용납할 수 없는 소문이 들려
오기 시작했다.

Kiu komencis diri ĝin oni ne scias, sed ĝi diris "Li
ŝajnas vivadi profitante ke la permeso ne estas
donita.

누가 말을 시작했는지는 알 수 없지만 "순장허락이 떨어지지
않는다는 사실을 악용해 사는 것 같다."는 소문이었다.

Troviĝus nenia kaŭzo ke li ne devas entranêi sian
ventron por postharakiri, eĉ se la permeso ne estas
donita.

허락이 없더라도 뱃속으로 칼을 들이밀어넣어 할복하면 안
될 이유가 없다.

Ŝajnas ke la haŭto de lia ventro malsamas de la
aliaj. Pli bone li ŝmiru kalabason per oleo, kaj per
ĝi entrancu sian ventron!"

뱃살은 다른 사람 것과는 다른가 봐. 호리병박에 기름을 바
르고, 그것으로 배를 베는 것이 낫지!"

Li aŭdis tion, kaj tio estis por li tute ne antaŭvidita
afero. Se oni volas kalumnii, kalumniu kion ajn.

그 말을 들었고 그것은 전혀 예상치 못한 일이었다. 비방하
고 싶으면 무엇이든 비방해.

Sed tiun ĉi Yaitiemon kiamaniere oni ja povus

rigardi kiel viron kiu domaĝas sian vivon, en kia ajn direkto oni ja observus! Ha, kion ili ja povis diri! Bone! Do, mi entrancu mian ventrohaŭton per kalabaso ŝmirita per oleo!

그러나 이 야이치에몬은 어떤 면에서 보아도 삶을 후회하는 사람으로 간주될 수 있다! 그들이 무슨 말을 할 수 있겠나! 좋아! 자, 기름을 바른 호리병박으로 내 뱃살을 베어보자!

En tiu tago, kiam li retiriĝis de la deĵorejo, li alvokis per ekspresa kuriero siajn du filojn, kiuj jam starigis brancfamiliojn, al sia domo en Yamazaki.

그날, 일터에서 나와 이미 분가한 두 아들을 특급파발로 야마자키에 있는 자신의 집에 불러들였다.

La glitekranoj inter la loĝcambro kaj la cefa cambro estis forigitaj. Kaj la mastro de la domo atendis dignoplene, lasante siajn tri filojn sidi apude, Gonbee la heredantan, Yagobee la duan, kaj ankaŭ Sitinozyô la kvinan, kiu ankoraŭ havis fruntan buklon.

거실과 안방 사이의 밀대 장막을 걷어치웠다. 가장으로서 위풍있게 기다렸다가 세 아들을 곁에 앉혔다. 곤베 상속자, 야고베 둘째, 그리고 역시 이마 곱슬이 있는 다섯 번째 시치노죠.

Gonbee estis nomata Gonzyûrô dum sia infaneco. Li estis admirinde merita en la okazo de la ekspedicio al Simabara kaj ricevis nove cîgion de ducent

kokuoj. Li estis junulo ne superata de sia patro.
곤베는 어린 시절에 곤쥬로라고 불렸다. 시마바라 원정때 공로를 인정받아 200석의 새로운 치기를 받았다. 아버지에게 뒤지지 않는 청년이었다.

Rilate la nunan aferon, nur unu fojon li demandis al sia patro "Ĉu la permeso ne estas donita?" La patro diris "Ne, ne donita."
현재 문제와 관련하여 아버지에게 "허락이 떨어지지 않았습니까?" 라고 단 한 번만 물었다. 아버지는 "아니, 못 받았어." 라고 말했다.

Krom tio, neniu vorto estis interŝanĝita inter ili. La patro kaj la filo tre bone komprenis reciproke unu la alian ĝis la fundo de la koro, kaj ili tute ne bezonis ion diri.
그 외에는 그들 사이에 한마디도 오가지 않았다. 아버지와 아들은 마음 속 깊이 서로 잘 이해했고, 아무 말도 할 필요가 없었다.

Baldaŭ poste du surstangaj lanternoj eniris tra la pordego. La du filoj, Itidayû la tria kaj Godayû la kvara venis al la vestiblo preskaŭ samtempe, demetis pluvmantelojn kaj eniris la ĉefan ĉambron.
잠시 후 장대에 달린 두 개의 등불이 대문을 통해 들어왔다. 셋째 이치다유와 넷째 고다유 두 아들이 거의 동시에 현관에 와서 비옷을 벗고 안방으로 들어갔다.

Pluvadis malseke kaj humide ekde tago post la sepsemajna funebro, kaj la mallumega nokta ĉielo de la pluva sezono tute ne heliĝis.
7주의 애도가 끝난 다음 날부터 내린 비로 축축하고 습했고, 그리고 장마철의 어두운 밤하늘은 전혀 밝아지지 않았다.

Kvankam la glitekranoj estis plene malfermitaj, estis sufoke varmege kaj ne moviĝis la vento. Malgraŭ tio, flagris la flamoj sur kandelingoj. Unu lampiro pasis for trairante la boskon en la ĝardeno.
밀대장막이 완전히 열려 있지만 숨이 막힐 정도로 더웠고 바람은 미동도 하지 않았다. 그런데도 불구하고 촛대 위 촛불꽃은 흔들리고 있었다. 반딧불이 한 마리가 정원의 작은 숲을 지나갔다.

La mastro, kiu rigardis super la ĉeestantaro, malfermis la buŝon.
함께 자리한 이들을 바라보던 가장이 입을 열었다.

"Mi dankas vin, ke vi ĉiuj venis al mi malgraŭ tio, ke mi alvokis vin dum la nokta mallumo. Ankaŭ vi eble jam aŭdis tion, ĉar tio ŝajnas esti onidiro tra la tuta samurajaro.
"어두운 밤이 이슥한데도 모두 와줘서 고맙다. 사무라이 군대 전체에 들리는 소문을 너희들도 들었을 것이다.

La ventro de tiu ĉi Yaitiemon laŭdire estas ventro kiun mi entranĉu per kalabaso ŝmirita per oleo. Pro tio do, mi nun volas entranĉi ĝin per oleumita kalabaso. Bonvole certigu tion al vi, vidante per viaj propraj okuloj."

이 야이치에몬의 배는 기름 바른 호리병박으로 자를 배라고 한다네. 그래서 나는 지금 기름바른 조롱박으로 배를 자르고 싶어. 너희 두 눈으로 똑똑히 확인하기 바래."

Itidayû, same ankaŭ Godayû, nove ricevis ĉigion de ducent kokuoj pro la meritoj de Simabara kaj starigis branĉfamiliojn. Inter ili, precipe Itidayû estis destinita de frue al la servo por la juna sinjoro, kaj estis unu el tiuj, kiujn enviis aliaj samurajoj okaze de la ŝanĝo de la estreco.

이치다유와 마찬가지로 고다유도 시마바라의 공로로 200석의 새로운 치기를 받고 분가를 했다. 그 중에서도 특히 이치다유는 일찍부터 젊은 번주를 섬기는 운명이었고, 리더십 교체 시기에 다른 사무라이들에게 부러움을 받는 사람 중 하나였다.

Li ŝovis sin antaŭen. "Ja efektive, mi komprenas vin tre bone.
Por diri la veron, miaj kolegoj diras al mi tiamaniere.

앞으로 다가갔다. "사실, 저는 아버지를 잘 이해합니다. 사실을 말하자면 동료들은 저에게 이렇게 말합니다.

'Ŝajnas ke Sinjoro Yaitiemon servas daŭre laŭ la testamento de la antaŭa sinjoro. Patro kaj filoj kaj ĉiuj fratoj kune servas senŝanĝe kiel kutime. Estas ja gratulinde!'

La vortoj estis iel signifoplenaj kaj mi estis ĉagrenita."

'야이치에몬 경은 전 번주의 뜻에 따라 계속 섬기고 있는 것 같다. 아버지와 아들, 그리고 모든 형제들은 전처럼 변함없이 함께 섬기고 있다. 참으로 축하할 일이다!'

그 말이 왠지 의미심장해서 속상했습니다." 라고 말했다.

La patro ekridis. "Tion mi ja supozis. Ne prenu kiel kunulojn tiujn miopulojn, kiuj vidas ne pli malproksimen ol nur ĝuste antaŭ siaj okuloj.

아버지는 웃으셨다. "그것을 나는 가정했다. 눈앞에 있는 것 보다 더 멀리 보지 못하는 근시안적인 사람들을 더 가까이 하지 말거라.

Kaj se mortos mi, kiu laŭ ili ne povas morti, iuj povus malestimi vin pro tio, ke vi estas filoj de mi, al kiu la permeso ne estis donita.

그리고 그들에 따르면, 죽을 수 없는 내가 죽으면, 너희들이 허락받지 않은 내 아들이기 때문에 누군가는 너희를 멸시할 지 모른다.

Ke vi naskiĝis kiel miaj filoj estas via destino. Tio ne estas ŝanĝebla. Se vi estos malhonorigitaj, suferu tion ĉiuj kune. Ne faru malpacon inter la fratoj. Jen rigardu bone, ke mi entranĉas mian ventron per kalabaso!"

너희가 내 아들로 태어난 것은 너희의 운명이다. 그것은 변경할 수 없다. 불명예를 당하면 모두 함께 고통을 받자. 형제들 사이에 분쟁을 일으키지는 마라. 잘 봐, 내가 호리병박으로 내 배를 자르고 있어!"

Dirinte tion, li harakiris ĝuste antaŭ siaj filoj mem, kaj li trapikis sian kolon per si mem de maldekstre dekstren kaj mortis.
이 말을 하고 아들들 앞에서 목을 베고 자기 목을 왼쪽에서 오른쪽으로 찔러 죽었다.

La kvin filoj, kiuj ĝis tiam ne povis diveni la penson de sia patro, estis malĝojaj tiumomente, sed samtempe sentis kvazaŭ ili deŝultrigis unu el la pezaj ŝarĝoj, unu paŝon foriĝante de la ĝisnuna maltrankviliga situacio.
그때까지만 해도 아버지의 마음을 짐작할 수 없었던 다섯 아들은 그 순간 슬펐지만 동시에 무거운 짐을 지고 지금까지의 불안한 상황에서 한 발짝 물러난 듯했다.

"Mia frato!" alvokis Yagobee, la dua filo, al la heredanto.
"형님!" 둘째 아들 야고베가 후계자를 불렀다.

"Nia patro postlasis al ni la vortojn, ne malpaciĝu inter la fratoj. Pri tio neniu havus alian opinion.
"우리 아버지께서 우리에게 형제들 사이에 불화를 내지 말라시는 유언을 남기셨는데, 다른 의견을 가진 사람은 아무도 없을 것입니다.

Ankoraŭ mi ne ricevas ĉigion, ĉar mi estis destinita al malbona posteno en Simabara.
나는 시마바라에서 좋지않은 직책을 맡았기 때문에 아직도 치기를 받지 못했습니다.

Kaj de nun mi dependos de vi. Tamen, kio ajn okazos al ni, ĉe via mano, mi diras, kuŝas unu fidinda lanco. Bonvole kredu tion!"
그리고 이제부터 저는 형님에게 의지할 것입니다. 그러나 우리에게 무슨 일이 닥치든 형님의 손에는 믿음직스러운 창이 쥐여져 있습니다. 그 사실을 믿어주세요!"

"Tio ja estas memkomprenebla afero! Mi ne scias kio fariĝus, sed la ĉigio kiun mi ricevas estas tute sama kiel via propra." Nenion pli diris Gonbee kaj grimacis krucigante la brakojn.
"그것은 참으로 자명한 일이다! 어떻게 될지 모르겠지만 내가 받은 치기는 네 것과 똑같다." 곤베는 더 이상 아무 말도 하지 않고 팔짱을 끼고 찡그린 표정을 지었다.

"Jes, certe! Ni ne scias kio povas okazi. Povas esti iuj, kiuj dirus ke la postharakiro estas alia ol la mortakompano kun la permeso." Estis Godayû, la kvara filo, kiu tiel diris.
"그럼, 확실히! 무슨 일이 일어날지 모르지. 할복은 허가를 받아야하는 순장과는 다르다고 하시는 분이 있을지도 모른다고 말하겠지요." 넷째 아들 고다유가 그렇게 말했다.

"Tio ja estas jam videbla. Kian ajn sorton ni trafus," ekdirinte tion Itidayû, la tria filo, rigardis al la vizaĝo de Gonbee, "kian ajn sorton ni trafus, ni fratoj alfrontu ne dise, sed kolektive ĉiuj kune."
"그것은 이미 눈에 보여. 우리가 어떤 운명을 만나든" 라고 말하며 셋째 아들 이치다유는 곤베의 얼굴을 바라보았다. "우리가 어떤 운명을 만나든, 형제들이 따로따로가 아니라 함께 합시다."

"Bone!" diris Gonbee, sed li montris nenian signon malkaŝi sin. Li kompatis siajn fratojn en sia koro, sed li estis viro ne kutimiĝinta alparoli aliajn per ĝentilaj vortoj. Kaj cetere, li emis ĉion pensi per si sola, kaj fari per si sola.
"괜찮아!" 곤베가 말하면서 속내를 드러낼 기색을 보이지 않았다. 마음속으로 형제들을 불쌍히 여겨겼다, 그러나 공손한 말로 다른 사람을 대하는 데 익숙하지 않은 사람이었다. 게다가 모든 것을 혼자 생각하고 혼자하는 경향이 있었다.

Preskaŭ neniam li faris interkonsiliĝon kun la aliaj. Pro tio, parolante tiamaniere, Yagobee, same ankaŭ Itidayû, intence atentigis lin pri la komunsorteco de la fratoj.
다른 사람들과 한번도 상의한 적이 없었다. 그러므로 야고베와 이치다유는 이렇게 말하면서, 의식적으로 형제들의 공동 운명에 대해 곤베에게 주의를 기울였다.

"Ĉar vi, miaj fratoj, vin tenas firme ĉiuj kune, neniu povus kalumnii senpripense kontraŭ nia patro!"
"내 형제들, 형님들이 굳건히 서있으니 아무도 우리 아버지를 함부로 비방할 수 없을거야!"

Tio ĉi venis el la buŝo de Sitinozyô havanta la fruntan buklon.
Tio estis voĉo kvazaŭ virina, sed implicita[101] en ĝi estis lia firma konvinko.
이 말은 이마 곱슬머리 시치노죠의 입에서 나왔다. 거의 여자 목소리 같았지만 그 속에는 확고한 신념이 내포되어 있었다.

Kaj la vortoj prilumis la brustojn de la ĉeestantaro kiel lumo, kiu lumigas mallumegan vojon kuŝantan antaŭ ili.
그리고 그 말들은 눈앞에 펼쳐진 어두운 그림자를 밝혀주는 등불처럼 참석자들의 가슴을 비췄다.

"Do, ĉu mi diru al patrino kaj lasu la virinojn adiaŭdiri?"
Tiel dirinte ekstaris Gonbee de sia loko.
"그럼, 내가 어머니한테 말씀드려 여자들에게 작별인사를 하라고 해야 하나?" 그렇게 말하고 곤베는 자리에서 일어났다.

---

101) - implic-i [타] 내포하다, 함축하다, 넌지시 비추다, 암시하다. ˜ita 함축된, 암시된. mal ˜i (암시하지 않고)명확하게 표현하다.

Estis finita laŭleĝe la heredigo de la familiestreco al Mituhisa, Subo de la Suba Kvara Rango, Zizyû kaj Higo-no-kami. Al la samurajoj estis donitaj respektive novaj aŭ aldonaj ĉigioj, al kelkaj la oficaj postenoj estis ŝanĝitaj.

미쓰히사 가문의 가장의 상속이 법적으로 완료되었고, 지쥬와 히고 번주에게 종사하위하從四下位下직급을 하사했다. 사무라이들은 각각 새로운 또는 추가 치기를 받았고 일부는 공식 위계가 변경되었다.

Inter ili precipe pri la familioj de la dekok samurajoj mortakompanintaj, la familiestreco de la patro estis senŝanĝe heredigita al la heredanta filo.

그들 중 특히 순장자 18명 사무라이 가족에 대해, 아버지의 가장 직분을 변경없이 상속 아들에게 상속되었다.

Se nur estis heredanta filo, kiel ajn infanaĝa li estis, li ne estis ekster la nombro.

단순이 후계자라면, 아무리 어리다고 해도 그 수에 빠지지 않았다.

Al la vidvinoj kaj la maljunaj patroj kaj patrinoj huĉimajoj estis donitaj. Ili ricevis domojn kaj terenojn, kaj se ili volis ion konstrui, ankaŭ tion prizorgis la sinjoro.

과부들과 노부모들에게는 후치마이가 주어졌다. 집과 땅이 주어졌고, 무엇인가를 짓고자 하면 번주가 알아서 해주기도 했다.

Ili devenis de la familioj, kun kiuj la antaŭa sinjoro speciale intimiĝis, kaj kiuj eĉ servis akompanante lin ĝis la Lando de Mortintoj.

그들은 이전 번주가 특별히 친밀했던 가족들의 후예였다. 그리고 그들은 망자의 땅에 함께 순장하기까지 했다.

Do, la samurajaro tute ne ĵaluzis pri ili, kiel ajn ili enviis ilin.

따라서, 사무라이는 그들이 아무리 부러운 존재라하더라도 전혀 질투하지 않았다.

Sed kontraŭe, jen estas la postlasitaj familianoj de ABE Yaitiemon, kiuj ricevis iel malsaman traktadon pri la heredado.

그러나 이와는 반대로 상속에 대해 어쩐지 다른 대우를 받은 아베 야이치에몬이 남긴 유족들이 있다.

Al Gonbee la heredanta filo ne estis permesate heredi senŝanĝe de sia patro.

곤베 상속자, 아들에게는 아버지로부터 변경없는 상속을 허락받지 못했다.

Kaj la ĉigio de mil kvincent kokuoj de Yaitiemon estis dividita en pecojn kaj disdonita ankaŭ al la pli junaj fratoj.

그리고 야이치에몬의 치기(1500석)는 여러 조각으로 나누어 더 젊은 동생들에게도 나누어 주었다.

La sumo de la ĉigioj de la tuta familio ne estis ŝanĝita kompare kun la antaŭa, sed Gonbee, kiu heredis la ĉeffamilion, fariĝis malaltrangulo.
온 가족의 치기의 합은 전과 비교하여 변함이 없었지만 수首 가정을 물려받은 곤베는 하급위계자가 돼버렸다.

Estas senbezone diri ke li eksentis sin mallarĝaŝultra.
자신의 어깨가 좁아졌다는 느낌을 말하는 것은 쓸데없는 일이었다.

La fratoj apogis sin ĝis nun al la ĉeffamilio de pli ol mil kokuoj, kaj sentis sin starantaj sub ombro de granda arbo.
형제들은 지금까지 천석이 넘는 큰댁에 의존해 왔으며, 그리고 자신이 큰 나무 그늘 아래 서 있다고 느꼈다.

Sed ili, kvankam iliaj ĉigioj ĉiuj pligrandiĝis, nun fariĝis kvazaŭ glanoj, kiuj konkuras inter si per siaj staturoj. Kaj ili sentis sin favorataj sed ĝenataj.
그러나 그들은 비록 치기의 크기는 모두 커졌지만 이제는 도토리처럼되어 서로 키를 놓고 경쟁하게 되었다. 그래서 그들은 다정했으나 괴로움도 느꼈다.

Rilate la inspektadon, neniu demandas kiu respondas pri la kulpo, almenaŭ dum ĝi estas plenumata honeste. Se estis unu fojon neordinara traktado, ekestas esplordemando laŭ kies juĝo tio fariĝis.

감찰과 관련하여 적어도 정직하게 수행하는 한 아무도 잘못에 대한 책임이 누구에게 있는지 묻지 않는다. 예전에 특이한 치료법이 있었다면 누구의 판단이냐에 따라 감찰문제가생긴다.

Estis ĉefinspektanto nomata HAYASI Geki, kiu ĝuis specialan favoron de la nuna sinjoro kaj servadis neniam forlasante lian ĉirkaŭon.
현임 번주의 특별한 은총을 받고, 번주의 주변을 떠나지 않고 섬기는 하야시 게키라는 감찰장이 있었다.

Li estis sagaculo, kaj estis konvena parolkunulo por Mituhisa dum la jaroj kiam li estis ankoraŭ nomata juna sinjoro. Tiu ĉi HAYASI estis viro nesufiĉe kompetenta observi aferojn en iliaj ĝeneralaj trajtoj, kaj tre ofte inklinis al senindulga ekzamenado.
영리한 사람이었고, 미쓰히사가 아직 젊은 번주로 불리던 시절에는 적절한 대화 상대였다. 이 하야시는 사안의 일반적인 특성을 관찰하기에 불충분한 사람이었으며, 그리고 종종 무자비한 감찰을 하는 경향이 있었다.

Li opiniis, ke ABE Yaitiemon mortis ne ricevinte la permeson de la forpasinta sinjoro, do inter li kaj la veraj mortakompanintoj limlinio devas esti metita. Tial li faris konsilon dividi la ĉigion.
아베 야이치에몬이 고 번주의 허락을 받지 않고 죽었는데, 따라서 순장과의 사이에는 경계선이 그려져야 한다고 하야시는 주장했다. 그래서 치기를 분할하자는 의견이었다.

Mituhisa estis prudenta daimio. Tio ĉi tamen okazis kiam li estis ankoraŭ nesperta.

미쓰히사는 현명한 다이묘였다. 그러나 이것은 아직 경험이 없을 때 일어난 일이었다.

Li ne estis kompatema al Yaitiemon kaj Gonbee lia heredanta filo, ĉar li ne estis intima kun ili.

야이치에몬과 상속자 곤베에게 자비심을 느끼지 않았다. 왜냐하면 그들과 친밀하지 않았기 때문이었다.

Kaj li akceptis la opinion de Geki, atentante nur tion, ke tio kaŭzas pliigon de ĉigio por Itidayû, kiun li servigis apud si kaj kun kiu li intimiĝis.

그리고 게키의 의견을 받아들이고, 이것이 자기 옆에서 봉사하고 친밀해진 이치다유의 치기가 증가한다는 사실에만 주의를 기울였다.

Kiam mortakompanis la dekok, la samurajaro malestimis Yaitiemon pro tio, ke li servadis apud la sinjoro kaj ne mortakompanis. Nu, post nur du, tri tagoj, li kuraĝe plenumis harakiron.

열여덟 명이 할복했을 때, 사무라이들은 번주 옆에서 섬기고도 순장을 하지 않았기 때문에 야이치에몬을 멸시했다. 2~3일 만에 야이치에몬은 용감하게 할복했다.

Sed, senkonsidere ĉu la afero estis ĝusta aŭ ne, la malrespekto per kio unu fojon li estis suferigita estis ne facile estingebla, kaj neniu laŭdas lin.

La sinjoro permesis entombigi lian kadavron apud la maŭzoleo.

그러나 그 일이 옳건 그르건 간에 받은 모욕은 쉽게 꺼지지 않았고 칭찬하는 사람도 없었다. 번주는 시신을 영묘 옆에 묻도록 허락했다.

Do estus pli bone, se li ne metus devige la limlinion pri la heredado, kaj traktus lin same kiel ĉiujn mortakompanintojn. Se estus tiel, la familianoj de ABE akirus honoron kaj diligentus servi fidele ĉiuj kune.

따라서 상속에 대한 강제적으로 경계선을 정해놓지 않는 게 더 좋을 수도 있을 것이다, 그리고 모든 순장자들과 동일하게 취급할 것이기도 하다. 그랬다면 아베의 가족들이 명예를 얻고 함께 성실하게 봉사할 수 있었을 것인지도 모른다.

Sed li traktis ilin per unu gradon pli malsupera, do la malrespekto de la samurajaro al la familio de ABE fariĝis kvazaŭ aprobita publike. La fratoj de Gonbee estis akceptataj pli malafable de la kolegoj, kaj ili pasigis la tagojn melankolie kaj malgaje.

그러나 그들을 한 등급 아래로 취급했기 때문에, 아베 가족에 대한 사무라이의 무례는 공개적으로 합의된 것처럼 돼버렸다. 곤베 형제들은 동료들에게 더욱 불친절한 대접을 받고 우울하고 슬픈 나날을 보내게 되었다.

Venis la deksepa de marto de la deknaŭa jaro de

Kan'ei. Estis la unua datreveno de la morto de la antaŭa sinjoro. Apud la maŭzoleo, kvankam Templo Myôgezi ankoraŭ ne estis konstruita, staris tie kapelo kun la nomo Kôyôin. En ĝi estis lokita la iĥajo102) por Myôgeinden, kaj mastris ĝin la bonzo nomata Kyôsyuza.

간에이 19년 3월 17일이 왔다. 전 번주의 첫 해 기일이었다. 영묘靈廟옆에는, 묘게지 절이 아직 건립되지 않았지만 교요인이라는 이름의 법당이 있었다. 거기에 묘게인덴을 위한 위패가 있었고, 교수자Kyôsyuza라는 승려가 그것을 관리하고 있었다.

Antaŭ ol la tago de la datreveno Ten'yû-osyô de Templo Daitokuzi de Murasakino alvenis de Kioto. Oni supozis ke la okazigo de la datrevena celebro estos brile pompa. Kaj de antaŭ ĉirkaŭ unu monato, en la kastelurbo Kumamoto ĉiuj estis okupitaj per la preparo.

기념일을 앞두고 무라사키노의 다이토쿠지 절의 텐유 오쇼가 교토에서 도착했다. 기념일의 행사는 빛나게 호화스러울 것이라고 예상했다. 그리고 약 한달 전부터, 성곽도시 구마모토에서는 모두 준비에 바빴다.

Fine venis la tago. La vetero estis serene bela, kaj la sakuroj apud la maŭzoleo estis en sia plena florado.

---

102) iĥajo : memoriga tabuleto por mortinto kun surskribo de lia postmorta budhana nomo, antaŭ kiu oni preĝas al la budao por la bono de la postmorta vivo de la mortinto. 법명을 새긴 위패

Kurtenoj estis pendigitaj ĉirkaŭe de Kôyôin, kaj ĝin gardis piedsoldatoj. La sinjoro ĉeestis persone.

마침내 그 날이 왔다. 날씨는 고요한 가운데 맑았고, 능 근처에는 벚나무가 만개했다. 고요인 주변에는 장막이 드리워져 있었고 보병들이 지키고 있었다. 번주가 개인적으로 참석했다.

Unue li bruligis incenson antaŭ la iĥajo de la antaŭa sinjoro, kaj poste antaŭ tiuj de la deknaŭ mortakompanintoj. Sekvante lin, la postlasitaj familianoj de la mortakompanintoj ricevis permeson kaj bruligis incenson.

먼저 선대 번주의 위패 앞에서 분향한 다음, 열아홉 순장자들의 위패앞에도 분향하였다. 그 뒤를 이어 순장자들의 유족들이 허락하에 분향했다.

Samtempe al ili estis donacitaj de la sinjoro kamiŝimoj kaj sezonaj vestoj, ĉiuj kun la blazondesegnoj de la sinjora familio.
Al gvardiaj samurajoj kaj pli superaj eminentuloj, longkamiŝimoj[103), kaj al piedsamurajoj, duonkamiŝimoj.[104) Al la malaltuloj estis donacitaj la ofermono por la mortintoj.

---

103) kamiŝimo ; ceremonia uniformo de samurajo, konsistanta el samkoloraj ŝultrovesto kaj hakamo, kiu estas faldoriĉa larĝa pantalono. - longkamiŝimo: kamiŝimo kun longa hakamo kies malsupra parto estas trenata sur planko.
104) duonkamiŝimo: kamiŝimo kun mallonga hakamo sen trenaĵo.

번주는 번주가문의 방패무늬가 새겨진 가미시모와 계절옷을 동시에 그들에게 지급했다. 호위 사무라이와 한계층 더 고위 관료들에게는 장長카미시마를, 최하급사무라이에게는 단短카미시마를 지급했다. 하급자들에게는 고인를 위한 헌금獻金이 지급되었다.

La ceremonio estis finita bonorde. Sed dume okazis nur unu akcidento.
행사는 무사히 잘 마쳤다. 그러나 그 사이 한 건의 사고가 발생했다.

Tio estas, ke kiam Abê Gonbee alpaŝis antaŭ la iĥajo por Myôgeinden laŭorde kiel unu el la postlasitaj familianoj de la mortakompanintoj, li bruligis incenson, kaj retiriĝante li eltiris trançilon de la glavingo de sia vakizaŝo, premdetrançis sian hartufon[105] kaj oferis ĝin antaŭ la iĥajo.
사건이란, 아베 곤베가 순장자의 유족 중 하나인 묘게인덴을 위해 위패앞에 다가가서, 향을 피우고 물러나서는 자기 단도의 칼집에서 칼을 뽑아 자기 상투를 잘라 위패앞에 제물로 바쳤다.

La samurajoj kiuj ĉeestis tie estis konsternitaj pro la neatendita okazaĵo, kaj rigardadis tion nur gape.
그곳에 있던 사무라이는 뜻밖의 사건에 놀라 황망해하며 그저 바라보기만 했다.

---

105) fordoni hartufon : signifas razi la kapon, t,e bonziĝi

Sed unu samurajo apenaŭ rekonsciiĝis, kiam Gonbee retiriĝis kvin, ses paŝojn aplombe kvazaŭ nenio okazis. "Haltu, Sinjoro ABE!" Tiel vokante, li postkuris tuj post li, kaj haltigis lin.

Sekvante lin du, tri samurajoj sin ĵetis sur lin kaj eniris en apartan ĉambron tirante lin.

그러나 곤베가 아무일도 없었다는 듯 태연히 5~6보 물러났을 때, 겨우 정신을 차린 사무라이 하나가 "그만하세요, 아베 씨!" 그렇게 부르며 곧 바로 뒤쫓아가 제지했다. 뒤따라 2, 3명의 사무라이가 몸을 던져 끌고 다른 방으로 들어갔다.

Kion respondis Gonbee al la apuddeĵorantoj de la sinjoro kiuj pridemandis lin, tio estas jene.

곤베는 자신에게 심문한 번주의 수행원들에게 다음과 같이 대답했다.

"Vi eble prenas min por frenezulo, sed tute mi ne estas tia. Pro tio ke Yaitiemon, mia patro, servadis sendifekte dum sia tuta vivo, li estis metita en la vico de la mortakompanintoj, kvankam li harakiris sen la permeso de la antaŭa sinjoro.

"당신은 내가 실성했다고 여길지 모르지만, 저는 전혀 그렇지 않습니다. 저의 부친, 야이치에몬께서는 일생을 무탈하게 복무해오셨기에 선대 번주님의 허락없이 할복을 하셨음에도 불구하고 순장대열에 올랐습니다.

Kaj ankaŭ al mi, kiel la postlasita familiano, estis permesite bruligi incenson antaŭ la iĥaĵo antaŭ ol la aliaj.

그리고 나 역시 남겨진 가족으로서 다른 사람들보다 먼저 위패 앞에서 분향할 수 있었습니다.

Sed ŝajnas ke la sinjoro komprenas ke mi, malindulo, ne kapablas servi same kiel mia patro, kaj li dividis lian ĉigion kaj disdonis ĝin al miaj fratoj.

그러나 번주께서는 제가, 불초자로, 아버지처럼 섬길 수 없다는 것을 인정하시고는 아버지의 치기를 분할하여 형제들에게 나누어주셨습니다.

Mi perdis mian honoron al la pasinta sinjoro kaj la nuna sinjoro, al mia mortinta patro kaj miaj familianoj, kaj ankaŭ al miaj kolegoj.

저는 선대 번주님과 현 번주님, 돌아가신 아버지와 저의 가족들, 동료들에게서 명예를 잃게 되었습니다.

Dum mi tiel pensadis, hodiaŭ dum la okazo bruligi incenson antaŭ la iĥajo, mi estis subite plenigita de profunda emocio, kaj decidiĝis prefere fordoni la samurajecon.

그런 생각 끝에, 오늘 위패 앞에 분향 기회가 있었는데, 갑자기 깊은 감정에 휩싸여 사무라이직을 포기하기로 마음먹게 되었습니다.

Mi obeeme submetas min al la riproĉoj pro mia konduto neĝustaloka. Freneza mi tute ne estas."

저는 저의 부적절한 행동에 대한 견책에 순순히 따르겠습니다. 저는 전혀 실성하지 않았습니다."

Aŭdinte la respondon de Gonbee, Mituhisa sentis malagrablon. Unue, estis malagrable, ke Gonbee kondutis al li en malice aludanta maniero. Due, estis malagrable, ke li mem akceptis la konsilon de Geki kaj faris tion, kion li prefere ne estus farinta.

곤베의 대답을 듣고 미츠히사는 기분이 언짢았다. 첫째, 곤베가 악의를 암시하는 방식으로 행동하는 것이 불쾌했다. 둘째, 자신이 게키의 충고를 받아들여 하지 않았어야 하는 일을 한 것이 불쾌했다.

Li estis varmsanga sinjoro ankoraŭ dudekkvarjara, kaj ne kapablis bridi pasion kaj deteni deziron. Al li mankis la grandanimeco rekompenci ofendon per bonvolo.

아직 스물네 살의 열혈 번주로 의욕을 자제하고 욕망을 억제하지 못했다. 선의로 공격을 보상하는 관대함이 부족했다.

Li tuj ordonis malliberigi lin. Aŭdinte tion, Yagobee kaj ĉiuj aliaj familianoj decidiĝis fermi la pordegon kaj atendi la instrukciojn de la sinjoro, kaj ĉiuj kolektiĝinte dum la nokto interkonsiliĝis sekrete pri la estonto de la tuta familio.

즉시 투옥하도록 명령했다. 이 말을 들은 야고베 일행은 모두 문을 닫고 번주의 지시를 기다리기로 했다. 밤에 모인 모든 사람들은 온 가족의 장래에 대해 비밀리에 의논했다.

La familianoj de ABE, post interkonsiliĝo, decidiĝis peti helpon de Ten'yû-osyô, kiu ĉifoje venis malproksimen de Kioto por la budaista meso de la unua datreveno de la morto de la antaŭa sinjoro, kaj ankoraŭ restadis.

아베 일가는 협의 끝에 전 번주 서거 1주년 불공집전을 위해 교토에서 멀리 떨어진 데에서 오신 덴유 오쇼에게 도움을 청하기로 했다. 그분은 아직 체재하고 있었다.

Itidayû vizitis lin ĉe lia hotelo, parolis pri ĉiuj detaloj de la okazaĵo kaj petis lin moderigi la juĝon de la sinjoro al Gonbee.

이치다유는 호텔을 방문하여 사건의 모든 세부 사항을 이야기하고 곤베에 대한 번주의 판단을 중재하도록 요청했다.

La bonzo fervore aŭskultis ĉiujn liajn parolojn kaj diris "Kiel mi aŭdis, la irado de via familio estas profunde malĝojiga. Sed rilate la inspektadon de la sinjoro ni ne povas kritiki ion.

"소승이 들은 대로 당신의 가족이 가는 길이 매우 슬픕니다. 그러나 번주의 감찰과 관련하여 우리는 아무런 이의제기도 할 수 없습니다.

Nur se al Sinjoro Gonbee estus ordonite morti, mi certe petos por vi la savon de lia vivo. Kaj antaŭ ĉio, ĉar li estas jam fordoninta sian hartufon, li estas preskaŭ adepto de la budaismo. Per ĉiuj

rimedoj mi petos almenaŭ nur la savon de lia vivo."
곤베 씨가 죽으라는 명령을 받아야만 한다면, 소승은 생명을
구해달라고 분명히 간청할 것입니다. 그리고 무엇보다 이미
상투를 포기했기 때문에 거의 불교 신자나 마찬가지입니다.
부디 생명을 구하는 것만을 간청할 것입니다."

Itidayû sentis liajn vortojn promesplenaj, kaj iris
hejmen. La familianoj aŭdis la raporton de Itidayû,
kaj sentis kvazaŭ ili ekhavus unu rimedon por
saviĝo.
이치다유는 말 속에 약속이 충분하다는 것을 느끼고 집으로
갔다. 가족들은 이치다유의 전언을 듣고 구원의 수단 하나는
있는 것처럼 느꼈다.

Dume pasis tagoj, kaj pli kaj pli proksimiĝis la tago
de la reiro al Kioto de Ten'yûosyo. Ĉiufoje kiam li
vidis la sinjoron kaj interparoladis, li volis trovi
ŝancon diri al li pri la savo de la vivo de ABE
Gonbee, sed li neniam povis trovi. Tio ja estas tute
nature.
한편, 날이 가고 텐유 오쇼가 교토로 돌아가는 날이 점점 가
까워졌다. 번주를 보고 이야기할 때마다, 아베 곤베의 목숨을
구하는 일에 대해 이야기할 기회를 갖고 싶었으나 결국 찾을
수 없었다. 그것은 참으로 자연스러운 일이다.

Mituhisa pensis jene: "Se mi donus instrukcion pri
Gonbee dum lia restado, tute certe li petus savon de
lia vivo. Ĉar tio estas peto de la bonzo de la granda

templo, mi ne povus malatenti kaj ignori liajn vortojn." Fine la bonzo forlasis la urbon Kumamoto nenion farinte.

미쓰히사는 이렇게 생각했다. "스님이 머무는 동안 곤베에 대해 훈령을 내린다면, 스님은 틀림없이 생명을 구해 달라고 요청할지도 모른다. 큰 사찰 스님의 청원이라 말을 무시하고 소홀히 할 수 없을 것이다." 마침내 스님은 아무것도 하지 못하고 구마모토시를 떠났다.

Apenaŭ Ten'yû-osyô forlasis la urbon Kumamoto, tuj Mituhisa ordonis eltiri ABE Gonbee al Idenokuti kaj igis punmortigi lin, fortranĉante lian eltiritan kapon kun ambaŭ liaj brakoj ŝnurligitaj surdorse.

덴유 오쇼가 구마모토시를 떠나자마자 미쓰히사는 즉시 아베 곤베를 이데노쿠치로 끌어내어 죽이도록 명하고 두 팔을 뒤로 묶은 채로 당긴 머리를 잘랐다.

Li estis punita pro la malrespekta aŭdaco kontraŭ la iĥajo por la antaŭa sinjoro, la konduto kiu ignoris la sinjoron.

이전 번주의 위패에 대해 무례한 대담함, 번주를 무시하는 행동으로 벌을 받게 된 것이다.

Yagobee kaj ĉiuj aliaj familianoj kolektiĝis kaj interkonsiliĝis. La konduto de Gonbee ja estas sendube riproĉinda. Sed Yaitiemon la mortinta estas ĉiuokaze enkalkulita en la nombro de la mortakompanintoj.

Por Gonbee, kiu estas la heredanto de tiu ĉi patro, estas neprotesteble ricevi la ordonon morti.

야고베와 다른 모든 가족들이 모여서 의논했다. 곤베의 행동은 참으로 비난받을 만하다. 그러나 죽은 야이치에몬은 어쨌든 순장자 수에 포함되어있다. 이런 아버지의 후계자인 곤베를 항의없이 죽으라는 명을 받으라고 했다.

Sed, se al li estus ordonite harakiri kiel samurajo, ni ne havus alian opinion. Kaj jen kion oni faris! Li estis punmortigita en la hela tago per fortranĉo de la kapo, kvazaŭ li estus ia rabisto.

하지만, 사무라이 신분으로 할복 명령을 받았다면, 다른 의견을 제시할 수 없는 것이다. 그리고 무엇을 했는가! 마치 강도라도 된 것처럼 밝은 대낮에 머리를 잘려 죽임을 당했다.

Se ni konsideras pri tiaj cirkonstancoj, ni familianoj verŝajne ne estos lasitaj sendanĝere.

우리가 그러한 상황을 고려한다면, 우리 가족은 아마 안전하게 내버려 두지 않을 것이다.

Eĉ se ne estus ia speciala instrukcio, kiamaniere ni konservu la honoron servante inter la kolegoj, ni la familianoj de la ekzekutito?

비록 특별한 지시가 없다 할지라도, 처형된 자의 가족들로서 우리가, 동료들간에 어떻게 협조하면서 명예를 지켜나갈 수 있겠을까?

Nun, ĉio estas jam neevitebla. Estis ja por la nuna

momento, ke Yaitiemon nia patro diris al ni, ne apartiĝu la fratoj dise, kio ajn okazu.

지금은, 모든 상황이 이미 피할 수 없는 지경에 이르렀다. 우리 아버지 야이치에몬께서 무슨 일이 있어도 형제들이 갈라지지 말라고 말씀하신 것은 바로 지금 이 순간이다.

Restas neniu rimedo alia, ol akcepti la atakantojn per la tuta familio kaj morti ĉiuj kune. Tiel ili decidis unuanime kun nenies protesto.

온 가족들은 공격자들을 인정하고 다같이 죽는 것 외에는 다른 빙책이 없었다. 그래서 그들은 누구의 항의도 없이 만장일치로 결정했다.

Kolektinte la edzinojn kaj la gefilojn, la familianoj de ABE enfermis sin en la domo de Gonbee ĉe Yamazaki.

아내들과 아이들을 불러모으고 아베 가족들은 야마자키에 있는 곤베의 집에 칩거했다.

La maltrankviliga stato de la familio atingis la orelojn de la sinjoro. Inspektistoj venis esplori. Ĉe la domo de Yamazaki, ili riglis firme la pordegon, kaj restis profunde silentaj. La domoj de Itidayû kaj same ankaŭ de Godayû restis neokupitaj.

가족의 불안한 상태는 번주의 귀에 들어갔다. 감찰관들이 조사하러 왔다. 야마자키의 집에서 그들은 문을 단단히 잠그고 깊은 침묵에 들어갔다. 이치다유의 집과 마찬가지로 고다유의 집도 비어 있었다.

Postenigo de la atakantoj estis decidita. Por la fronta pordego komandis TAKENOUTI Kazuma Nagamasa, ĉefapudservanto, kaj lin sekvis SOEZIMA Kubee, subĉefo kaj NOMURA Syôbee, la sama. Kazuma ricevis mil cent kvindek kokuojn kaj estis ĉefo de tridek fusiloj.

공격자의 위치가 결정되었다. 정문에는 수석보좌관 다케노우치 가즈마 나가마사가 지휘하고 그 뒤를 소에지마 구베 부국장, 그리고 노무라 쇼베가 뒤를 이었다. 가즈마는 1,500석을 받는 30소총의 지휘관이었다.

SIMA Tokuemon, la hereda intendanto de la familio de TAKENOUTI, akompanis lin. SOEZIMA kaj NOMURA estis tiutempe centkokuaj. La komandanto por la malantaŭa pordego estis TAKAMI Gon'emon Sigemasa, ĉefapudservanto de kvincent kokuoj, kiu ankaŭ estis ĉefo de tridek fusiloj.

다케노우치 가문의 세습 관리인 시마 도쿠에몬도 동행했다. 당시 소에지마와 노무라는 100석 연봉이었다. 후문의 사령관은 삼십 소총의 대장이기도 한 오백석의 수장 다카미 곤에몬 시게마사였다.

Lin sekvis HATA Zyûdayû, inspektisto, kaj TIBA Sakubee, kiu estis subĉefo ĉe TAKENOUTI Kazuma kaj estis tiutempe centkokua.

그 뒤를 이어 감찰관 하타 쥬다유와, 그리고 다케노우치 가즈마의 부장副長으로 당시 100석이었던 디바 사쿠베가 뒤를 이었다.

Estis decidite, ke la atakantoj estu senditaj la dudekunuan de aprilo. La antaŭan nokton, patroloj estis aranĝitaj ĉirkaŭ la domo de Yamazaki. Kiam la nokto profundiĝis, unu apartenanta al la samuraja klaso kun sia vizaĝo maskita eliris transsaltante la ĉirkaŭbarilon de interne.

공격자들은 4월 21일에 보내기로 결정되었다. 전날 밤, 야마자키의 집 주변에서 순찰이 이루어졌다. 밤이 깊어지사, 가면을 쓴 사무라이단 소속 한 사람이 안에서 울타리를 뛰어넘어 밖으로 나왔다.

Lin mortigis la patrolano MARUYAMA Sannozyô, piedsoldato el la grupo de SABURI Kazaemon. Poste okazis nenio ĝis la tagiĝo.

사부리 카자에몬 그룹의 보병인 순찰대원 마루야마 산노조가 그를 죽였다. 그리고는 새벽까지 아무 일도 일어나지 않았다.

Jam antaŭe instrukcioj estis donitaj al tiuj, kiuj loĝis en la najbaraĵo.

이웃에 사는 사람들에게는 이미 지침이 주어졌다.

Ankaŭ tiuj, kiuj havas deĵoran devon, restu hejme kaj ne maldiligentu gardi fajron: tio estis la unua.

또한 근무하는 이들은 집에 머물러있을 것이며, 불을 지키는 데 게을리 하지 말 것, 그것이 첫 번째였다.

Estas severe malpermesite, ke tiuj, kiuj ne estas la atakantoj, eniru en la domon de ABE kaj entrudiĝu, sed forkurantojn ili mortigu laŭplaĉe : tio estis la dua.

공격자가 아닌 자가 아베의 집에 들어가 침입하는 것은 엄격히 금하지만, 도망치는 자들은 마음대로 죽여도 된다. 그것이 두 번째였다.

La familianoj de ABE informiĝis la antaŭan tagon pri la dato de alveno de la atakantoj. Unue ili purigis la tutan loĝejan terenon ĝis ĉiuj anguloj, kaj forbruligis ĉiujn malpuraĵojn.

아베 가족들은 전날 공격자들의 도착 날짜를 통보받았다. 먼저 주거 지역 구석구석까지 청소하고, 쓰레기들을 모두 소각했다.

Poste ili festenis kolektiĝante ĉiuj kune, junaj kaj maljunaj. Kaj poste, la maljunuloj kaj la virinoj mortigis sin, kaj la infanoj ĉiuj estis pikmortigitaj. Poste ili fosis grandan fosaĵon en la ĝardeno kaj enterigis la kadavrojn.

그런 다음 그들은 남녀노소 모두 함께 모여 잔치를 벌였다. 그리고 그 후에 노인들과 여자들은 스스로 목숨을 끊게 하고 아이들은 모두 칼로 찔러 죽였다. 그런 다음 그들은 정원에 큰 구덩이를 파고 시체를 묻었다.

Restintaj estis nur fortikaj junuloj. Yagobee, Itidayû, Godayû kaj Sitinozyô, ĉi tiuj kvar direktis, kaj kolektis la subulojn en la halo kun la glitekranoj forprenitaj, igis ilin sonorigi tintilojn kaj frapi tamburojn, igis ilin altavoĉe reciti preĝon al la budao, kaj atendis la tagiĝon.

건장한 청년들만 남았다. 야고베, 이치다유, 고다유, 시치노죠 네 사람이 지휘하고, 미닫이장막을 제거하고 부하들을 홀에 모아서 종을 울리게 하고 북을 치게 하고 큰 소리로 부처님께 기도하게 하고 새벽을 기다렸다.

Tio estis, ili diris, por funebri la maljunulojn, la edizinojn kaj la gefilojn. Sed, por diri la veron, tio estis pro ilia prudento, por ke la malaltuloj ne ekhavu timemon.

그것은 노인들과 아내들과 아이들을 애도하는 것이었다. 그러나 진실을 말하자면, 그것은 하층인들이 두려움을 갖지않게 그들의 신중함을 위한 조치였다.

La domo de Yamazaki, en kiu la familianoj de ABE sin enfermis, estis kie poste loĝis SAITOO Kansuke. La kontraŭa estis la domo de YAMANAKA Matazaemon, kaj la ambaŭflankaj estis la domoj de TUKAMOTO Matasitirô kaj HIRAYAMA Saburô.

아베의 가족들이 갇혀있던 야마자키의 집은 나중에 사이토 간스케가 살았던 곳이다. 맞은 편은 야마나카 마타자에몬의 집이었고, 그리고 양쪽에 있는 집은 쓰카모토 마타시치로와 히라야마 사부로의 집이었다.

Inter ili, la familio de TUKAMOTO estis unu el la tri

familioj de TUKAMOTO, AMAKUSA kaj SIKI, kiuj antaŭe regis trioniginte Subprovincon Amakusa.
그 중 쓰카모토 가문은 쓰카모토, 아마쿠사, 시키의 3 가정 중 하나였으며 이전에 아마쿠사 군을 3등분하여 통치했다.

Kiam KONISI Yukinaga regis la duonon de Provinco Higo, AMAKUSA kaj SIKI krimis kaj estis mortopunitaj, kaj TUKAMOTO sola restis kaj servis al la familio de HOSOKAWA.
고니시 야키나가가 히고 지방의 절반을 통치했을 때, 아마쿠사와 시키는 죄를 저질러 죽임을 당했고, 쓰카모토는 홀로 남아 호소가와 가족을 섬겼다.

Matasitirô intimiĝis kun la familianoj de ABE, kaj kompreneble la mastroj, ankaŭ la edzinoj vizitadis sin reciproke. Precipe, Yagobee la dua filo de Yaitiemon estis fiera pri sia Janc-arto, kaj ankaŭ Matasitirô ŝatis la saman arton.
마타시치로는 아베 가족과 친밀해졌으며 물론 주인과 아내도 서로 방문했다. 특히 야이치에몬의 차남 야고베는 창 예술을 자랑스럽게 여겼다. 마타시치로도 같은 예술을 좋아했다.

Kaj ili ambaŭ fanfaronadis en sia intimeco, jen "Kiel ajn lerta vi estus, vi ne povus egali min," jen "Ne, pro kio do mi estus superata de vi?"
그리고 그들은 둘 다 친밀하게 자랑했다. "당신이 아무리 노련해도 내게는 안 돼" 하거나 "아니, 당신에겐 안 될 듯하군."

Tial, de kiam Matasitirô aŭdis ke Yaitiemon petis la permeson de mortakompano dum la malsano de la antaŭa sinjoro kaj ne ricevis la permeson, li divenis la senton de Yaitiemon kaj bedaŭris por li.

그래서 마타시치로는 야이치에몬이 전 번주의 병중에 순장허락을 구했지만 허락을 받지 못했다는 소식을 듣고 야이치에몬의 마음을 짐작하고 안타까워했다.

Kaj poste la postharakiro de Yaitiemon, la konduto de Gonbee la heredanto en Kôyôin, lia mortopuno pro lia konduto, enfermiĝo de Yagobee kaj ĉiuj aliaj familianoj, laŭorde tiamaniere la familio de ABE kliniĝis al malbona sorto.

그리고 야이치에몬의 할복, 고요인의 후계자 곤베의 행동, 그의 행동에 대한 사형, 야고베와 다른 모든 가족 구성원의 감금, 이런 식으로 아베 가문은 나쁜 운명에 처해졌던 것이다.

Kaj Matasitirô havis kordoloron pri tio eĉ pli profunde ol la parencoj.

그리고 마타시치로는 그 사건에 대해 친척들보다 훨씬 더 깊은 마음의 상처를 받았다.

Iun tagon li ordonis al sia edzino, kaj lasis ŝin viziti la domon de ABE en malfrua nokto por konsoli ilin.

어느 날 아내에게 명령을 내려, 아내가 밤늦게 아베의 집을 방문하여 위로하게 했다.

Ĉar la familianoj de ABE enfermiĝis kvazaŭ en kastelo ribelante kontraŭ la sinjoro, la viroj ne povis interkomunikiĝi reciproke.
Sed li ne povis malami ilin kiel malvirtulojn, ĉar li komprenis la cirkonstancojn bone de la komenco.
아베 일족은 영주를 거역해서 성 안에 갇힌 것처럼 서로 의 사소통이 불가능했다. 그러나 처음부터 상황을 잘 알고 있었 기 때문에 그들을 악하다고 미워할 수 없었다.

Ankoraŭ plie, ili estis ligitaj dum jaroj per intima interrilato. Se ŝi, estante virino, vizitus kaj konsolus ilin sekrete, kaj eĉ se tio malkovriĝus en pli postaj tagoj, ia sinpravige povus esti iam akceptata.
거기다가 최근까지도 친밀한 교제를 가졌다. 만일 아내가 여 자로서 비밀리에 그들을 방문하여 위로했다면, 이것이 훗날 에 밝혀졌다 하더라도 언젠가 수긍할 변명거리가 될 수 있었 을 것이다.

Tiel pensante li sendis ŝin por viziti. Aŭdinte la vortojn de sia edzo, ŝi ĝojis. Kaj pretiginte elkorajn donacojn, ŝi vizitis la najbarojn en malfrua nokto.
그렇게 생각하여 아내가 방문하도록 보냈다. 남편의 말을 들 은 아내는 기뻐, 정성을 다한 선물을 준비하고 밤늦게 이웃 을 찾았다.

Ankaŭ tiu ĉi estis virino fortanima, kaj decidis en si ne ĝeni sian edzon prenante la kulpon sur sin, se tio malkovriĝus pli poste.

이 여인도 마음이 강인해, 나중에 들키면 남편에게 책임을 전가시켜 괴롭히지 않기로 마음먹었다.

La ĝojo de la familianoj de ABE estis eksterordinara. En la mondo estas nun printempo, sakuroj floras, birdoj kantas.
Kaj tamen, ni malfeliĉuloj estas forlasitaj de la dioj kaj la budaoj, same ankaŭ de la homoj, kaj vivas tiel enfermiĝante.
아베 일가의 기쁨은 남다르다. 이제 세상은 봄을 맞았고, 벚꽃은 피고 새들은 지저귀고 있다.
그런데도 우리 불행한 사람들은 신과 부처와 사람에게 버림을 받고 갇힌 채 살아간다.

Kaj jen la edzo, kiu ordonis viziti nin konsoli, kaj jen la edzino kiu obeis lin kaj vizitis nin! Kia favorega simpatio!
그리고 여기 우리를 위로하기 위해 우리를 방문하라고 명한 남편이 있고, 순종하여 우리를 방문했던 아내가 있다! 얼마나 호의를 베푼 동정심인가!

Tiel ĝisfunde ili estis kortuŝitaj. La virinoj verŝis larmojn kaj petis: "Laŭ destino de la fatalo tiel ni finas nian vivon. Do troviĝus en la mondo neniu kiu preĝus por ni mortintaj. Kiam vi rememoros nin, bonvolu ne ŝpari fari unu meson por ni."
그래서 그들은 가슴 깊숙히 진한 감동을 받았다. 여인들은 눈물을 흘리며 이렇게 소망했다. "비운의 운명에 따라 우리는 이렇게 삶을 마감합니다. 그리고 죽은 우리를 위해 기도할 사람은 세상에 아무도 없을 것입니다. 부인께서 우리를 기억할 때 우리를 위해 한 번의 불공이라도 아끼지 말아주십시요."

Al la geknaboj ne estis permesite eliri eĉ unu paŝon eksteren de la pordego. Do, kiam ili ekvidis la edzinon de TUKAMOTO, kiu estis ĉiam bonkora al ili, ili alkroĉiĝis al ŝi de ambaŭ flankoj kaj nefacile lasis ŝin liberiĝi kaj hejmeniri.

아이들은 한 발짝도 문밖으로 나가게 허락하지 않아서 항상 친절하게 대해주던 쓰카모토의 아내를 보자, 양쪽에서 꼭 붙잡았다. 그리고 자유롭게 풀어주고 집에 가도록 하는 것이 어려웠다.

Venis la antaŭa nokto de aliro de la atakantoj al la domo de ABE. TUKAMOTO Matasitirô pensadis profunde. La familianoj de ABE estas ligitaj kun mi per intima interrilato.

아베의 집에 대한 공격자들의 접근 전날 밤이 왔다. 쓰카모토 마타시치로는 깊이 생각했다. 아베의 가족들은 나와 친밀한 관계로 연결되어 있다.

Tial mi eĉ sendis mian edzinon al ili por konsoli, kvankam mi timis eventualan riproĉon estontan.

그래서 앞으로 질책을 받을까 두려우면서도 아내를 보내 그들을 위로하기까지 했다.

Sed fariĝis fine, ke la morgaŭan matenon la atakantoj de la sinjoro venos al la domo de ABE.
그러나 마침내 내일 아침 번주의 공격자들이 아베의 집에 오고야 말 것이다.

Tio estas tute sama kiel la milito de la sinjoro, per kiu li subigas la ribelantojn.
이것은 반란군을 제압하는 번주의 전쟁이나 전적으로 같다.

La instrukcioj diras : gardu fajron, ne enmiksiĝu. Sed en tia okazo, kiu estas samurajo ne povas resti apudstaranta nenion farante kun la manoj en la sino.
지시 사항은 다음과 같다. 불을 유지하고 방해하지 말고. 그러나 그러한 경우 사무라이는 가슴에 손을 올려 놓고 아무것도 할 수 없다.

Kompato estas kompato, sed devo estas devo. Mi havas mian manieron.
자비는 자비이지만 의무는 의무다. 내게는 나의 방식이 있어.

Tiel li pensis. Kaj kiam la nokto profundiĝis, li eliris per ŝtelira paŝo de la malantaŭa pordo eksteren en mallumetan ĝardenon, kaj fortranĉis ĉiujn ligŝnurojn de la bambua plektobarilo kiu limis la loĝejon de la familio de ABE.
그래서 생각했다. 그리고 밤이 깊어지자 뒷문에서 기어나와 어두운 정원으로 들어가 아베 가족의 거주지를 경계로 하는 대나무로 엮은 울타리의 모든 연결줄을 끊어버렸다.

Poste li reiris kaj sinpretigis, mallevis mallongan lancon kroĉitan sur la nageŝio,[106] forigis la ingon kun la blazondesegno de du falkaj plumoj kaj atendis la tagiĝon.
그리고 돌아와서 준비를 하고, 선반에 꽂힌 단창을 내리고, 두 매의 깃털로 된 문장이 있는 칼집을 제거하고 새벽을 기다렸다.

TAKENOUTI Kazuma, al kiu estis ordonite aliri kiel atakanto al la fronta pordego de la domo de ABE, estis naskita en familio distingita per honoro en militisteco.
아베의 집 정문에 공격자로서 접근하라는 명령을 받은 다케노우치 가즈마는 군대에서 명예를 얻은 가문에서 태어났다.

Lia prapatro estis SIMAMURA Danzyô Takanori, kiu apartenis al HOSOKAWA Takakuni kaj estis fame konata pri sia forta pafarko.
조상은 강력한 활로 유명한 호소카와 다카쿠니에 속한 시마무라 단죠 타카노리이다.

Kiam Takakuni malvenkis ĉe Amagasaki en Provinco Settu en la kvara jaro de Kyôroku, Danzyô ĵetis sin en la maron tenante du malamikojn sub ambaŭ

---

106) nageŝio: en japana arkitekturo, ornama kvazaŭtrabo almetita sur kolonoj kaj muroj.

brakoj, kaj mortis.

교로쿠 4년에 다카쿠니가 셋투 번 아마가사키에서 패하자, 단죠는 두 명의 적을 양팔에 안고 바다에 몸을 던져 죽었다.

Itibee, la filo de Danzyô, servis al la familio de YASUMI en Provinco Kawati, kaj nomis sin iam YASUMI.

단죠의 아들, 이치베는 가와치 지방의 야스미 가문을 섬기며 한때 자신을 야스미라고 불렀다.

Sed kiam li ekregis la teritorion ĉirkaŭ la pasejo de Takenouti, li ŝanĝis sian nomon al TAKENOUTI. Kitibee, la filo de TAKENOUTI Itibee, servis al KONISI Yukinaga, kaj pro la merito en la okazo kiam oni superakvigis la kastelon de Oota en Provinco Kii, li ricevis donace de TOYOTOMI Taikô kuton[107] el blanka molsilko kun desegnaĵo de la leviĝanta suno cinabroruĝa.

그러나 다케노우치 고개 주변의 영토를 장악했을 때 다케노우치로 이름을 바꾸었다. 다케노우치 이치베의 아들 기치베는 고니시 유키나가를 섬겼다. 그리고 기이 지방의 오타 성을 공격했을 때 공로로 도요토미 다이코로부터 진사홍색으로 떠오르는 태양을 그린 부드러운 흰색 비단 갑옷외투를 선물로 받았다.

En la okazo de la ekspedicio al Koreujo, li estis malliberigita dum tri jaroj en la palaco de la reĝo.

---

107) kut-o (옛날)기사들의 갑옷 위에 입던 옷 · 외투.

조선 원정 때 왕궁에 3년 동안 궁전에 감금되었다.

Li kiel garantiulo de la familio de KONISI. De kiam la familio de KONISI pereis, li estis servigita de KATOO Kiyomasa kun mil kokuoj.
고니시 가족의 보증인으로, 고니시 가족이 멸망한 이후, 천석으로 가토 기요마사를 섬겼다.

Sed li konfliktis kontraŭ la sinjoro kaj forlasis la kastelurbon Kumamoto en la hela tago.
그러나 번주와 충돌하여 대낮에 구마모토 성을 떠났다.

Li foriris akompanate de la subuloj kun fusiloj ŝargitaj kaj meĉoj bruligitaj por defendi sin kontraŭ la atakantoj de la familio de KATOO.
가토 일가의 공격자들로부터 자신을 방어하기 위해 부하들과 함께 소총을 장전하고 신관을 불태운 채 떠났다.

Tiam lin servigis al si Sansai kun mil kokuoj en Provinco Buzen. Tiu ĉi Kitibee havis kvin filojn. La unua nomis sin same Kitibee, kiu poste razis kapon al si por bonziĝi kaj nomis sin YASUMI Kenzan. La dua estis Sitiroemon, la tria Zirodayû, la kvara Hatibee kaj la kvina estis tiu Kazuma.
그때 산사이는 부젠 지방에서 천석으로 기치베를 불렀다. 기치베에게는 다섯 아들이 있었다. 첫 번째는 스스로를 기치베라고 불렀고, 나중에 자신을 기쁘게 하기 위해 머리를 밀었고 스스로를 야스미 켄잔이라고 불렀다. 두 번째는 시치로에몬이고, 세 번째는 지로다유이고, 네 번째는 하치베이고, 다섯 번째는 가즈마이다.

Li servis al Tadatosi kiel knaba paĝio, kaj en la okazo de la ekspedicio al Simabara li estis apud la sinjoro. La dudekkvinan de februaro en la dekkvina jaro de Kan'ei, kiam la trupo sub la komando de Tadatosi atakis la kastelon por okupi ĝin, li diris al Tadatosi "Bonvole sendu min al la vico de la avangardo."

소년 시절에 나다토시를 섬겼고, 시마바라 원정 때는 번주의 곁을 지켰다. 칸에이 15년 2월 25일, 다다토시의 지휘하에 있는 군대가 성을 점령하기 위해 성을 공격했을 때, 다다토시에게 "저를 선봉대에 보내주십시오."라고 말했다.

Tadatosi ne konsentis. Kvazaŭ repuŝe li ankoraŭfoje petegis persiste. Tadatosi indignis kaj ekkriis "Foriru laŭplaĉe, knabaĉo !" Kazuma estis tiam deksesjara.

다다토시는 동의하지 않았다. 억울한 듯 끈질기게 다시 간청했다. 다다토시는 화를 내며 "너 마음대로 가거라, 꼬미야!"라고 소리쳤다. 그때 가즈마는 열여섯 살이었다.

Rigardante post li, dum li ekkuris postlasante nur ekkrion "Ha'", Tadatosi ĵetis vortojn al lia dorso ,,Vin gardu ne vundiĝi!"

Sekvis post li SIMA Tokuemon, la intendanto de la familio, unu sandalportanto kaj unu lancportanto.

'하-' 라는 감탄사만 남기고 달려가는 동안, 다다토시는 그 뒤를 바라보며, "다치지 않게 조심해!" 하고 등 뒤에 대고 소리쳤다. 그 뒤를 이어 집안의 집사인 시마 도쿠에몬, 샌달 든 사람, 그리고 창을 든 한 명이 따랐다.

Estis nur kvar, mastro kaj servantoj. Ĉar la pafado el la kastelo estis intensa, SIMA ekkaptis la baskon de la skarlata kuto kiun Kazuma surhavis kaj tiris lin malantaŭen. Li fortiris sin perforte kaj surgrimpis la ŝtonan muron de la kastelo.
주인과 하인 네 명뿐이었다. 성곽에서의 총격이 격렬해짐에 따라 시마는 가즈마가 입고 있던 진홍색 철갑외투의 옷자락을 붙잡아 뒤로 끌어당겼다. 가즈마는 힘겹게 몸을 일으켜 성곽의 돌담을 기어올랐다.

Devigite, ankaŭ SIMA surgrimpis post li. Fine li eniris la kastelon, agadis aktive kaj vundiĝis. TATIBANA Hida-no-kami Munesige el Yanagawa, kiu de la sama loko sin ĵetis en la kastelon, estis maljuna bravulo sepdekdujara.
어쩔 수 없이, 시마도 뒤따라 올라갔다. 마침내 성에 들어가 적극적으로 행동하다가 부상을 입었다. 같은 곳에서 성에 몸을 던진 야나가와 출신의 다치바나 히다노가미 무네시게는 일흔 두살의 용감한 노인이었다.

Li observis la agadon tiutempan, kaj konsideris admirindaj la tri, WATANABE Sin'ya, NAKAMITU Naizen kaj Kazuma. Kaj li donis leteron de laŭdo komune adresitan al tiuj tri.

그때 활동을 지켜보고는 와타나베 신야, 나카미즈 나이젠, 가 즈마 이 세 사람에 대해 감탄할 만하다고 여기게 되었다. 그 리고 그 셋에게 전원의 행동에 칭찬 편지를 보냈다.

Post la disfalo de la kastelo Tadatosi panegiris[108] al Kazuma per donaco de vakizaŝo farita de SEKI Kanemitu kaj pliigis lian ĉigion al mil cent kvindek kokuoj.
성이 무너진 후, 다다토시는 세키 카네미쓰가 만든 단도를 선물로 가즈마를 찬양하고 연봉을 천백오십 석으로 늘렸다.

La vakizaŝo estis dekok sunojn[109] longa, kun rekta hardlinio sur la klingo, sensubskriba, transverse fajlita[110], kun menukio[111] ornamita per tri arĝentaj naŭsteloj, borderita per ŝakdoo[112], ornamita per oro.
단도는 길이가 18 수노이고, 칼집에 직선의 단단한 선이 있 고, 서명 없이, 가로로 줄질이 돼있고, 3개의 은, 9개의 별로 장식된 메뉴키가 있고, 금으로 장식된 합금으로 테두리를 이

---

108) panegir-o 송사(頌辭), 찬사(讚辭). ~i [자] 송사(찬사)를 짓다 · 읽 다.

109) suno: japana mezurunuo de longeco, egalas 3 cm. 일본 길이 단위

110) transverse fajlita: sur parto de glavo kovrita de tenilo, oni lasas desegnaĵon de fajlstrekoj ĉirkaŭ menukitruo (vd. menukitruo). 〈Transverse fajlita' estas unu speco de tiaj desegnaĵoj. 〉

111) menukio: ornama metala garnaĵo kovranta najlojn kiuj fiksas tenilon al glavklingo. 칼집에 손잡이 고정장치부품

112) Ŝakdoo : propre japana alojo, konsistanta el kupro kun aldonitaj oro kaj arĝento, uzata por diversaj ornamaĵoj, ordinare purpure nigra. 장식용 합금 일반적으로 순흑색

루고 있다.

Ĝi havis du menukitruojn. Unu el ili estis ŝtopita per plumbo.
Tadatosi altŝate konservadis ĝin zorgeme. Eĉ depost kiam li donacis ĝin al Kazuma, ofte li pruntis ĝin de li dirante "Pruntu al mi la vakizaŝon, Kazuma," kaj portis ĝin ĉe la talio irante al la kastelo.

그것에는 2개의 손잡이연결쇠가 있었다. 그 중 하나는 납으로 막혔다. 다다토시는 그것을 소중히 여기고 조심스럽게 보관했다. 가즈마에게 선물한 후에도, 종종 "단도를 빌려줘, 가즈마" 라고는 빌려갔다. 그리고 성으로 가면서 허리에 차고 있었다.

Ricevinte la ordonon de Mituhisa ke li iru al ABE kiel atakanto, li ĝoje retiriĝis al la deĵorejo. Tiam, unu el la kolegoj flustris al li: "Ankaŭ kanajlo havas indon. Estas merito por tiu HAYASI, lasi vin komandi ĉe la fronta pordego."

공격조로서 아베 집으로 들어가라는 미츠히사의 명을 받은 후, 기쁜 마음으로 당직소에서 나왔다. 그러자 동료 중 한 명이 속삭였다. "악당도 그만한 가치가 있어. 정문에서 명령을 받도록 배치한 것은 그 하야시님의 배려야."

Li streĉis la orelojn. "Kio? Ĉu mia nuna devo estas ordonita laŭ la konsilo de Geki?"
가즈마는 귀를 기울였다. "뭐라고? 지금의 내 임무가 게키의 권고에 따라 명령된 것이라고?"

"Jes, li diris al la sinjoro. 'Kazuma ĝuis eksterordinare favoran patronadon de la antaŭa sinjoro.

"그래, 하야시 님이 번주에게 말했어. '가즈마는 전 번주에게서 매우 호의적인 후원을 받았습니다.

Lasu lin iri por redonigi la bonon.' Ĉu tio ne estas por vi bonega ŝanco neatendita?"

은혜를 갚으러 가도록 배치하십시오.' 그것은 뜻밖의 좋은 기회가 아닌가?"

"Hm" diris Kazuma, sur kies interbrovoj profundaj sulkoj estis engravuritaj. "Bone. Ne gravas. Mi nur mortu en la batalo!" Eldirinte tion decide, li ekstaris abrupte kaj forlasis la sinjoran domon.

"흠." 미간眉間에 깊은 주름이 진 가즈마가 말했다. "알았어. 상관없어. 난 그냥 전투에서 죽을래!" 단호하게 이 말을 하고 갑자기 자리에서 일어나 저택을 떠났다.

Aŭdinte pri la sintenado de Kazuma tiutempa, Mituhisa sendis komisiiton al la domo de TAKENOUTI kaj igis lin diri "Gardu vin ne vundiĝi, kaj sukcese plenumu la devon!"

Kazuma diris "Bonvolu diri al la sinjoro, ke mi atente aŭskultis la favorajn dirojn."

당시 가즈마의 태도를 듣고, 미쯔히사는 다케노우치의 집에 위임자를 보내 "다치지 않도록 조심하고 임무를 성공적으로 수행하라!" 라고 말했다. 가즈마는 "제가 칭찬 말씀을 잘 들었다고 번주님께 전해주세요" 라고 말했다.

Apenaŭ li aŭdis de la kolego, ke Geki rekomendis lin kaj igis lin okupiĝi pri la nuna devo, tuj en la momento li decidiĝis morti en la batalo. Tio estis firma decido neniel ŝancelebla.
동료에게서 게키가 자신을 추천해 현재의 일을 맡게 했다는 소식을 듣자마자, 바로 그 순간 전투에서 죽기로 결정했다. 흔들리지 않는 확고한 결정이었다.

Geki diris, li aŭdis, ke li repagu la bonon. Tiujn vortojn li aŭdis hazarde. Sed en fakto li jam ne bezonis aŭdi. Estas nenia dubo, se Geki volas rekomendi, li certe rekomendas dirante tiamaniere.
게키는 그 은혜를 갚으라고, 들었다고, 말했다. 우연히 그 말을 들었다. 그러나 사실 더 이상 들을 필요가 없었다. 의심의 여지가 없었다. 게키가 추천하고자 했다면, 분명히 그런 방식으로 말하며 권유했을 것이다.

Kazuma pensis tion, kaj estis ĉagrenita de netolerebla malpacienciĝo. Tio ja estas certa, ke mi estis favorata de la antaŭa sinjoro. Sed, depost kiam mi festis mian adoleskiĝon, mi estis por tiel diri nur unu el multaj paĝioj. Kaj mi ne ricevis ian speciale elstaran traktadon.
가즈마는 그렇게 생각하고, 참을 수 없는 조바심에 짜증이 났다. 내가 이전 번주에게 호의를 얻은 것은 확실하다. 하지만 성인식을 한 이후로, 말하자면 많은 시종 중 하나에 불과했다. 그리고 특별히 눈에 띄는 대우는 받지 못했다.

Bonvolon de la sinjoro ĝuis ĉiuj same. Kion tio signifas, ke mi sola el ĉiuj devas repagi la bonvolon? Senbezone estas diri.
Tio estas, sendi min al vivoriska loko ĉar ne mortakompanis mi, kiu devis tion fari. Ĉiam ajn mi fordonus volonte mian vivon. Sed mi ne intencas morti anstataŭ la mortakompano, kiun antaŭe mi ne sukcesis fari.
모두가 똑같이 번주님의 선의를 누렸다. 모든 사람 중 나 혼자만 선의를 갚아야 한다는 것은 무엇을 의미하나? 말할 필요도 없이, 즉 생명의 위협을 받는 곳으로 나를 보내기 위해서, 그렇게 해야 했던 내가 순장을 하지 않았기 때문이다. 나는 언제든지 기꺼이 내 삶을 포기할 것이다. 하지만 이전에 하지 못한 순장 대신 죽을 생각은 없다.

Kiel domaĝus mian vivon en la lasta tago de la sepsemajna funebro de la antaŭa sinjoro mi, kiu ne domaĝas la vivon en la nuna momento?
지금 이 순간의 삶을 불쌍히 여기지 않는 내가 전 번주님의 7주간 애도의 마지막 날에 어떻게 내 삶을 아끼겠는가?

Tio estas senracia afero. Post ĉio, ne estas klara limo, kiagrade intimiĝintaj homoj mortakompanu.
그것은 불합리한 일이다. 결국 친밀한 사람들이 순장할 수 있는 범위에는 명확한 한계가 없다.

Mi postvivis, ĉar mi aŭdis pri neniu mortakompananto inter la junaj samurajoj kiuj servis kiel paĝioj.
나는 시동 역할을 하는 젊은 사무라이들 사이에 순장자가 없다는 소식을 들었기 때문에 살아 남았다.

Se estus permesite mortakompani, mi farus tion antaŭ ol ĉiuj. Malgraŭ tio, mi estas stampita kiel homo kiu ne plenumis la mortakompanon, kion mi devis fari jam delonge.
순장을 허락받는다면 어느 누구보다 먼저 했을 것이다. 그럼에도 나는 오래전에 했어야 할 순장을 이루지 못한 사람으로 찍혀있다.

Mi estas ĝisfunde ĉagrenita bedaŭrante pri tio. Mi estas malhonorigita per makuloj nepurigeblaj.
이 점에 대해 매우 유감스럽게 생각합니다. 저는 씻을 수 없는 얼룩으로 불명예를 당하고 있습니다.

Praktiki tian malhonorigon povus neniu alia ol tiu Geki. Tio ja estas verŝajna afero por li. Sed pro kio do la sinjoro akceptis tion?
그런 굴욕은 그 게키 외에는 아무도 할 수 없다. 정말 그럴 가능성이 있는 일이다. 그런데 왜 그 번주님은 그것을 받아들일까?

Mi povus toleri, ke mi estas vundita de Geki. Mi ne

povas toleri, ke mi estas forlasita de la sinjoro. Kiam mi volis okupi la kastelon en Simabara, la antaŭa sinjoro haltigis min.

게키에게 상처받는 건 참을 수 있다. 번주님께 버림받는 것은 참을 수 없다. 내가 시마바라의 성을 점령하려고 했을 때, 전 번주께서 가로막았다.

Tio estas, li malhelpis la gvardianon intence partopreni en la vico de la avangardo. Estas malsame kompare kun tio, ke la nuna sinjoro nun diras ke mi ne vundiĝu. Li diras, ke mi zorgu pri mia vivo kiun mi domaĝas.

즉, 근위병이 전위의 전선에 의식적으로 참여하는 것을 막았다. 지금의 번주께서 내게 다치지 말라고 말씀하신 것과는 다르다. 그분께서는 내가 위해를 당할까 네 인생을 돌보라고 말한 것이다.

Kiel tio ja povus esti favora por mi? Tio estas por mi kvazaŭ esti vipita denove sur malnova vundo. Mi nur volas morti, eĉ unu minuton pli frue. Mi volas morti, eĉ se tio estus hunda morto.

그것이 과연 어떻게 내게 호의가 될 수 있겠는지? 내게 그것은 다시 오랜 상처에 채찍질하는 것과 같다고나 할런지. 1분이라도 더 빨리 죽고 싶다. 비록 그 죽음이 개죽음일지라도.

Pensante pri tio, li estis persekutata de malpacienco ĉiumomente kreskanta.

그 생각을 하며, 매순간 커져만 가는 조바심에 사로잡혔다.

Do li nur koncize klarigis al la familianoj ke li ricevis ordonon aliri kiel atakanto al ABE, kaj sola nur rapidis prepari sin.

그래서 아베에게 공격자로서 들어가라는 지시를 받았다고 가족들에게 간단히 설명했을 뿐이었다. 그리고 혼자만 서둘러 준비했다.

Dum la mortakompanintoj ĉiuj havis senton aliri la morton kun trankvilo, lia sento estis, ke li rapidas morti por sin liberigi de la sufero.

순장자들은 모두 침착하게 죽음에 다가가고 있다는 느낌을 가지고 있었지만, 고통에서 벗어나기 위해 서두르는 것이라고 느꼈다.

Neniu el la familianoj komprenis lian intencon krom Tokuemon la intendanto kiu divenis la cirkonstancojn kaj decidis en si mem same kiel la mastro.

상황을 짐작하고 주인 입장에 서서 스스로 결정한 도쿠에몬 집사 외에는 가족 중 누구도 가즈마의 내심을 알지 못했다.

La edzino de Kazuma, ankoraŭ knabineca, kiu nur la lastan jaron edziniĝis al li dudekjara ĉijare, nur ĉirkaŭvagis konfuzite kun la ĵus naskita infanino inter la brakoj.

작년에 결혼한, 올해 스무 살의, 아직 소녀티가 나는 아내는 갓난아기를 품에 안고 초조하게 이리저리 돌아다녔다.

En la nokto de la dudeka de aprilo, kiam oni atendis la ekatakon en la sekvinta tago, li banis sin, razis la sakajakion[113] kaj bruligis la trezoran incenson kun la nomo "Hatune", kiu estis favordonacita de Tadatosi, kaj plenigis sian hararon per la aroma fumo.

다음 날 첫 공격이 예상되는 4월 20일 밤, 목욕을 하고, 사카자키에 면도를 하고, 다다토시의 선물인 '하쓰네'라는 이름의 귀중한 향을 태웠다. 그리고 향기로운 연기로 머리칼을 덮었다.

Li portis blankan taskion[114] sur pure blanka vesto, blankan haĉimakion[115] sur la kapo, kaj portis paperon kun borderita angulo kiel rekonigilon.

새하얀 옷 위에 흰 소매걸이 타스키를 걸치고 머리에 흰 하치마키를 쓰고, 그리고 가장자리를 꾸며놓은 신분확인용 종이 한 장을 들었다.

La glavo kiun li portis ĉe la talio estis dudekkvar kaj-duon-suna, farita de Masamori, kaj estis memoraĵo kion SIMAMURA Danzyô lia prapatro sendis al la hejmloko, kiam li falis en la batalo ĉe Amagasaki.

---

113) sakajakio: razita parto de kapo, de frunto ĝis mezo, kion razi estis kutimo ĉe tiutempaj viroj.

114) taskio: ŝnuro por fiksi manikojn al ŝultroj aŭ brakoj por plifaciligi laboradon, portata tiel ke ĝi kruciĝas sur dorso.

115) haĉimakio: rubandforma tuko per kio oni ĉirkaŭligas la kapon por sin streĉi.

마사모리가 만든 길이 이십사 반 수노의 칼을 허리에 차고 있었는데, 그것은 조상 시마무라 단죠가 아마가사키 전투에서 쓰러졌을 때 고향으로 보낸 기념물이었다.

Aldone al ĝi li portis la vakizaŝon 1 de Kanemitu kiun li ricevis favordonace ĉe lia unuafoja partopreno en milito. Ĉe la pordego henis la ĉevalo.
게다가 첫 참전 때 호의를 받은 카네미쓰의 단도 1을 착용하고 있다. 성문에서 말이 울고 있었다.

Kiam li eliĝis kunprenante la mallongan lancon kaj staris sur la ĝardeno, li faris nodojn per la ŝnuroj de pajlsandaloj por fiksi ilin al siaj piedoj. Li forĵetis la restaĵojn de la ŝnuroj fortranĉinte per tranĉilo.
짧은 창을 가지고 나와서 정원에 섰을 때, 짚신의 끈으로 매듭을 지어 발에 고정시켰다. 칼로 끈의 남은 부분을 잘라 버렸다.

TAKAMI Gon'emon, al kiu estis ordonite ataki la malantaŭan pordegon de la domo de ABE, devenis el la familio de WADA Tazima-no-kami, kiu loĝis ĉe Wada en Provinco Oomi.
아베의 집 후문쪽을 공격하라는 명령을 받은 다카미 곤에몬은 우미 지방 와다에 살았던 와다 타지마노카미 후손이었다

La familio unue servis al GAMOO Katahide, sed en la generacio de WADA Syôgoro servis al la familio de HOSOKAWA. Syôgorô estis samurajo, kiu estis merita en la batalo de Sekigahara en Provinco Gihu. Li estis subulo de Yoitirô Tadataka, pli aĝa frato de Tadatosi.

가문은 처음에는 가모 카타히데를 섬겼지만, 와다 세대에 쇼고로는 호소카와 가문을 섬겼다. 쇼고로는 기후 지방의 세키가하라 전투에서 공로를 올린 사무라이였다. 다다토시의 형인 요이치로 다다다카의 부하였다.

En la kvina jaro de Keityô Tadataka estis malfavorita de sia patro pro tio, ke lia edzino el la familio de MAEDA fuĝis frue en la okazo de la batalo en Oosaka, kaj li vagadis fariĝinte Nyûdô[116] Kyûmu.

게이요 5년에 다다다카는 마에다 가문의 아내가 오사카 전투를 계기로 일찍 도망가는 바람에 아버지에게 미움을 받았다. 그리고 뉴도 큐무가 된 후 방황했다.

Tiam lin akompanis Syôgorô ĝis Kôyasan kaj Kioto. Tiun Syôgorô alvokis Sansai al Kokura, lasis lin nomi sin per familia nomo TAKAMI, kaj faris lin ĉefdeĵoranto.

그때 쇼고로는 함께 고야산과 교토로 갔다. 쇼고로는 산사이를 고쿠라로 부르고 자신을 다카미라고 부르도록 했다. 그리고 수석 보좌관으로 삼았다.

Li ricevis kvincent kokuojn. Lia filo estis Gon'emon. Tiu ĉi estis merita en la milito de Simabara, sed li

---

116) nyûdô: adepto de budaismo.

estis unu fojon eksigita de la posteno pro tio, ke li malobeis militan ordonon. Li estis tamen pardonita baldaŭ poste, kaj de tiam li estis ĉefapudservanto.

다카미는 오백 코쿠를 받았다. 아들은 곤에몬이었다. 시마바라 전쟁에서 공로를 세웠으나, 한때 군령에 불복하여 직위에서 해임되었다. 그러나 얼마 지나지 않아 사면을 받았고, 그 때부터 수석 종이 되었다.

Kiam li preparis sin por la ekatako, li surmetis veston el nigra habutajo[117] kun familiaj blazondesegnoj. Li elprenis la glavon faritan en Osabune de Bizen, kiun li ŝate konservadis de antaŭe, kaj kunportis ĝin. Tiam li eliris kun la lanco kun krucforma klingo.

공격개시를 준비할 때 가문의 문양이 새겨진 검은색 하부타이를 입었다. 예전부터 소중히 여기던 비젠의 오사부네에서 만든 검을 찼다. 그때 십자형 칼집 창을 가지고 나왔다.

Kiel SIMA Tokuemon estis inter la subuloj de TAKENOUTI Kazuma, tiel same TAKAMI Gon'emon servigis al si unu paĝion. En unu somera tago du, tri jarojn antaŭ ol okazis la afero pri la familio de ABE, tiu ĉi paĝio nedeĵoranta siestis en la ĉambro.

시마 도쿠에몬이 다케노우치 가즈마의 부하 중 하나였듯이 다카미 곤에몬은 시종 역할을 했다. 아베 일가의 일이 벌어지기 2~3년 전 여름날, 방에서 낮잠을 자고 있었다.

---

117) habutajo: moligita silka teksaĵo agrabla por tuŝi.

Tien unu el liaj kolegoj revenis de la akompanado al la mastro. Senvestiginte sin tute nuda, li ekiris kun sitelo en la mano por ĉerpi akvon ĉe la puto.
그곳에 동료 한 명이 주인을 동반하고 돌아왔다. 옷을 완전히 벗고, 손에 양동이를 들고 우물에서 물을 길러 나갔다.

Okaze li ekvidis la paĝion siestantan kaj piedbatis lian kapkusenon apenaŭ dirante "Malgraŭ ke mi revenis de la akompana servo, ĉu vi dormas eĉ ne ĉerpante akvon por mi?" La paĝio salte leviĝis.
낮잠을 자고 있는 시종을 보고 베개를 발로 차며 "호위에서 돌아왔는데 물도 안 긷고 자는 거야?" 라고 말하자마자 시종이 벌떡 일어났다.

"Ja vere! Se mi estus maldorma, mi ja ĉerpus por vi akvon. Sed pro kio do piedbati la kapkusenon? Mi ne lasos tion nerepagita!" Tiel dirante li entranĉis la ŝultron de la kolego oblikve per la glavo momente elingigita.
"맞아! 내가 깨어 있었다면 네게 물을 길어다 놨을 텐데. 그런데 왜 베개를 발로 차는거야? 그냥두지 않겠어!" 그렇게 말하고 금세 칼을 빼들어 동료의 어깨를 비스듬히 베었다.

Trankvile li sidiĝis rajde sur la brusto de la kolego kaj donis al li finofaran baton. Post tio, li iris al la dometo de la intendanto kaj diris al li pri la detaloj. "Mi ja devis morti tuj en la momento.
조용히 동료의 가슴에 걸터앉아 결정타를 날렸다. 그 후 집사의 별장에 가서 집사에게 세세히 말했다. "나는 그때 그 자리에서 죽었어야 했습니다.

Sed mi timis ke eble ia suspekto restus ĉe vi." Tiel dirante, li nudigis sian ventron kaj volis harakiri. La intendanto diris "Atendu nur !" Kaj raportis pri tio al Gon'emon.

하지만 혹시라도 당신에게 어떤 의혹이 남아있을까 두려웠습니다." 그렇게 말하며 배를 드러내고 할복을 하려고 했다. 집사는 "잠깐만 기다려!" 라고 말했다. 그리고 곤에몬에게 보고했다.

Retiriĝinte de la oficejo, li ankoraŭ ne estis alivestita. Do li tuj iris al la domo de Tadatosi kaj raportis al li. Li diris "Tio estas racia afero.

사무실에서 물러나와 아직 옷도 갈아입지 않았다. 그래서 바로 다다토시의 집에 찾아가 보고했다. "그것은 합리적인 일이다.

Li ne bezonas harakiri." De tiam la paĝio servis al Gon'emon oferante sian vivon.

할복할 필요가 없다." 고 말했다. 그때부터 시종은 곤에몬에게 목숨을 바쳐 섬겼다.

La paĝio portis sagujon sur la dorso, prenis malgrandan pafarkon, kaj akompanis la mastron tuj apude.

시종은 화살통을 등에 메고, 작은 활을 잡고, 바로 번주 옆에서 호위했다.

La dudekunua de aprilo en la deknaŭa jaro de Kan'ei estis tago kovrita de maldensa nubo, kia ofte okazas en la sezono de tritika rikolto.
간에이 19년 4월 21일, 밀 수확철에 자주 발생하는 엷은 구름이 덮인 날이었다.

Por invadi la domon ĉe Yamazaki, kie la familianoj de ABE enfermis sin, en la tagiĝo la subuloj de TAKENOUTI alvenis antaŭ la fronta pordego.
아베 가족들이 갇혀있는 야마자키의 집에 침입하기 위해 새벽에 다케노우치의 부하들이 정문 앞에 도착했다.

En la domo, kie oni sonorigis tintilojn kaj frapis tamburojn dum la tuta nokto, nun estis tute silente, kaj oni miris, ĉu ĝi ne estus neokupita domo.
밤새도록 종이 울리고 북이 울리던 집은 이제 완전히 고요해져 아무도 없는 집이 아닌가 하는 생각이 들었다.

La pordoj de la pordego estis fermitaj. Sur supraj branĉetoj de oleandro du, tri ŝakuojn[118] pli alte kreskinta super la tabula bariloestis aranea reto, sur kiu noktaj rosoj brilis kvazaŭ perloj.
문은 닫혀 있었다. 협죽도夾竹桃의 위쪽 가지에는 울타리보다 2~3척 더 높게 자라는 거미줄이 있었는데, 그물 위에 밤이슬이 진주처럼 빛나고 있었다.

---

118) ŝakuo: japana mezurunuo de longeco, 30 cm.

Unu hirundo alflugis de ie, kaj tuj eniris internen super la barilo.
제비 한 마리가 어디선가 날아들어와 곧바로 울타리 너머로 들어갔다.

Kazuma surteriĝis salte forlasante la kurantan ĉevalon, kaj observis la ĉirkaŭon dum momentoj.
가즈마는 달리는 말에서 뛰어내려, 잠시 주변을 살폈다.

Tiam li diris "Malfermu la pordegon!" Du piedsoldatoj eniris internen transsaltinte la barilon. Ĉirkaŭ la pordego neniu malamiko estis trovebla. Do ili rompis la seruron kaj forigis la riglilon.
그리고 "문을 열어!" 라고 말했다. 보병 2명이 울타리를 뛰어 넘어 안으로 들어갔다. 성문 주변에는 적을 찾을 수 없었다. 그래서 그들은 열쇠를 부수고 자물통을 제거했다.

Aŭdinte la bruon de la pordego malfermata de la subuloj de Kazuma, TUKAMOTO Matasitirô, la najbaro, ensaltis disrompante sub la piedoj la bambuan plektobarilon, kies ligŝnurojn li fortranĉis la antaŭan nokton. Estis la domo ĝis ĉiuj anguloj konata al li kiu vizitadis ĝin preskaŭ ĉiutage.
가즈마의 부하들이 닫아놓은 성문에서 소음을 듣고, 이웃 사람인 쓰카모토 마타시치로가 뛰어들어, 전날 밤에 끊었던 묶는 밧줄이 묶인 대나무 울타리를 발로 부수고 안으로 들어갔다. 거의 매일 방문하였기에 모든 면에서 잘 아는 집이었다.

Sin tenante kun la mallonga lanco, senprokraste li eniris tra la kuireja pordo.
짧은 창을 잡고 곧바로 부엌 문을 통해 안으로 들어섰다.

Inter la familianoj kiuj atendis pretaj mortigi ĉiujn atakantojn ensaltantajn, kiu la unua rimarkis signon de homo ĉe la malantaŭa pordo estis Yagobee.
침입자들을 죽이려 기다리고 있던 가족들 중 뒷문에 사람의 흔적이 있는 것을 가장 먼저 눈치챈 사람은 야고베였다.

Li iris al la kuirejo por espori, ankaŭ kun mallonga lanco en la mano.
또한 짧은 창을 손에 들고 확인하러 부엌으로 들어갔다.

Ili frontis unu kontraŭ la alia kun la pintoj de la lancoj preskaŭ tuŝantaj. "Ha, ĉu Matasitirô?" alvokis Yagobee.
창 끝이 부딪힐 정도로 서로 가까이 마주보게 되었다. "아, 마타시치로인가?" 야고베가 불렀다.

"Ho jes! Mi memoras vian fanfaronon ĉiaman. Mi venis por ekzameni la lerton de via lancarto!"
"아 그래! 너의 끝없는 허풍이 생각난다. 너의 검술을 시험하러 왔다!"

"Bone vi ja venis! Jen !"
"좋아, 너 왔구나! 자!"

Ili retiriĝis unu paŝon malantaŭen kaj krucigis la lancojn. Dum kelka tempo ili batalis. Sed la arto de Matasitirô superis, kaj li forte trapikis la bruston de Yagobee. Tiu ĉi tuj forĵetis la lancon kaj volis retiriĝi en la ĉefan ĉambron.

그들은 한 발 뒤로 물러나 창을 겨눴다. 한동안 그들은 싸웠다. 그러나 마타시치로의 기교가 우세해 야고베의 가슴을 관통해 찔렀다. 바로 창을 버리고 집 안으로 후퇴하려했다.

"Estus malkuraĝe! Ne retiriĝu!" kriis Matasitirô.

"겁쟁이야! 물러서지 마!" 마타시치로가 외쳤다.

"Ne, mi ne forkuras. Mi nur harakiras." Postlasante la vortojn li eniris en la ĉefan ĉambron.

"아니, 도망치는 게 아니야. 난 그냥 할복하는 거야." 라는 말을 남기고 집 안으로 들어섰다.

Ĝuste en la momento fulme elsaltis Sitinozyô kun la frunta buklo, kriante "Mi kontraŭbatalos vin, onkleto!"

바로 그 순간, 이마에 곱슬머리 시치노죠는 "제가 대적하겠습니다, 삼촌!" 하고 소리쳤다.

Kaj li enpikis la femuron de Matasitirô.

그리고 마타시치로의 허벅지를 꿰뚫었다.

Grave vundinte Yagobee la intimulon, li estis

malatenta dum li mem ne rimarkis. Pro tio la lertulo estis vundita de la knabo.

Li forĵetis la lancon kaj falis sur la loko.

친한 사이인 야고베에게 심각한 부상을 입히고 방심하고 있던 순간에 그만 부주의하게 되었다. 그로 인해 숙달된 무사가 소년에게 부상을 당했다. 창을 던져버리고 그 자리에 쓰러졌다.

Kazuma eniris internen de la pordego, kaj dislokis la membrojn ĉe anguloj de la tereno.

가즈마는 싱문에서 안으로 들어갔다. 그리고 마당 구석구석에 병력을 배치했다.

Nun, li la unua marŝis al la vestiblo kaj trovis ke la frontaj tabulaj glitpordoj estis lasitaj mallarĝe malfermitaj. Kiam li volis tuŝi la pordon, SIMA Tokuemon baris lin kaj flustris al li per rapidaj vortoj: "Atendu nur! Vi estas la ĉefkomandanto hodiaŭa. Mi faros la antaŭiron."

이제, 첫 번째로 현관으로 걸어들어갔고, 그리고 전면 미닫이 문이 조금 열려 있는 것을 보게 되었다. 문을 잡고 있으려니 시마 도쿠에몬은 멈춰세우고 빠른 말로 속삭였다. "잠깐만요! 오늘은 주군이 총사령관이십니다. 제가 앞장서겠습니다."

Rapide li malfermis la pordon kaj ensaltis. De la lanco de Itidayû prete atendanta li estis enpikita ĉe sia dekstra okulo, kaj ŝanceliĝe falis sur Kazuma.

재빨리 문을 열고 안으로 뛰어들어갔다. 기다리고 있던 이치다유의 창에 오른쪽 눈을 찔려 비틀거리며 가즈마에게 넘어졌다.

"Ne baru min!" Flankenpuŝante Tokuemon, Kazuma marŝis antaŭen. La lancoj de Itidayû kaj Godayû trapikis lin ĉe liaj ambaŭ ventroflankoj.
"나를 막지 마!" 도쿠에몬을 옆으로 밀치고 가즈마는 앞으로 걸어갔다. 이치다유와 고다유의 창은 배 양쪽을 꿰뚫었다.

Sekvante lin enkuris SOEZIMA Kubee kaj NOMURA Syôbee. Ankaŭ Tokuemon retroiris ne cedante al la vundiĝo.
그 뒤를 이어 소에지마 쿠베와 노무라 쇼베가 달려들어왔다. 도쿠에몬도 부상에도 불구하고 반격했다.

TAKAMI Gon'emon, kiu en tiu momento eniris rompante la malantaŭan pordegon, dispikis la subulojn de ABE svingante la lancon kun la krucforma klingo, kaj venis en la ĉefan ĉambron. Sekvante lin ensaltis ankaŭ TIBA Sakubee.
그 순간 후문을 부수고 들어간 다카미 고에몬은 십자형 칼날로 창을 휘둘러 아베의 부하들을 베고, 집 안으로 들어왔다. 그 뒤를 이어 디바 사쿠베도 뛰어들었다.

Du trupoj de la antaŭo kaj la malantaŭo intermiksiĝis konfuze, kaj sin ĵetis kriegante.
전방과 후방의 두 군대가 뒤섞여 혼돈에 빠져 소리를 지르며 몸을 던졌다.

Kvankam la glitekranoj estis forigitaj, estis la
ĉambro ne pli vasta ol tridek tatamoj.
미닫이문은 제거했지만, 방은 다다미 30장 정도 더 되지 않
은 너비였다.

Laŭ la sama kaŭzo ke terura sceno de strata batalo
multe superas tiun de kampa batalo, kvazaŭ mil
insektoj amasigitaj sur plado intermordas sin
reciproke, tio estis aspekto kiun oni ne toleras
rigardi rekte per la okuloj.
길거리 패거리싸움의 참혹한 장면이 야전의 광경을 훨씬 능
가하듯, 접시에 쌓인 천 마리의 벌레들이 서로를 물어뜯고
있는 것처럼, 직접 맨눈으로 보기에는 참아낼 수 없는 모습
이었다.

Itidayû kaj Godayû estis vunditaj nekalkuleble sur la
tuta korpo, dum ili interbatiĝis per la lancoj kun
ĉiuj senelekte.
이치다유와 고다유는 전신에 셀 수 없이 많은 상처를 입었
고, 싸우는 동안에 창에 무차별로 맞닥뜨렸다.

Sed ili ne senkuraĝiĝis. Forĵetinte la lancojn, ili
elingigis siajn glavojn kaj ĉirkaŭbatis per ili.
Sitinozyô kuŝis falinta dum oni ne rimarkis.
그러나 그들은 낙심하지 않았다. 그들은 창을 버리고 칼을
빼어 쳤다. 시치노죠는 어느새 쓰러졌다.

TUKAMOTO Matasitirô, kiu estis trapikita ĉe la femuro, kuŝis en la kuirejo. Lin ekvidis trupano de TAKAMI kaj diris "Ho, vi estas vundita. Estas ja brile! Volu tuj retiriĝi!" Kaj li preterkuris internen.
허벅지에 찔린 쓰카모토 마타시치로는 부엌에 누워 있었다. 다카미 기병이 발견하고 "아, 다쳤어. 정말 괜찮아! 빨리 나가길 바래!" 하고 안으로 뛰어갔다.

"Se mi havus krurojn por retiriĝi, mi ja irus internen per ili," diris Matasitirô amarmiene kaj grincigis la dentojn. Tien alkuris unu el liaj subuloj, kiu eniris postkurante la mastron, kaj retiriĝis prenante lin sur la ŝultro.
"내게 나갈 다리가 있다면, 정말로 그들과 함께 안으로 갔을 거야." 마타시치로가 이를 악물고 쓰디쓴 말을 했고, 주인을 뒤쫓던 부하 중 하나가 달려들어 어깨를 안고 퇴각했다.

Ankoraŭ unu, kiu nomiĝis AMAKUSA Heikurô kaj estis samurajo apartenanta al la familio de TUKAMOTO, gardis la retiriĝvojon de la mastro kaj prenante malgrandan pafarkon pafis ĉiujn malamikojn kiujn li rimarkis. Sed li mortis sur la loko.
아마쿠사 헤이쿠로라는 또 다른 쓰카모토 가문의 사무라이는, 번주의 퇴각을 방어했다. 그리고 작은 활을 잡더니 눈에 띄는 모든 적들에게 쏘아대다가 그 자리에서 죽었다.

Inter la trupanoj de TAKENOUTI Kazuma, SIMA

Tokuemon unua. Kaj tiam mortis SOEZIMA Kubee, la subĉefo.

다케노우치 가즈마 군단에서 시마 도쿠에몬이 첫 번째로. 그리고 부과장인 소에지마 쿠베가 세상을 떠났다.

Dum TAKAMI Gon'emon aktivis svingante la lancon kun la krucforma klingo, lia paĝio kun malgranda pafarko pafadis la malamikojn tenante sin ĉiam tuj apud la lanco de la mastro. Poste li elingigis sian glavon kaj ĉirkaŭbatadis per ĝi.

다카미 곤에몬이 십자형 칼로 창을 휘두르는 동안, 작은 활을 든 시동이 항상 주인의 창 옆에 머물면서 적을 향해 쏘고 있었다. 그리고는 칼을 빼어 휘둘렀다.

Okaze li rimarkis iun, kiu celas Gon'emon per fusilo. "Tiun kuglon mi kaptos per mia korpo !" diris la paĝio kaj ekstaris antaŭ Gon'emon.

누군가 곤에몬에게 소총을 겨누는 것을 발견했다. "그 총알은 내 몸으로 잡는다!" 시동이 말하고 곤에몬 앞에 섰다.

Tiam la kuglo venis kaj trafis lin. Li mortis sur la loko. TIBA Sakubee, la subĉefo, kiu estis elprenita el la trupo de TAKENOUTI kaj aligita al TAKAMI, estis grave vundita.

그때 총알이 와서 시동을 맞춰 그 자리에서 사망했다. 다케노우치 군단에서 빠져나와 다카미에 소속된 부장 디바 사쿠베는 중상을 입었다.

Li iris al la kuirejo, trinkis akvon el akvopoto, sed falis teren sur la loko.

부엌으로 가서 물동이에 담긴 물을 마셨지만 그 자리에서 땅에 쓰러졌다.

El la familianoj de ABE, unue Yagobee harakiris. Itidayû, Godayû kaj Sitinozyô ĉiuj fine perdis spiron pro gravaj vundoj.

Ankaŭ la subuloj plejparte mortis batalante.

아베의 가족 중에서, 최초로 야고베가 할복을 했다.

이치다유, 고다유 그리고 시티노죠는 모두 심각한 부상으로 결국 숨을 멈췄다. 부하들도 대부분 싸우다가 죽었다.

TAKAMI Gon'emon kolektis la trupanojn de la antaŭo kaj la malantaŭo, rompigis provizejan budon kiu staris malantaŭ la domo, kaj metis fajron al ĝi.

다카미 곤에몬은 전 후방에서 군대를 모으고 집 뒤에 있던 창고를 부수고 불을 질렀다.

Al la maldensnuba ĉielo de la senventa tago la fumo iris rekte supren, kaj estis videbla de malproksime.

연기는 바람 한 점 없는 날 엷게 구름이 낀 하늘로 곧장 올라가 멀리서도 볼 수 있었다.

Tiam ili estingis la fajron piedpremante, akvumis la lokon kaj retiriĝis. TIBA Sakubee kiu kuŝis en la kuirejo kaj ankaŭ aliajn gravevunditojn la subuloj kaj la kolegoj prenis sur siajn ŝultrojn kaj sekvis. Estis

- 337 -

ĝuste la horo de Hituzi.

그런 다음 그들은 발을 구르며 불을 끄고 그 자리에 물을 붓고 퇴각했다. 부엌에 누워있던 디바 사쿠베를 비롯해 중상을 입은 부하들과 동료들도 어깨를 으쓱하며 따라갔다. 바로 히투지의 시간이었다.

Mituhisa ofte vizitadis al la domoj de la gvidantaj samurajoj el siaj subuloj. En la dudekunua, kiam li sendis la atakantojn al la familio de ABE, li ekiris en la tagiĝo al la domo de MATUNO Sakyô.

미츠히사는 부하들 중 주요 사무라이의 집을 자주 방문했다. 21일 아베의 가족에게 공격자들을 보냈을 때, 새벽에 마쓰노 사쿄 집으로 출발했다.

Vidita de Hanabatake kie la sinjora domo estis, Yamazaki estis tuj kontraŭe. Kiam Mituhisa eliris el la domo, voĉoj kaj bruoj aŭdiĝis el la direkto de la domo de ABE.

번주댁이 있던 하나바다케에서 보니 야마자키가 바로 맞은편에 있었다. 미쓰히사가 집에서 나오자 아베의 집 쪽에서 사람목소리와 소음이 들렸다.

"Ili ekatakis nun certe," diris li, kaj suriris palankenon. Kiam la palankeno iris nur ĉirkaŭ unu ĉoon,[119] alvenis sciigo. Ke TAKENOUTI Kazuma mortis en la batalo, estis tiam komprenata.

"그들이 지금 공격을 하고 있는 게 틀림없어." 말하며 가마를

---

119) ĉoo : japana mezurunuo de distanco, ĉ. 110m.

탔다. 가마가 1쪼 정도 나아갈 때 소식이 왔다.
다케노우치 가즈마가 전투에서 죽었다는 것을 그제서야 알게
되었다.

TAKAMI Gon'emon retiriĝis ĝis antaŭ la domo de
MATUNO, kie Mituhisa estis, kondukante la tutan
trupon de la atakantoj.
Kaj li petis raporti al la sinjoro ke ili pereigis
senescepte ĉiujn familianojn de ABE. Mituhisa diris
ke li vidos ilin persone, kaj lasis Gon'emon eniri la
korton de la ŝoino.[120]
다카미 곤에몬은 미츠히사가 있는 마쓰노의 집 앞으로 후퇴
하여 공격자들의 전군全軍을 이끌었다. 그리고 아베의 모든
가족을 예외없이 파멸시켰다고 번주에게 보고 해달라고 요청
했다. 미쓰히사는 직접 만나보겠다고 말했다. 그리고 곤에몬
이 쇼이노의 안뜰에 들어가게 두었다.

Malferminte pordeton en la heĝo de deŭzioj[121] kun
tutblankaj floroj ĝuste florantaj, li eniris la korton
kaj kaŭris sur razeno. Mituhisa vidis lin kaj alvokis
"Ha, vi estas vundita.
새하얀 꽃이 만발한 데우시아스 울타리의 문을 열고 마당으
로 들어가 풀밭에 몸을 웅크리고 있었다. 미쓰히사는 곤에몬
을 보고 "아이쿠, 다쳤구나.

---

120) ŝoino: ceremonia kaj gastiga ĉambro en japana
   loĝdomarkitekturo laŭ t.n. ŝoin-stilo.
121) deŭzio: decidua arbeto ofte plantita por heĝo, Deutzia
   scabra. 말발도리

Tiom pli, mi estas kontenta pri via peno." Lia vesto el nigra habutajo[122] estis sangoŝmirita, kaj plie algluiĝis sur ĝi disloke karboj kaj cindroj kiuj disŝutiĝis kiam li piedpreme estingis la fajron de la budo okaze de la retiriĝo.

무엇보다 당신의 노고에 만족해." 검은색 하부타이의 옷은 피로 물들었고, 퇴각 때 마구간 불을 발로 짓밟아 끄자 거기에 붙은 석탄과 재가 흐트러졌다.

"Ne, tio estas nur gratvundo." Li estis forte pikita de iu sur la brustofoveo.[123] Sed la lancpinto flankeniĝis trafinte spegulon kiun li portis ĉe la brusto. La vundo nur makulis lian poŝpaperon per sango.

"아니, 그냥 긁힌 자국입니다." 흉강을 누군가에게 세게 찔렸다. 그러나 그 선봉은 가슴에 메고 있던 거울을 맞고 빗나갔다. 상처는 호주머니종이에 피로 얼룩지게 할 뿐이었다.

Li raportis al la sinjoro detale pri la aktivecoj de ĉiuj parto prenintoj en la atakado.

공격에 참전한 모든 사람들의 활동에 대해 번주에게 자세히 보고했다.

Li cedis la unuan meriton al TUKAMOTO Matasitirô la najbaro, kiu per si sola grave vundis Yagobee.
"Kiel faris Kazuma?"

---

122) habutajo: moligita silka teksaĵo agrabla por tuŝi.
123) brustofoveo: kaveto sur la mezo de brusto, sub la sternumo. cf) sternum-o 〈해부〉 흉골(胸骨).

혼자 야고베에게 심각한 부상을 입힌 이웃 쓰카모토 마타시치로에게 첫 공을 돌렸다. "가즈마는 어땠어?"

"Mi ne certigis tion al mi, ĉar li enĵetis sin de la fronta pordego unu paŝon pli frue."
"확실하진 않습니다, 한 발 앞서 정문에서 들어갔거든요."

"Bone. Diru al ĉiuj eniri en la korton!"
"좋아. 모두들 마당으로 들어가라고 말해!"

Gon'emon envokis ĉiujn. Krom tiuj, kiuj estis surŝultre portitaj al sia hejmo pro gravaj vundoj, ĉiuj falis surteren respekte sur la razeno.
곤에몬은 모두 소환했다. 중상을 입고 집까지 엎고 간 이들을 제외하고는 모두 잔디밭에서 몸을 굽혔다.

Kiuj aktivis, estis sangomakulitaj. Kiuj nur helpis bruligi la budon, estis superŝutitaj nur per cindroj. Inter tiuj, kiuj estis superŝutitaj nur per cindroj, estis HATA Zyûdayû. Mituhisa alparolis lin.
활동적인 이들은 핏자국이 있었다. 창고를 태우는 일만 도운 사람들은 재로 뒤덮일 뿐이었다. 재로 덮인 사람들 중에는 하다 쥬다유가 있었다. 미쓰히사가 말했다.

"Zyûdayû! Kia estis via aktiveco?"
"쥬다유! 당신 활동은 어땠어?"

"Ha'!" Li nur diris tion, kaj senvorte restis

- 341 -

terenfalinta surgenue, kun la kapo klinita kaj la manoj humile metitaj sur la tero. Li estis korpulenta malkuraĝulo, kaj ĉirkaŭvagadis ekster la domo de ABE.

"옛!" 이 말만 하고 무릎을 땅바닥에 쓰러뜨리고는 고개를 숙이고 말없이 손을 땅에 짚고 있었다. 뚱뚱한 겁쟁이라, 아베의 집 밖을 돌아다녔다.

Nur kiam oni metis fajron al la budo antaŭ la retiriĝo, li fine eniris tremante pro timo.

퇴각하기 전에 마구간에 불이 났을 때 비로소 두려움에 떨며 마침내 들어왔다.

Komence, kiam al li estis ordonite aliri kiel atakanto, SINMEN Musasi, glavarta majstro, vidis lin eliĝi en antaŭĉambron kaj diris "Vi ja estas favorata per tia grandega graco. Distingu vin per grandaj meritoj!"

처음에 공격자로서 접근하라는 명령을 받고 대기실에 들어가는 것을 보고 검술달인인 신멘 무사시는 "당신은 참으로 큰 은혜를 입었어. 큰 공로로 자신을 나타내보라구!"

Dirante tion, li donis ekfrapeton sur lia dorso. Li paliĝis. Li volis refirmigi la malfirmiĝintajn laĉojn de sia hakamo[124], sed li ne povis, ĉar liaj manoj tremis. Tion oni priparolis.

그렇게 말하며 등을 토닥였다. 쥬다유는 창백해졌다. 느슨해

---

124) hakamo, kiu estas faldoriĉa larĝa pantalono.

진 하카마의 끈을 다시 조이고 싶었지만, 손이 떨려서 그럴
수가 없었다. 그렇게 사람들이 이야기했다.

Kiam Mituhisa ekstariĝis, li diris "Vi estis ĉiuj
diligentaj. Reiru hejmen kaj prenu ripozon!"
미쓰히사가 일어서더니 "모두 수고했어. 집에 가서 쉬어!"

La sinjoro adoptigis filon por la infana filino de
TAKENOUTI Kazuma, kaj permesis al li heredi la
familiestrecon.
Sed la familio poste pereis. TAKAMI Gon'emon
ricevis pliigon de la ĉigio de tricent kokuoj, same
ankaŭ TIBA Sakubee kaj NOMURA Syôbee de po
kvindek kokuoj.
번주는 다케노우치 가즈마의 어린 딸을 위해 아들을 양자로
삼아 가문의 주인직분을 상속하도록 허락했다. 그러나 가문
은 나중에 없어졌다. 다카미 곤에몬은 300석의 치기 증액을
받게 되었고, 마찬가지로 디바 사쿠베와 노무라 쇼베는 각각
50석씩 증액했다.

Al TUKAMOTO Matasitirô, KOMEDA Kenmotu estis
ordonita kaj sendis TANI Kuranosuke la trupestron
kiel komisiiton, kaj panegiraj vortoj estis
transdonitaj.
쓰카모토 마타시치로에게 코메다 켄모쓰가 명령을 받고 다니
구라노스케 부대장을 총대장으로 보내고 추도사를 전달했다.

Kiam la parencoj kaj amikoj venis al li por gratuli,

li ridetis kaj diris "En la tempo de Genki kaj Tensyô, kastelatakoj kaj kampanjoj estis tute samaj kiel ĉiutagaj manĝoj.

친척들과 친구들이 축하하러 왔을 때 마타시치로는 미소를 지으며 "겐키와 덴쇼 시대에는 성곽 습격과 원정이 매일의 식사와 같았어.

Tia afero, kia estas la pereigo de la familio de ABE, estas nur la plej facilfacilega el ĉiuj facilaĵoj."

아베 일가를 파멸시키는 일은 어느 쉬운 일보다 가장 쉬운 일이야."

Post du jaroj, en la somero de la unua jaro de Syôhô, li resaniĝis de la vundiĝo kaj ricevis aŭdiencon de Mituhisa.

2년 후, 쇼호 첫해 여름, 부상에서 회복되어 미쓰히사를 알현했다.

Li metis dek fusilojn sub lia zorgado, kaj diris "Faru banon en varmfonto, se vi volas tion por plena resaniĝo de via vundo.

Cetere, mi donacas al vi terenon por vilao ekster la urbo, do diru vian deziron pri la loko!"

미쓰히사는 소총 10개를 두며 "상처가 완전히 회복되려면 온 천욕을 해. 그건 그렇고, 도시 외곽의 별장 지을 땅을 하사 할 테니 어디가 좋을지 말하시오!"

Matasitirô ricevis terenon en Vilaĝo Koike en

Masiki. Malantaŭ ĝi estis bambuara monto. Mituhisa igis diri "Ĉu mi donacu ankaŭ la bambuaran monton?"

마타시치로는 마시키의 고이케 촌에 토지를 받았다. 그 뒤에는 대나무 산이 있었다. 미쓰히사는 "나도 대나무 산도 줄까?" 하고 말하게 했다.

Matasitirô ne akceptis tion. Bambuoj estas utilaj en ordinaraj tagoj. Kiam estas milito, multaj bambufaskoj estas bezonataj.

마타시치로는 이를 받아들이지 않았다. 대나무는 평범한 날에 유용하다. 전쟁이 나면 많은 대나무 다발이 필요하다.

Laŭ li, ricevi tiujn bambuojn private estas nepravigeble por li mem. Tial estis decidite, ke la bambuara monto estu metita porĉiame sub lia zorgado.

마타시치로에 따르면, 그 대나무를 개인적으로 받는 것은 스스로에게 합당하지 않다. 따라서 대나무 산을 영원히 보살피도록 결정되었다.

HATA Zyûdayû estis forpelita. Hatibee, la pli aĝa frato de TAKENOUTI Kazuma partoprenis private en la atakantoj.

Malgraŭ tio li ne ĉeestis la lokon de la morto de sia frato. Pro tio li estis punordonita hejme enŝlosiĝi.

하다 쥬다유가 추방당했다. 다케노우치 가즈마의 형인 하치배가 개인적으로 공격에 참여했다. 그럼에도 동생의 죽음을 막지 못한 죄로 집에 가두라는 명령을 받았다.

Ankaŭ iu, kiu estis filo de gvardiano kaj servis kiel paĝio, estis liberigita de la deĵoro kun instrukcio gardi fajron, ĉar li loĝis proksime de la domo de ABE.
또한 경비원의 아들로 시종으로 근무하던 사람이 아베의 집 근처에 살았기 때문에 불을 지르라는 지시를 받아 직무에서 풀려났다.

Li supreniris sur la tegmenton kune kun sia patro kaj estingadis fajrerojn. Poste li rimarkis, ke li malobeis la intencon de la sinjoro, kiu speciale liberigis lin de la deĵorado, kaj petis eksigon.
아버지와 함께 옥상에 올라가 불꽃을 껐다. 나중에 자신을 근무에서 특별히 풀어준 번주의 뜻을 어겼다는 것을 깨닫고 해고를 요구했다.

Mituhisa diris "Tio ne estas malkuraĝo. Estu pli atenta de nun!" kaj lasis lin servi kiel antaŭe. Tiu ĉi paĝio mortakompanis Mituhisa kiam li mortis.
미쓰히사는 "그것은 비겁한 일이 아니다. 이제부터 조심해!" 말하고 예전처럼 섬기게 두었다. 이 시종은 미쓰히사가 죽을 때 순장했다.

La kadavroj de la familianoj de ABE estis eltiritaj al Idenokuti kaj estis ekzamenitaj. Kiam oni lavis la vund de ĉiu el la familianoj en Rivero Sirakawa, oni trovis ke la vundo de Yagobee, kiu estis trapikita sur la brusto per la lanco de TUKAMOTO Matasitirô, estis pli admirinda ol ĉiu ajn vundo kiun iu alia ricevis. Pro tio, Matasitirô akiris honoron tiom pli.

아베 가족의 시체는 이데노쿠치로 옮겨져 조사되었다. 시라카와 강에서 가족들 각자의 상처를 씻어냈을 때, 쓰카모토 마타시치로의 창으로 가슴을 꿰뚫린 야고베의 상처는 다른 사람들이 받은 어떤 상처보다 더 감탄할 만하다는 것을 알게 되었다. 이 때문에 마타시치로는 더욱 명예를 얻게 되었다.

Tradukis NOZIMA Yasutaró
에스페란토번역 : 노지마 야스타로

편집자의 말

『오가이 단편선집』은 이낙기 선생님께서 『체르노빌』 작업하면서 검토하라고 준 원고입니다.

세계 에스페란토 협회에서 지원하여 세계 동서양 대표 고전을 선정한 후 에스페란토로 번역한 작품입니다.

일본 근대 소설의 거장으로 모리 오가이는 유명하지만 우리나라에서는 그렇게 많이 소개되지 않았습니다.

훌륭한 번주가 죽으면 따라 죽는 풍습이 있던 1640년대 일본의 순징과 할복의 문화를 다룬 『아베일족』이 책으로 나온 것이 있고 비슷한 시기에 다카세 바크선을 이용한 죄수 호송하는 이야기가 『다카세부네』라는 제목으로 소개되었습니다.

이낙기 선생님은 에스페란토 번역서를 보고 한 문장씩 공부하면서 우리 말로 번역하였습니다.

생소한 일본의 풍습과 물건을 공부를 겸해 후배들을 위해 어려움을 감내하며 완성했습니다.

이낙기 선생님의 수고에 감사드리며 이 책을 통해 당시의 일본도 이해하고 에스페란토 실력도 진일보하기를 바라며 독자들의 행복을 기원합니다.

종이책의 매력은 직접 사서 한 장씩 넘겨가면서 읽고 메모도 하고 나의 것으로 만드는 데 있습니다. 그러면서 이해력이 증진되고 자기 지식으로 확실하게 선다는 제 믿음이 디지털 시대에도 변함없이 종이책을 고집하여 출판하는 동기입니다. 독자 여러분의 사랑에 감사드립니다.

  - 오태영(mateno, 진달래출판사 대표)